Hopeless romantic

Tome 2

VENUS

Mot de l'éditeur

Evidence Editions a été créée dans le but de rendre accessible la lecture pour tous, à tout âge et partout. Nous accordons une grande importance à ce que chacun puisse accéder à la littérature actuelle sans barrière de handicap. C'est pourquoi nos ouvrages sont disponibles en format papier, numérique, dyslexique, braille et audio.

Tout notre professionnalisme est mis en œuvre pour que votre lecture soit des plus confortables.

En tant que lecteur, vous découvrirez dans nos différentes collections de la littérature jeunesse, de la littérature générale, des témoignages, des livres historiques, des livres sur la santé et le bien-être, du policier, du thriller, de la littérature de l'imaginaire, de la romance sous toutes ses formes et de la littérature érotique.

Nous proposons également des ouvrages de la vie pratique tels que : agendas, cahiers de dédicaces, Bullet journal, DIY (Do It Yourself).

Pour prolonger le plaisir de votre lecture, dans notre boutique vous trouverez des goodies à collectionner ainsi que des boxes livresques disponibles toute l'année.

Ouvrir un livre Evidence, c'est aller à la rencontre d'émotions exceptionnelles.

Sissie Roy

Hopeless romantic
Tome 2 : Pain

Couverture : **Maïka**

Publié dans la **Collection Vénus**
Dirigée par **Marie-Laure Vervaecke**

ÉVIDENCE EDITIONS

À Élodie Belbrahem
Merci pour absolument tout.
Un océan ne viendra pas à bout de notre amitié.

En vérité,
Tout le monde vous fera souffrir.
Il suffit de trouver
Ceux qui en valent la peine.
Bob Marley

1

James

La guitare bien calée sur ma cuisse, un cahier posé devant moi, j'enchaîne les cigarettes, les bières et les chansons tragiques et tellement sirupeuses qu'elles feraient pleurer Roméo et Juliette. Chaque mot est comme un coup de couteau dans mes entrailles, mon cœur et ma tête avec une lame chauffée à blanc. Je lui écris tout ce que mon âme contient, il y en a plusieurs centaines qu'elle n'entendra jamais, qu'elle ne lira jamais, mais surtout qu'elle ne comprendra sans doute jamais.

Dans la vie, il y a des êtres qui nous marquent, qui nous changent et nous bousculent. Ils entrent dans nos existences tout doucement tout en se frayant une place bien au chaud dans notre cœur, mais au moment de partir, c'est en faisant tout exploser. Lacey Jenkins est ce genre de rencontre bouleversante. Elle m'a marqué, en lacérant mon cœur d'un amour pur, mais surtout en appliquant un baume réparateur sur mes cicatrices beaucoup trop nombreuses. Elle a fait de mon existence quelque chose de bien, un endroit sûr et plaisant où y vivre. Alors, faire une croix sur elle et ne plus la voir ou la côtoyer est la pire des tortures.

J'allume une énième cigarette d'affilée, je crois que c'est ma vingtième depuis le début de la soirée. Demain matin, je risque d'avoir la gorge en feu, mais comme tout le reste, c'est le cadet de mes soucis. J'en respire une longue bouffée, puis m'ouvre une septième cannette de bière. Aaren aimerait bien que je cesse de boire et de fumer autant, mais surtout que je passe à autre chose. La façon dont je reste accroché à l'accident et à celle que j'aime l'effraie. Cependant, sa plus grande peur est que je devienne un alcoolique notoire comme notre putain de père, mais il ne comprend pas que l'alcool est ce qui me permet de garder un pied dans la réalité. Sans elle, je ne pourrais pas supporter la douleur que m'amène la perte de Lacey. *Lacey... bon sang...*

J'aimerais tellement entendre sa voix, son rire, mais, encore plus, voir l'éclat de vie dans son regard vert émeraude. Cependant, ça, je n'y ai plus droit. Rageusement, j'essuie une larme qui roule sur ma joue. *Qu'est-ce que je me fais pitié à pleurer de la sorte.* D'une main tremblante, j'attrape ma bière et le vide d'un trait pour en prendre une nouvelle, la décapsuler et en boire une grosse gorgée. Le liquide ambré me coule de chaque côté de la bouche et descend jusqu'à mon cou. Ai-je conscience d'être lamentable en ce moment, mais si je le sais, c'est que je ne le suis pas, non ? Mon cerveau disjoncte totalement et m'amène à me poser énormément de questions sur mon état mental. Peut-être que mon frère a raison et que je déraille totalement, mais je ne suis pas en mesure de répondre à cette question. Je repose la cannette presque vide sur la table et ferme les yeux.

Mon monde vacille et ce n'est pas une métaphore, j'ai l'impression que l'alcool me monte à la tête. Lorsque j'ouvre les paupières, le soleil qui se couche sur la plage ramène de vieux et douloureux souvenirs que je tente sans cesse de repousser.

— *On pourrait écrire une chanson sur ce moment, murmure-t-elle.*

— *Et ça dirait quoi ?*

Je susurre contre son oreille, la chaleur qui émane de son corps me trouble. Mes lèvres effleurent son lobe, mon souffle caresse sa peau qui a une odeur fruitée presque sucrée.

— *Que nous étions ivres, lovés l'un contre l'autre, sans aucune promesse…*

Sans aucune promesse… Bon sang ! Je lui aurais promis la lune à ce moment-là !

Ce souvenir est comme une gifle en plein visage. Un coup de massue impossible à supporter directement sur mon cœur. Jamais je n'aurais pu imaginer que Lacey aurait cet impact dans ma vie et maintenant qu'elle n'y est plus, je ne sais plus comment vivre. Son rire me revient en flash-back, ça fait mal, ça me déchire de l'intérieur. J'attrape mon cahier de chansons et déchire absolument toutes les pages en morceaux. Des miettes de plusieurs centaines de feuilles volent dans tous les sens autour de moi. Comme tout ce que je touche en ce moment… C'est joli. Une magnifique métaphore, mais qui ne m'apporte aucun réconfort, aucune envie de vivre.

Son prénom s'échappe d'entre mes lèvres et je hurle sans pouvoir me retenir. Jamais je n'ai connu quelque chose d'aussi douloureux et une violence incontrôlable s'empare de moi. Fou, furieux, mais surtout désemparé, je me lève et mon regard parcourt la terrasse dans le but de trouver un truc sur lequel passer mon accès de rage. Ma guitare fétiche me semble très prometteuse. Sans réfléchir, je l'attrape et la balance contre la balustrade dans une protestation sourde des cordes qui se rompent lorsque le manche se casse en deux. Ma colère, ma peine et ma douleur augmentent en force et je ne suis plus capable de me contrôler. Mon accès de rage est impossible à calmer et je me venge sur chaque objet qui me tombe sous la main ; la table, les chaises, la rambarde. Je frappe contre les murs de la maison me blessant les mains, du sang gicle à petites gouttes sur mon visage et je chute au sol dans un râlement rauque.

— LACEY !

Je hurle à pleins poumons sans pouvoir m'en empêcher ou même m'arrêter, la gorge me brûle avec autant d'intensité que mon âme et mon cœur.

J'ai l'impression que l'on m'a envoyé en enfer et tout ce que je veux en ce moment, c'est mourir. Cependant, la vie ne fait jamais de cadeau, en tout cas, elle ne me fera pas celui-ci. Je reste à même le sol, braillant toutes les larmes de mon corps comme une fillette. J'aimerais dire que c'est la première fois que ça m'arrive, mais toutes mes nuits se terminent de cette façon. Absolument toutes. Je m'endors avec cette amertume, cette douleur et cette peine en moi que je peux à peine supporter. *Seigneur. Laisse-moi mourir. Je t'en supplie !*

***

Mes paupières s'ouvrent doucement, tranquillement, mais, dès que la lumière entre en contact avec la rétine de mes yeux, ça me brûle. Je les referme tout de suite et grogne en roulant sur le côté. Je ne comprends plus où je suis, le dernier souvenir que j'ai remonte à ma chute sur le sol de la terrasse. Impossible pour moi de comprendre comment j'ai fait pour me relever et regagner mon lit ou même le canapé. À nouveau, j'ouvre un œil, mais le referme tout de suite, car ce que j'ai aperçu ne me dit rien qui vaille. Une nana est assise sur une chaise et pianote sur son téléphone. Je sais qui elle est et ce qu'elle fait là et je peux aisément dire que ce n'est pas bon pour moi. Elle est magnifique comme toujours, blonde avec d'incroyables yeux noirs, elle rayonne par sa simplicité et son authenticité. Kirsten, ma grande sœur est chez moi et elle risque de me secouer avec tellement d'intensité que je vais chialer comme une fillette. De nous quatre, elle est celle qui a le plus de couilles.

— Je sais que tu ne dors plus !

Je soupire et roule sur le côté, ramenant mes couvertures sur moi.

— James, je te fais le serment que si tu ne te secoues pas, je te botte le cul tellement fort que tu ne vas jamais t'en remettre.

— Fiche-moi la paix, Kirsten ! grommelé-je en enfouissant ma tête dans les oreillers.

— Oh que non, ça suffit de te morfondre dans ta peine et ta douleur. Tu ne pourras pas faire cela indéfiniment.

— Ça ne fait pas assez longtemps... Laisse-moi vivre ma douleur tranquille.

— Tu ne peux pas continuer comme ça, James. Tu dois avancer et tu dois le faire maintenant, mais surtout tu ne dois pas vivre ainsi. Ce n'est pas sain.

— C'est trop tôt pour passer à autre chose.

— Tu n'as pas le choix ! J'ai préparé ta valise, tu viens vivre à la maison quelques semaines. Ça suffit de te bourrer la gueule chaque jour, de fumer à t'en déchirer les poumons et de tout détruire dans la maison.

— Je ne veux pas aller chez toi. Il y a Elijah et je ne veux pas qu'il me voie comme ça.

— James...

Incapable d'en supporter davantage, je me redresse et saute en bas de mon lit. Je me demande quand même comment elle a fait pour me traîner jusque-là. Kirsten a peut-être plus de couilles que moi et mes frères réunis, il n'en demeure pas moins que pour porter un gaillard comme moi, elle ne fait pas le poids. Ma gueule de bois n'aidant pas, je chancelle et m'assieds sur le matelas pour ne pas m'écrouler au sol. Ce serait le comble si je tombais face contre terre. Ça leur donnerait une raison de plus de dire que je ne dois pas vivre seul.

— Kirsten, je ne vais pas vivre chez toi. Je veux rester ici. Je veux...

— Et, moi, je désire que mon petit frère soit bien et, en ce moment, tu ne l'es pas, annonce-t-elle avec une larme qui coule sur sa joue de porcelaine.

— Ne pleure pas. Je t'en supplie ! J'ai seulement besoin d'un peu de temps, dis-je pour tenter de la réconforter.

— Mais ça fait un an que ça dure, James. Nous sommes tous très inquiets pour toi et Elijah a besoin de son oncle.

Sa voix tremble et je crois que c'est autant de peur que de tristesse. Je lui fais signe de venir s'asseoir près de moi et, dès qu'elle pose les fesses contre le matelas, elle se blottit contre moi pour pleurer dans mes bras.

— James... je... j'ai peur pour toi, sanglote-t-elle.

L'état dans lequel se trouve ma sœur en ce moment me fait beaucoup de peine et me rend très mal, encore plus que je ne le suis déjà. Je n'avais pas remarqué que ma douleur et mon envie de mourir touchaient autant les gens autour de moi.

— Je te promets que je vais tout faire pour aller mieux. Si ça continue à mal aller, je débarque chez toi et t'oblige à me garder.

Elle se décolle de moi, ses yeux noirs brillant de larmes, elle me sourit faiblement. J'aimerais lui dire que ça va bien aller et que je vais m'en sortir, mais je n'en suis pas capable, car, toutes les nuits, je m'endors et me réveille avec l'envie de mourir. Cependant, je peux lui faire la promesse que je vais tout faire pour aller mieux.

— Une promesse comme quand nous étions gamins ? demande-t-elle.

Je lui tends mon petit doigt avec un petit sourire et elle y crochète le sien. La dernière fois que l'on s'est fait ce genre de serment date du départ de mon père. Aaren et Josh étaient à la cuisine pour consoler maman, tandis que Kirsten et moi avions trouvé refuge sous le lit de ma sœur. C'était toujours l'endroit où nous nous retrouvions, elle et moi, quand nos parents se disputaient et parfois c'était assez violent. Blottis dans les bras l'un de l'autre, c'était la seule manière de nous calmer et d'oublier cette réalité impossible à supporter.

— Je serai toujours là, murmure-t-elle d'une petite voix.

— Je serai toujours là, répété-je.

Ses yeux se remplissent de larmes encore une fois et je fronce les sourcils avant de la prendre dans mes bras. Doucement, je lui caresse ses cheveux dans l'espoir de la calmer.

— Je ne savais pas que tu étais si affectée par tout ce qui m'arrive.

— Tu es mon frère, c'est normal. Puis, j'espère que tu te ressaisiras rapidement pour que bébé numéro deux puisse profiter de son tonton.

Je repousse ma sœur et la regarde sans trop comprendre ce qu'elle me dit. Je dois avoir deux énormes points d'interrogation dans le regard, car je ne percute pas. Elle est avec son nouveau chéri depuis un an et quelques mois.

— Tu... es en... ceinte ? bafouillé-je.

Elle hoche de la tête avec un grand sourire sur le visage. Je ne m'attendais pas à cette nouvelle et ça me prend de court.

— James, dis quelque chose ! Je... je... venais te l'annoncer avec Hugh lorsque l'on t'a trouvé endormi sur la terrasse. Il t'a transporté jusqu'à ton lit. Je sais que c'est difficile pour toi et que ce n'est pas une bonne période, mais j'avais envie de partager ça avec mon petit frère.

— Je suis très heureux pour toi, Kirsten. Je suis simplement sonné, je n'avais pas l'impression que ça faisait aussi longtemps que tu es avec Hugh.

— En fait, c'est un peu un accident, mais maintenant qu'elle est là...

— C'est une fille ?

Elle opine du chef, le regard rempli de larmes de joie et de fierté. De mon pouce, j'essuie une traînée humide sur sa joue et lui souris enfin.

— Je suis très heureux pour toi, frangine.

— Merci, James. J'espérais sincèrement que cette nouvelle te fasse du bien.

— Ça fonctionne, dis-je en mentant.

Il ne faut pas croire que je ne suis pas heureux pour elle, car je le suis. Cependant, le bonheur des autres est parfois difficile à supporter quand on est aussi malheureux que je le suis en ce moment. Le téléphone de ma sœur sonne et elle se lève pour y répondre. Pendant de longues minutes, je la regarde échanger avec Hugh et lui raconter que je suis heureux pour eux et que je n'irai pas vivre tout de suite avec eux.

— Hugh est tout près, il était chez un ami et il va venir me chercher. Est-ce que tu vas être sérieux ? demande-t-elle, à nouveau inquiète.

— Ne t'en fais donc pas, je t'appelle si ça ne va pas.

Elle me sourit et dépose un baiser sur le dessus de ma tête. Ensuite, elle ramasse son sac à main par terre et sort de la pièce.

— Kirsten ? l'appelé-je avant qu'elle ne franchisse la porte.

Je la taquine en posant ma main sur son ventre.

— Je suis sincèrement très content pour toi. Tu es une maman formidable. Maintenant que tu en parles, j'admets que tu as pris du poids.

— Merci, James ! Je te promets qu'un jour tu l'auras, ta belle histoire, toi aussi.

— Je l'ai eue, sœurette. Seulement toutes les histoires ne sont pas vouées à être éternelles.

— J'aimerais tellement te redonner le sourire.

— Tu l'as fait ! Maintenant, ouste, va retrouver ton chéri que je puisse dormir.

Elle rigole et sort de la pièce, me laissant seul avec mes sombres pensées, aussi jalouses et douloureuses soient-elles. Est-ce que j'aurais eu cette chance avec Lacey ? Aurions-nous pu avoir un bébé ? Non, je crois que l'on aurait vécu de notre musique encore une dizaine d'années, ensuite peut-être aurions-nous pensé à faire un gamin ou une gamine, plutôt. Elle aurait été aussi belle, douce et intransigeante que sa mère. Ces pensées me font mal et je me couche sur le matelas pour me laisser aller à pleurer.

Lacey, tu me manques tellement…

2

Lacey

La première chose que j'ai demandée au psy qui me suivait au centre de réadaptation de Beverly Hills après l'accident d'autobus qui a coûté la vie à mon groupe ainsi qu'à trois membres de notre tournée a été : « Ne me mentez pas et dites-moi que je retrouverai goût à la vie. Dites-moi que j'oublierai et passerai rapidement à autre chose. » Il m'a répondu que rien ne serait comme avant et qu'il me faudrait beaucoup de temps pour retrouver une vie normale. Ça peut vous sembler cruellement égoïste de ma part de lui avoir demandé cela, mais je crois qu'à ce moment-là, je ne me rendais pas compte de ce qui venait de m'arriver. Je ne parle pas seulement de l'accident, mais aussi de tout ce qui s'était passé auparavant. Ça me donnait l'impression que toute ma vie n'était qu'un tissu de mensonges et que je ne pouvais me fier à personne, absolument personne.

Une longue année a passé depuis que mon autobus de tournée s'est fait percuter de plein fouet par un chauffard ivre et que ma vie a volé en éclats. J'ai trouvé refuge chez Arabella Velásquez, une amie très talentueuse, et ce, dans tous les domaines possibles. Elle est une vraie tornade et ne s'arrête jamais, ça tombe bien parce qu'à ses côtés, j'oublie de réfléchir. Nous avons commencé dans le milieu de la musique en même temps, seulement nos genres différaient grandement. Elle fait de l'électro tandis que moi, je me berçais de balade pop-rock. Elle est aussi une femme aux multiples talents, D.J., mannequin, guitariste et auteure. Elle habite le très prisé quartier d'Hollywood et sa baraque est tout simplement énorme. Arabella ne cesse de me rassurer que je ne la dérange pas et qu'il y a assez de place pour nous deux chez elle. N'empêche que je ne me sens pas à ma place et que je ne peux me défaire de cette impression d'être de trop, mais ce n'est pas qu'ici, c'est partout ailleurs. Je n'ai plus ma place dans ce monde et je ne comprends tout simplement pas pourquoi je ne suis pas morte avec eux.

La vue sur Hollywood est magnifique, verte et montagneuse. Les palmiers en bordure des routes sinueuses rajoutent un charme indéniable à l'endroit. Encore une fois, j'ai trouvé refuge sur la terrasse et me délecte de la vue. C'est mon seul plaisir depuis trois mois. Un an s'est écoulé depuis l'accident et après deux mois en soins intensifs, puis sept en réadaptation, j'ai enfin pu sortir de mon enfer. Cependant, il y a quelque chose que j'ignorais, c'est que ce même enfer me suivrait aussi à l'extérieur. Il s'est soudé à ma peau, mon âme, ma tête et mon cœur, s'agglutinant aussi aux parcelles de lucidité qu'il me reste.

— Lacey ? Le dîner est prêt ! As-tu envie que l'on mange dehors ? me demande Arabella.

Je tourne la tête vers elle et lui réponds avec un sourire. Quand j'ai ouvert les yeux un mois après l'accident, mon monde n'était plus ce qu'il était et ça m'a fait mal. Rien n'était ce que j'avais cru et les personnes en qui j'avais le plus confiance m'ont trahie sans vergogne. Je ne sais pas ce qui est le pire entre la trahison de Gerry, de Liam, de mon père ou celle de James.

Arabella pose deux assiettes pleines à craquer de riz, salade césar et crevettes à l'ail sur la table. Elle repart aussitôt pour revenir avec une bouteille de vin blanc et deux verres. Je fixe ma nourriture avec une envie de vomir, je sais que je dois faire des efforts pour vivre, mais je suis encore en mode survie. Manger est extrêmement difficile, tout comme prendre une douche ou laver mes vêtements. Bella fait presque tout pour moi et, si elle n'était pas là, je ne serais qu'une épave qui attend sa mort. Tous les deux jours, elle me traîne dans son restaurant préféré où ils servent d'incroyables petits déjeuners. Sans elle, je suis en mode pilote automatique, elle me répète sans cesse que je dois voir les choses d'un autre œil et me dire que je suis chanceuse d'être vivante. Cependant, je ne vois pas comment je pourrais croire que je suis privilégiée puisque je n'ai plus rien auquel me raccrocher.

— Ça a l'air délicieux, mais je n'ai pas très faim, annoncé-je.

— Tu n'as jamais beaucoup d'appétit, mais tu vas devoir manger, car je ne te laisse pas le choix. S'il le faut, je te gaverai comme une maman oiseau.

Je grimace de dégoût et plante ma fourchette dans la chair rosée d'une crevette. Du coin de l'œil, j'aperçois Bella remplir nos verres d'un vin blanc probablement hors de prix et m'en tendre un.

— Tu sais, il y a un énorme festival électro qui démarre dans quelques jours et on m'a invitée, annonce-t-elle fièrement.

— C'est génial, ça ! m'exclamé-je sans entrain.

—J'aimerais que tu viennes avec moi. Ce sera pour une tournée de trois semaines, puis nous nous envolons vers Ibiza. Jeudi, il y a une fête pour célébrer la tournée et...

Bella plonge ses grands yeux bleus dans les miens et me supplie du regard. Elle a remonté ses longs cheveux noirs en une haute queue de cheval et de petites mèches rebelles tombent de chaque côté de son visage. Je sais pertinemment qu'elle s'inquiète pour moi et je ne compte plus le nombre de fois où j'ai pleuré ce que j'ai perdu dans cet accident. Ma sœur, Liam et Cameron étaient tous trois à l'avant de l'autobus et ils se sont pris la collision de plein fouet. Comme je me trouvais à l'arrière, j'ai été épargnée. Je suis la seule survivante de cette tragédie et il m'est impossible de vivre avec ça. Christa et Cam me manquent d'une façon presque impossible à décrire et, même si notre relation n'était pas au beau fixe, l'absence de Liam est, elle aussi, difficile à encaisser.

Comment puis-je vivre en sachant que mon groupe est mort ? Pourquoi moi ? Pourquoi ai-je été épargnée ? J'aurais largement préféré mourir avec eux ou, mieux, à leur place. J'aurais voulu qu'eux vivent plutôt que moi. Je ravale mes larmes et mes tristes pensées pour tenter de sourire à mon amie, mais elle n'est pas dupe et se rend bien compte que ce n'est pas sincère.

—Je comprends que tu ne veuilles pas vivre une nouvelle tournée, mais tu peux rester ici aussi longtemps que tu le souhaites.

— C'est vraiment gentil de ta part, Bella, mais je crois que je vais rentrer chez moi.

— Garde la clé, comme ça, si tu ressens le besoin de revenir, tu pourras.

— Merci, je ne sais pas ce que j'aurais fait sans toi. Tu es un ange.

— Ne dis pas de sottises ! Tu sais pertinemment ce que sont les tournées et...

Elle se tait, puis plaque sa main parfaitement manucurée contre sa bouche peinte en rose bonbon. Je me concentre sur ses ongles violet intense et leurs paillettes argentées pour ne pas me laisser aller à de douloureux souvenirs, mais ça ne fonctionne pas. Elle m'a fait la même manucure, alors, je pourrais me concentrer sur les miens, mais je suis figée et détourner la tête est impossible.

J'entends un écho parvenir jusqu'à moi, celui particulier qu'ont les grandes salles comme les arénas. Je ne dirais pas que c'est principalement parce qu'il y a des marées de monde, mais plutôt parce qu'un simple bruit se répercute à l'infini ou presque. En ce moment, c'est le nom de mon groupe que j'entends en boucle dans ma tête. Je pourrais presque me croire au Madison Garden à New York ou au Centre Bell à Montréal. Je peux quasiment sentir la présence de ma sœur à mes côtés, entendre Cameron battre la mesure avec sa grosse caisse et, si je tourne la tête, je suis persuadée que je croiserai le regard complice que je partageais avec Liam sur le stage.

Mon cœur se serre face à ce mirage incroyablement cruel. Il y a dans la vie des choses que l'on ne peut pas changer et se retrouver face à cet amoncellement de souvenirs, c'est parfois difficile à supporter. Toutefois, et dans mon cas uniquement, le plus ardu reste les mots que je n'ai jamais prononcés, les gestes que je n'ai jamais faits, les questions que je n'ai jamais posées, les discussions que j'ai remises et les je t'aime que je n'ai pas assez dits.

Je peine à vivre avec les réponses que je n'ai pas et que je ne peux qu'imaginer, j'aimerais sincèrement pouvoir mettre des mots sur les actes de Liam. Par-dessus tout, je souhaiterais comprendre pourquoi il a agi ainsi. Jamais je ne le saurai et je crois que c'est ce qu'il y a de plus pénible à accepter.

— Lacey…

Arabella me parle, elle tente de s'excuser, mais je n'entends pas et je ne sais pas si j'en ai envie. J'en ai marre que les gens s'excusent. J'en ai marre qu'on me traite comme une poupée de porcelaine qui s'est fissurée de l'intérieur et qui, à tout moment, peut se fracasser. Tout ce que je désire, c'est de retrouver nos 16 ans, notre vieux garage, nos instruments bas de gamme et nos rêves. Je veux pouvoir écrire avec mon meilleur ami, fuir la réalité dans les bras de celui que j'aime et faire face au monde avec ma petite sœur. Voilà tout ce que je désire !

Je veux la vie que j'avais avant, je n'étais pas prête à lui dire au revoir. Je ne le voulais pas. Putain ! Je ne pouvais pas y renoncer, il y a trop de choses que je n'ai pas pu régler et dire.

— Lacey, j'ai l'impression d'avoir dit quelque chose de mal.

— Tu sais bien que ce n'est pas ça ! J'ai simplement de la difficulté à parler de la musique. Je… C'est trop frais, trop récent, trop intense. Ton repas me semble fabuleux, Bella, mais est-ce que tu m'en voudrais si j'allais m'étendre un peu ?

— Non, non ! Bien sûr que non. Et puis, Hagrid sera très heureux de manger ton repas.

Je lui souris et me lève. Hagrid est le chat de Bella, elle l'a appelé ainsi parce qu'elle est fan d'Harry Potter, mais aussi parce qu'il est énorme et avec beaucoup de poils. Comme s'il savait ce qui l'attend, il saute sur ma chaise et miaule, m'arrachant un petit soupir.

Je monte à l'étage et me dirige vers la chambre où je loge depuis que ma sortie du centre de réadaptation. Ma mère aurait vraiment aimé que j'aille vivre chez elle, mais c'était au-dessus de mes forces. J'ai de la difficulté à être plus de quelques heures en sa présence, alors passer mes journées entières avec elle dans mon état, ce serait le clash assuré.

À peine arrivée, Arabella m'a laissée choisir la pièce dans laquelle j'avais envie de vivre pour les prochaines semaines. Il y a huit chambres dans sa maison, alors j'avais l'embarras du choix, mais mon choix s'est arrêté sur la plus près de la sienne. J'avais ce besoin de sécurité qui me tiraillait de l'intérieur, ça me donnait envie de vomir. Savoir mon amie près de moi ne rassurait, car je savais que si j'avais un souci ou encore un de ses putains de cauchemar qui polluent mes nuits, elle serait rapidement près de moi.

Dès que j'entre, je referme et grimpe sur le gigantesque lit avec une parure aussi jaune que le soleil. Bella m'a expliqué que cette chambre, elle la voulait lumineuse, brillante et éclatante. Elle a relevé le pari haut la main puisque chaque meuble, chaque décoration explose de vie. C'est vibrant, intense, vivant et carrément à l'opposé de ce que je suis en ce moment, mais c'est assez marrant d'admettre que je m'y sens bien. Comme si toute la lumière contrastait avec la noirceur qui m'habite depuis l'accident et que, finalement, ça me faisait le plus grand bien.

Dès que ma tête touche l'oreiller, des larmes coulent sur mes joues, me brûlant la peau comme si elles étaient de l'acide. Ça me fait mal, mais je ne sais pas si c'est mentalement, émotionnellement ou physiquement. C'est douloureux d'encore une fois verser des torrents pour ce qu'est devenue ma vie. Le pire dans tout cela, c'est que je n'arrive plus à réfléchir et me calmer, je ne fais que pleurer. Je m'endors après plusieurs heures de larmes et de cris étouffés.

Je déteste être seule dans le noir. Ça me fait mal au ventre. Ça me donne envie de vomir. Cependant, c'est toujours comme ça. Je suis toujours seule et personne ne vient me prendre la main. Et pourtant, j'ai besoin que quelqu'un le fasse.

— Lacey ! Lacey ! Où es-tu ?

C'est la voix de ma petite sœur Christa. Inquiète, je m'avance vers l'endroit d'où le son provient, mais je ne la trouve nulle part. Je m'affole en la cherchant partout, je parcours les pièces de la maison de notre enfance, celle où nous avons vécu avec papa et maman.

— Lacey ! Lacey ! Lacey ! Lacey !

Elle hurle mon prénom comme une litanie, comme si son âme se déchirait en deux. Je cours dans les couloirs, puis je pousse une porte et sans comprendre pourquoi je tombe littéralement en bas de la couchette du haut dans l'autobus de tournée que mon père possédait. Mes genoux me font mal, ma gorge s'assèche et mon cœur bat à tout rompre dans ma poitrine.

— Christa ?

J'appelle ma sœur, mais elle ne me répond pas. Nous avons haï cet autobus, nous l'avons détesté de toute notre âme, car, chaque fois que l'on embarquait dedans pour une tournée, nous passions quatre-vingt-dix pour cent de notre temps seules. Nous étions carrément laissées à nous-mêmes et ne pouvions compter que l'une sur l'autre. Je me relève avec difficulté et m'avance vers l'avant du car. J'aperçois la frêle silhouette de ma sœur assise sur la plus haute des trois marches menant à la porte de sortie.

— Christa ?

Elle tourne la tête vers moi, je n'ai pas devant moi ma petite sœur de vingt-cinq ans, mais plutôt une enfant. Je prends place à ses côtés et, tout de suite, elle noue ses doigts aux miens et pose sa tête contre mon épaule.

— Tu m'as manqué, Lacey. Où étais-tu ? demande-t-elle d'une petite voix.

Je n'arrive pas à répondre, ma voix se bloque et de la bile me monte à la gorge. Même si j'ai conscience que ce n'est qu'un rêve, j'espère ne jamais me réveiller pour profiter de la présence de ma sœur.

— Pourquoi tu ne dis rien ?

— Je ne sais pas quoi dire, avoué-je, la gorge nouée par l'émotion.

— Pourquoi tu ne me ferais pas la promesse de tenter de vivre pour nous deux ?

Sa question me prend au dépourvu et je me tourne brusquement vers elle. Ce n'est plus ma petite sœur gamine qui est devant moi, mais la femme que j'ai perdue il y a un an.

— Je... je... je n'en suis pas capable !

— Il est grand temps que tu essaies.

J'ouvre la bouche pour parler, mais elle lève la main pour m'en empêcher.

— Ne dis rien et laisse-moi poursuivre avant que tu ne te réveilles. Je suis toujours là avec toi, je suis seulement dans ton cœur et tes souvenirs. Tu dois te ressaisir et tenter de vivre. Tente de le faire pour nous deux. Ne laisse pas cette épreuve te détruire. Montre-leur ce que les sœurs Jenkins sont capables de faire.

— Sans toi, c'est impossible, objecté-je.

Christa se lève et descend le petit escalier, je tente de me lever pour la suivre, mais je suis scotchée à la marche.

— Christa ! Où vas-tu ? Reste avec moi ! braillé-je.

— Vis ta vie, Lacey ! Fais-le pour nous deux ! Je serai toujours à tes côtés.

Un sourire se dessine sur son magnifique visage d'ange. Elle pousse la porte et sort. Je tente de me lever, mais je n'y arrive qu'une fois que je ne la vois plus. Je me précipite à l'extérieur, mais elle est à nulle part. Je hurle son prénom à m'en casser la voix.

Quelqu'un pose ses mains de chaque côté de mon visage. J'ouvre les yeux et croise le regard bleu et inquiet de Bella. Je m'accroche à ses mains et ses bras comme si je me noyais. Ma gorge me fait mal, mon visage est humide et gonflé d'avoir trop pleuré. Mon amie me prend dans ses bras et je pleure encore une fois.

— Elle était dans mes rêves ! Ça semblait si vrai, si réel. J'ai si mal maintenant.

— Ma puce, calme-toi et raconte-moi ce rêve.

Je me blottis contre elle, un peu comme si elle était ce qui me manque dans ce monde de dingues : ma sœur. Je lui raconte mon rêve, n'oubliant aucun détail, mais surtout en lui expliquant comment je l'ai sentie si près de moi et que c'était un peu comme si elle était encore là. Bella me berce doucement en caressant mes cheveux. Quand mon récit se termine, elle me murmure de jolies chansons au creux de l'oreille et ça m'apaise.

— Je m'inquiète beaucoup pour toi, Lacey. Honnêtement, je me demande parfois si tu n'es pas en train de te laisser mourir.

— Ce n'est pas ce que je veux, mais, si la mort se présentait devant moi, je n'aurais pas le réflexe de me dérober.

— Lacey, tu ne peux pas vivre continuellement ainsi.

— Je le sais, mais je suis incapable de me relever.

— Christa ne voudrait pas que tu vives de cette façon.

— C'est ce qu'elle m'a dit dans mon rêve, mais c'est au-dessus de mes forces.

— Un pas à la fois, ma chérie. Tu ne dois pas essayer de courir avant de savoir marcher.

— Mais je le sais déjà, répliqué-je.

— Tu dois réapprendre à avancer dans cette vie tout simplement.

— Merci d'être là, Arabella. Ça me fait le plus grand bien.

— Ma proposition est là, si jamais tu veux venir à la fête ou bien te joindre à la tournée, tu es la bienvenue.

J'inspire profondément à plusieurs reprises avant de lever les yeux vers elle et de tenter un bref sourire. La voix de ma sœur fait écho dans ma tête : *Vis ta vie, Lacey ! Fais-le pour nous deux ! Je serai toujours à tes côtés.* Des larmes me piquent les yeux, mais je les refoule du mieux que je peux. Christa mérite que je vive pleinement ou du moins que je le tente.

— Je crois que je vais être ta cavalière jeudi, mais pour le reste ce sera trop difficile.

— C'est déjà un pas de fait, Lacey. Dès l'instant où tu me fais signe, on quittera la fête.

— J'ai envie de regarder un film, annoncé-je.

Un énorme sourire étire les lèvres de Bella et elle prend ma main dans la sienne.

— Je prendrai une douche avant, en revanche.

— Tout ce que tu veux ! Je suis tellement contente que tu veuilles faire un truc sans que je t'oblige. Je vais nous faire du pop-corn, puis nous faire une installation au top avec des couvertures et des oreillers au salon.

Arabella saute en bas du lit et me tend la main pour m'aider à faire de même. Je la prends avec un faible sourire, puis la regarde ouvrir ma penderie pour explorer mes vêtements. Elle me tend un t-shirt et un short.

— Tu sembles impatiente !

— Je veux profiter de ce moment où mon amie reprend vie, dit-elle avec un large sourire.

J'inspire longuement, car je sais que je devrais dire un truc simple qui la conforte dans cette illusion. Sincèrement, je ne sais pas si j'y arriverai, je veux tenter pour Christa, mais je n'y mets pas beaucoup d'espoir.

— Je vais nous préparer tout ça, rejoins-moi quand tu auras terminé.

Elle tente de quitter la chambre, mais je la retiens par la main et la serre dans mes bras avec force.

— Merci pour ce que tu fais pour moi, Arabella.

— Tu en ferais tout autant si c'était moi.

Elle prend mon visage en coupe entre ses mains et plonge son regard dans le mien.

— Tu mérites d'être heureuse. Tu dois simplement t'en laisser la chance.

— Je sais.

Je prononce deux mots, et aussi petits soient-ils, ils me brûlent la bouche. Un goût amer se répand sur ma langue et ma gorge s'assèche. La voix de ma sœur vient jusqu'à moi en me répétant la même chose que tout à l'heure. *Vis ta vie, Lacey ! Fais-le pour nous deux ! Je serai toujours à tes côtés.*

— Je ne serai pas bien longue, annoncé-je.

Bella quitte la pièce, me laissant seule par la même occasion et, pour la première fois depuis l'accident, je sens germer en moi le minuscule espoir que tout ira bien et que je vais m'en sortir.

3

James

J'ai trouvé refuge dans un petit bar miteux d'un quartier malfamé. La lumière est trop tamisée, ça sent la poussière, le sexe et le vomi à plein nez, mais je m'en fous, car je me cherchais un endroit où me bourrer la gueule sans que Kirsten et Aaren viennent me casser les couilles. Selon eux, je suis au plus bas, moi, je qualifierais mon état comme si j'étais sur une pente et que j'avais perdu le contrôle de ma trajectoire. J'accélère encore et toujours sans pouvoir freiner et je sais que lorsque je vais arriver en bas, je vais m'écraser. Tout me semble désuet, et ce que je ressens en ce moment est inqualifiable. En fait, c'est faux, il y a une chose qui qualifie tout ça et c'est la sensation de mourir à petit feu. Je ne sais plus le nombre de conversations où ils m'ont expliqué de long en large que mes réactions ne sont pas normales et que je dois me ressaisir illico si je ne veux pas devenir un ivrogne en puissance comme notre père.

La façon dont j'aime Lacey reste incompréhensible pour eux, mais, surtout, ils n'arrivent pas à concevoir comment je peux arriver à me sentir aussi coupable de ce qui lui arrive. Bien sûr, ce n'est pas ma faute si un automobiliste les a heurtés de plein fouet, mais je n'aurais pas dû taire ce que je savais. Tout ce que je devais faire était ne pas lui mentir, mais c'est ce que j'ai fait sur toute la ligne. Taire la vérité est aussi un mensonge...

Les images d'elle inconsciente dans son lit d'hôpital vont hanter mes jours et mes nuits jusqu'à la fin de ma vie. Tous ces fils qui la reliaient à des machines, ces tubes enfoncés dans sa gorge et son nez, ses yeux clos qui me donnaient l'impression qu'elle ne les ouvrirait plus jamais.

Je ferme les paupières quelques secondes et je suis propulsée un an auparavant.

Aaren et moi avons roulé toute la nuit vers Sacramento. Je voulais être là pour elle. Je ne savais pas dans quel hôpital elle allait être transférée ou encore si elle avait survécu. Tout ce que je désirais, c'était être là, peu importe la situation, peu importe qu'elle le veuille ou non. J'avais un faible espoir que ça pèse dans la balance et qu'elle me pardonne pour tout ce que je lui ai fait. Il m'aurait été tellement facile de lui en parler, de lui dire : Lacey, je sais que tu ne vas pas aimer mes paroles, mais il faut absolument que je te parle. Égoïste comme je suis, je n'ai pensé qu'à moi, mon frère et mon groupe. Je réalise trop tard que ce n'est plus comme avant : Aaren et moi contre le reste du monde, mais que nous pouvons intégrer d'autres personnes dans nos vies et qu'elles nous conviennent. Lacey collait merveilleusement bien à ma vie, j'avais souvent l'impression qu'elle m'était dédiée, qu'elle était la seule pour moi, celle que j'attendais depuis si longtemps.

En cours de route, j'ai reçu un appel de Gerry qui m'annonçait que Lacey était entre la vie et la mort à l'hôpital général Sutter de Sacramento. Lui et Tommy prenaient le premier vol pour la rejoindre. C'est aussi à ce moment-là qu'il m'a annoncé qu'elle était la seule survivante du groupe. Dans ma tête, je me faisais déjà des tonnes de scénarios sur comment j'allais pouvoir l'aider à surmonter cette épreuve et comment ça nous rendrait plus forts, mais aussi plus solides. Cependant, ça ne s'est pas passé de cette façon, car à peine arrivé à l'hôpital, on m'a empêché de la voir. Gerry et Tommy s'y sont fermement opposés, mais je ne me suis pas laissé abattre et j'ai continué à insister. Après deux jours d'acharnement, Gerry a consenti à me laisser entrer, sans la permission de Tommy. Dès l'instant où j'ai franchi la porte et que mes yeux se sont posés sur le corps de Lacey, je n'ai pu retenir mes larmes. Elle me semblait si petite, si frêle et si fragile, jamais je n'aurais pu imaginer qu'elle avait l'air de ça, qu'elle fût autant amochée. Son corps était tuméfié, bleui, lacéré et ce n'était que la partie visible, car 70 % étaient couverts de bandage ou de plâtre. Tranquillement, je me suis avancé vers elle, une boule venait de se loger au creux de mon estomac et mes mains tremblaient. Pour en cesser leurs agaçants tressaillements, je les ai enfoncés dans les poches de mon jean pendant que je m'asseyais sur la chaise la plus près de son lit. Je me suis penché vers elle et j'ai été attristé de constater qu'elle avait perdu son odeur, et qu'elle sentait maintenant « l'hôpital », un mélange de produits aseptisés.

— Lacey... je... je...

Je n'ai pas pu dire autre chose ou exprimer ma peine, ni surtout la culpabilité qui me rongeait les entrailles depuis des semaines. Tranquillement, j'ai sorti mes mains de mes poches et levé la droite vers elle. Cependant, avant que je ne la touche, un bruit strident a envahi la pièce. Je me suis figé, des larmes coulaient sur mes joues, un peu comme si mon cœur avait compris avant mon cerveau. Une infirmière me hurla de quitter la pièce alors que tout un tas de gens s'affairait autour d'elle. C'est Aaren qui m'a tiré par le bras pour m'entraîner en dehors de la chambre. Une grande blonde a foncé vers nous, mais je n'ai réalisé qu'à la dernière seconde qui elle était : Arabella Velásquez. Encore une fois, je n'ai pas compris. Pourquoi elle était là ? Je ne savais même pas que Lacey et elle étaient potes. Ça m'a peiné de constater que, finalement, je ne la connais pas autant que je me plaisais à le croire. Le pire dans tout ça, c'est de me dire que je n'aurai plus l'occasion de le faire.

— Que faites-vous ici ? a-t-elle hurlé en colère.

— Bella ! Que fais-tu ici ? lui a demandé Aaren, aussi surpris que moi.

— Je suis une amie de Lacey, a-t-elle sèchement répliqué.

Elle a enfoncé ses poings dans ses hanches et nous a fusillés du regard. Arabella a toujours eu le sang chaud, elle réagit toujours au quart de tour. Naomi et elle se détestaient, mais tout ça remontait à de nombreuses années.

— Je crois que vous en avez assez fait comme ça !

— Mais de quoi tu te mêles ? Et puis tu sors d'où ? ai-je explosé.

— Je viens de le dire, je suis une amie de Lacey. On se connaît très bien et Tommy m'a appelé pour me raconter ce qu'il s'est passé et ce que vous avez fait.

Tommy ! Cet homme répugnant qui achète les gens et préfère la musique à sa famille... Je me foutais royalement de ce qu'il pouvait penser ou même vouloir.

— Ce qu'on a fait ? Putain ! Je ne sais pas pour qui tu te prends, mais tu vas devoir te calmer ma vieille.

C'est mon frère qui a parlé, j'étais étonné par la hargne et la colère dans sa voix. Je savais que Nao et lui étaient assez proches, et qu'il y avait une certaine rivalité entre les deux femmes, mais je me demandais si c'était la raison de sa réaction. Mon regard s'est posé sur lui, son visage était rouge, une veine de son cou palpitait et ses poings étaient fermés si serrés que ses jointures avaient blanchi. J'ai cru que si je ne m'interposais pas entre les deux, il allait la secouer comme un prunier jusqu'à ce que sa tête tombe. Bella est grande, assez pour pouvoir regarder mon frangin dans les yeux sans avoir à lever la tête et elle le fixait avec acharnement.

—Je viens de passer les derniers mois avec Lacey et jamais elle ne m'a parlé de toi, ai-je ajouté.

Un soupir exaspéré s'est échappé de la bouche de la blonde et elle a tourné la tête vers moi.

—Je m'en fous qu'elle t'ait parlé de moi ou pas. Tu n'as pas ta place ici, tu ferais mieux de dégager avant que je demande à la sécurité de t'escorter, nous a-t-elle menacés.

— Tu te prends pour son garde du corps, a craché Aaren sur un ton acide.

—Ne me fais pas ce plaisir-là ! Pour votre gouverne, c'est Tommy qui m'a demandé de veiller sur Lacey. Il n'a plus confiance en Gerry.

Mon frère a ouvert la bouche pour répliquer, mais j'ai levé la main pour lui signifier de se taire. C'était vraiment une mauvaise blague, tout ça. Tommy doutait de son homme de main. C'était n'importe quoi, on ne crache pas sur son plus fidèle soldat. Toute cette histoire me semblait improbable.

—James, si tu tiens à elle, fous-lui la paix ! Elle n'a pas besoin de cette tension que tu traînes autour de toi. Ce qu'il lui faut en ce moment, c'est du calme et du repos.

—Je serai toujours là pour elle et ça, tu ne le changeras pas.

—Fais-moi confiance ! Elle n'a pas besoin de toi et je crois que ce qu'il vient de se passer en est la preuve. Pour moi, c'est une réaction

inconsciente et elle tente de te faire passer le message qu'elle ne veut plus de toi dans sa vie.

Ses mots m'ont percuté de plein fouet. Bien sûr, ils m'ont fait mal et m'ont détruit aussi de l'intérieur. J'aurais aimé pouvoir lui cracher au visage, lui dire qu'elle se trompait et que nous survivrions à ça, mais je n'y arrivais pas. Peut-être parce que je n'en avais jamais vraiment été convaincu et que je me plaisais dans mes chimères. Il m'était très facile d'affirmer que c'était un retour à la réalité très ardu. Tout volait en éclats. J'ai reculé de deux pas, heurté une dame d'un certain âge et manqué de tomber par terre. Je me suis redressé comme si le fait de la toucher me brûlait la peau. Mes poumons se sont contractés, respirer était de plus en plus difficile. J'ai filé vers la sortie en courant comme un dératé. J'entendais vaguement Aaren et Arabella s'engueuler.

Une fois à l'extérieur, j'ai peiné à reprendre mon souffle. Tout mon corps me brûlait et me faisait mal, mais le pire était les convulsions de mon cœur. C'est un peu comme si quelqu'un avait essayé de me l'arracher pour me faire souffrir, mais qu'il me l'avait remis en place, béant, saignant et palpitant. Titubant, je me suis dirigé vers la voiture de mon frère et me suis écroulé au sol. Mes jambes se sont dérobées sous moi, j'ai réussi à m'adosser à la portière de la voiture et j'ai pris mon téléphone dans la poche de mon jean pour appeler Aaren. J'avais besoin de son aide, je ne savais pas ce qui m'arrivait à ce moment. Mon corps était couvert d'une fine couche de sueur, je tremblais comme un arbre pendant une tornade, ma bouche était sèche et j'étais persuadé que si j'essayais de parler, je n'en serais pas capable. Avec beaucoup de persévérance, je suis parvenu à déverrouiller mon smartphone. Mon fond d'écran était une photo de Lacey et de moi. Tout de suite, mes tremblements se sont calmés doucement. J'ai réussi à bouger convenablement, ma respiration a ralenti et est redevenue normale. J'ai appuyé ma tête contre la carrosserie de la voiture et inspiré longuement.

Lacey ! Putain ! Si je pouvais te faire autant de bien que tu arrives à le faire pour moi...

Ce souvenir ne fait qu'augmenter mon envie de boire. Je fais signe à la serveuse de me servir une nouvelle consommation. Elle me fixe pendant presque trente secondes avant de déposer une bouteille de bière devant moi. J'en prends immédiatement une longue gorgée. Le liquide ambré qui coule le long de ma gorge me calme. Je ferme les yeux et savoure le moment où je perds pied dans cette ivresse éphémère, mais tellement apaisante. Mon corps n'est plus aussi tendu qu'il y a quelques secondes. Je me sens bien à un point où je pourrais presque croire que la vie est encore magnifique. J'ouvre les paupières et sursaute en apercevant une fille à côté de moi. Ivre, je ne la reconnais pas tout de suite, ce n'est que lorsqu'elle me sourit que je percute. Naomie est là ! Même si je sais que c'est une vision et qu'elle est morte, ma bière atterrit par terre et je m'expulse du tabouret, accrochant au passage un mec assez baraqué qui ne semble pas apprécier.

— Tu ne peux pas faire attention, connard, gueule-t-il.

J'entends ce qu'il me dit, mais je n'arrive pas à porter attention à ses paroles. Ma tête pivote dans tous les sens à la recherche du mirage qui m'a percutée avec autant d'impact qu'un train de marchandises. Sans comprendre ce qu'il se passe, on me pousse et je tombe à la renverse. Je me relève et tente de me diriger vers la sortie. Voir Naomie a toujours le même effet perturbant et déstabilisant sur moi.

On pose une main sur mon épaule et, quand je me retourne, je vois l'homme que j'ai accroché il y a quelques secondes. Il me hurle des trucs dans un borborygme que je ne comprends pas. Son attitude m'agace, la seule chose que je veux c'est de rentrer chez moi et... et...

— C'est quoi, ton problème ? hurle-t-il en me crachotant dessus.

J'essuie mon visage du revers de la main et me redresse. Les sentiments qui faisaient rage en moi à la suite de la vision de Naomie s'envolent et je me retrouve dans une réalité qui ne me plaît guère. Je serre les poings et me redresse. Si ce gros con croit qu'il peut m'impressionner en parlant fort et en me crachant dessus, il se trompe, j'en ai vu d'autres que lui.

— Parle français, mon vieux, et cesse de me postillonner à la figure. C'est écœurant.

Il ne se donne même pas la peine de répliquer et un uppercut m'atteint directement à la mâchoire. Mes dents s'entrechoquent. Je trouve enfin une solution pour changer ma douleur mentale en quelque chose de plus physique. Cette constatation me fait rire, mais mon assaillant n'apprécie pas et me frappe à nouveau. Il multiplie les coups à la figure, aux côtes et au ventre. J'arrive à peine à lui en mettre un qu'on nous sépare et qu'on me lance littéralement à l'extérieur du bar.

S'il y a quelque chose de vraiment désagréable avec la célébrité, ce sont les paparazzis. Ils sont toujours là au mauvais moment et là, il y en a plus d'une dizaine qui me mitraille avec leur appareil photo. Dans la douleur et le sang, je me relève et prends appui sur le mur en brique brune pour reprendre ma respiration. Je devrais les fuir, mais mon corps est trop ankylosé. Par un heureux hasard, un taxi se gare devant l'immeuble pour laisser descendre deux personnes. Sans perdre un instant, je prends leur place et donne l'adresse d'Aaren au chauffeur. *Putain, je suis dans la merde !*

Chaque lendemain de veille est du pareil au même. Je me sens comme une merde, mon crâne est douloureux, mon estomac en compote et, encore, je ne parle pas de mes intestins... Bref, c'est un perpétuel recommencement qui débute avec une fausse promesse concernant une éventuelle sobriété et le premier verre que je prends.

Une odeur de caféine vient me chatouiller les narines. Ce serait une bonne chose pour moi d'en boire un ou deux pour retrouver un semblant de vie. Je m'extrais du lit en repoussant les couvertures d'un geste las, mais surtout faible. Je porte mon t-shirt à mon nez pour le sentir et plisse les yeux en découvrant que je sens très mauvais. Hier aussi, je portais les mêmes fringues, ainsi qu'avant-hier. Putain de merde ! Même les SDF prennent plus soin d'eux que moi. Je dois absolument prendre une douche après avoir bu mon café.

Je sors de la chambre et longe le couloir jusqu'à la cuisine. La maison de mon frangin est assez grande et j'ai l'impression que je marche depuis quinze minutes lorsque j'arrive enfin. Je me laisse tomber sur un des tabourets qui encadrent l'îlot et, comme s'il m'avait senti, Aaren apparaît devant moi. Il me lance un journal que je repousse du plat de la main.

— Regarde ! Regarde qui fait la une ce matin ! exige-t-il.

— Je n'ai pas envie, rétorqué-je dans un grognement.

Exaspéré par mon comportement, il reprend son journal et l'ouvre.

Quelle n'est pas ma surprise de ne pas voir ma tête en première page, mais celle de Lacey. Tout de suite, je lui arrache des mains et lis l'en-tête qui est en gros caractères noirs. « Lacey Jenkins sort enfin de sa tanière et elle semble au mieux de sa forme. » Cette phrase met un baume sur mon cœur, mais elle m'est aussi très douloureuse et je n'arrive pas à savoir pourquoi. Je regarde ensuite une photo de celle qui a été l'élue de mon cœur. Elle est toujours aussi belle, ses longs cheveux noirs sont remontés en un chignon très haut. Elle est vêtue d'une chemise à carreaux noir et rouge ainsi que d'un jean pâle. J'aimerais voir ses yeux, mais elle porte une grosse paire de lunettes de soleil qui m'en empêche. Il m'est difficile de constater qu'elle est toujours avec Arabella Velásquez.

Je baisse les yeux et aperçois ma tête, un peu plus bas sur la première page. Bien sûr, j'ai été vraiment con de croire que j'allais y échapper. Le titre me concernant est très évocateur : « Pendant que Lacey Jenkins reprend des forces, James Combs est au plus bas. » Peu de temps après l'accident, il y a eu des rumeurs concernant Lacey et moi. Je n'avais pas le cœur de les nier, et encore moins de les alimenter, donc je n'ai rien dit. Comme à son habitude, la presse a pris mon silence comme des aveux. Ensuite sont venues des rumeurs pas très sympas sur l'implication de Gerry et Tommy dans la carrière de Hopeless Romantic. Je crois que la véracité de leurs propos ou des informations ne leur importait pas, tout ce qu'ils voulaient, c'était exploiter cette histoire juteuse que représentait l'accident.

— Tu devrais lire l'article sur Lacey. Je crois que ça pourrait t'intéresser. Ensuite, lis ce qu'on dit sur toi, peut-être que ça t'ouvrira les yeux.

Il dépose une tasse de café fumant devant moi et quitte la cuisine. Cependant, avant de franchir la porte, il se retourne et me lance :

— Je t'en supplie, prends une douche ! Tu sens le chacal et mes yeux coulent lorsque je suis près de toi.

Je ne vais pas le contredire, mais, putain, il y va fort ! Ça ne peut pas être aussi terrible que ça, j'en suis persuadé.

— Je peux t'emprunter des fringues ?

— Ouais, tant que tu brûles celles-ci une fois que c'est terminé.

Je grogne mon approbation et tourne les pages pour découvrir ce qu'ils disent sur moi.

James Combs fait encore des frasques. Ivre, il s'est battu dans un bar miteux de Los Angeles. Selon la propriétaire du Dark Saloon, James est arrivé très tôt l'après-midi et aurait été mis à la porte par la sécurité du pub parce qu'il se serait battu avec un autre client. Il était tellement saoul qu'il a fait tomber sa bière par terre et il est tombé en bas de son tabouret, nous explique Ena, serveuse de l'endroit.

Voilà ! C'est plus ou moins ce qu'il s'est passé et je me fous pas mal de ce qu'ils peuvent déblatérer à mon sujet. J'emmerde la presse à scandale, mais ça peut me permettre d'en savoir plus sur Lacey, alors je ne fais pas la fine bouche. Je tourne les pages jusqu'à trouver l'article sur celle que j'aime. Il y a une autre photo de Lacey et Arabella faisant du shopping dans une boutique très prisée de Rodéo Drive. Pendant de longues minutes, je fixe celle que j'aime. Elle n'a plus ses lunettes de soleil et elle sourit, mais il faudrait être dupe pour ne pas voir que ce n'est pas sincère. Elle semble être là, mais souffrir mille morts en même temps. Comment pourrait-elle aller bien ? J'aimerais tellement être là pour elle et la réconforter.

Arabella Velásquez fait partie des vingt artistes qui se produiront sur le plus grand festival de techno des États-Unis. Trois semaines de concert de Los Angeles jusqu'à New York pour ensuite s'envoler vers Ibiza.

Jeudi prochain aura lieu une fête pour célébrer ce festival et si nous en croyons nos sources, Lacey Jenkins sera l'invitée de mademoiselle Arabella. Rappelons-nous que, à la suite de l'accident ayant coûté la vie aux trois autres membres de son groupe, la chanteuse de Hopeless Romantic avait été hospitalisée pendant de longs mois et, après sa longue convalescence, avait finalement trouvé refuge chez son amie aux multiples talents.

Pouvons-nous espérer un retour pour Lacey dans le monde de la chanson ? Personne ne veut répondre à cette question. Que ce soit le célèbre Tommy Thomas ou encore son ancien agent Gerry Miller. Encore une fois, tout le monde se tait, mais nous n'avons pas dit notre dernier mot pour découvrir si c'est un come-back *que Lacey Jenkins nous prépare.*

Bande de salopards ! Espèces de vautours de merde ! Impossible qu'ils la laissent tranquille ! Je les déteste et n'ai qu'une envie, les appeler pour leur dire ma façon de penser. J'inspire longuement et fixe la photo de Lacey. Elle sera à cette fête et je dois y être. Je saute en bas du tabouret et me rappelle seulement à ce moment qu'hier, je me suis fait tabasser. Mon corps me fait mal sur le côté droit. Avec difficulté, je me dirige vers la chambre de mon frère pour récupérer des vêtements propres, puis je vais à la salle de bains et lève mon t-shirt. Mes côtes sont déjà bleu foncé, presque noires par endroits. Ce crétin ne m'a pas loupé. Rapidement, je me déshabille et entre dans la douche.

Une fois propre, je cherche Aaren dans la maison. Je le trouve assis sur la terrasse, sa guitare à la main, un cahier de chansons posé sur la table. Dos à moi, il ne m'a pas encore vu et, au moment où je vais me racler la gorge pour lui signaler ma présence, il se met à gratter les cordes. Une douce mélodie s'élève et sa voix rauque me surprend.

Je sais que c'est difficile.
Je sais que tu l'aimes, mon vieux,
Mais c'est si dur de te voir te détruire comme ça.
Je sais que c'est difficile, mais je suis là.
Nous venons des quartiers malfamés.
Ceux d'où les choix sont limités.
Bosser ou mourir, alcoolique et drogué.
Nous avons choisi la musique.
Nous avons choisi cette vie, notre passion.
Je te vois te détruire, mon frère.
Tous les soirs, l'alcool coule à flots dans tes veines.
Et je sais que ça te tue.

Je sais que c'est difficile, mais je suis là.

Nous avions un rêve, un simple rêve.

Faire de l'argent et sortir maman de sa misère.

Des choix, nous en avions peu et nous avons misé sur la musique.

Pourtant, chaque fois que tu lèves ton verre, je vois notre père.

Les vies, elles volent en éclats.

C'est même la chose la plus instable sur terre.

La sienne, la tienne, elles ne seront plus jamais les mêmes.

Relève la tête, mon frère. Relève-la assez haut pour voir les étoiles.

N'oublie pas que tu n'es pas seul...

Je serai là...

Je m'appuie contre le mur, mes jambes me portent à peine et ce n'est pas à cause de l'alcool que j'ai bu la veille. Ce sont plutôt les mots de mon frangin qui me touchent et me perturbent. J'inspire longuement et essuie mon visage du revers de la main. Ayant probablement senti ma présence, Aaren se tourne vers moi.

— Je ne savais pas que tu étais là, lance-t-il.

— Je... oui... j'arrive à peine.

Il me fait signe de la tête de m'asseoir et referme son cahier. J'aimerais le prendre pour pouvoir lire ses nouveaux textes, mais je n'ose pas le lui demander. Jamais il ne m'a caché ses écrits, alors je ne comprends pas pourquoi il le fait maintenant.

— Tu sembles enfin présentable, ma taquine-t-il.

— J'ai la classe quand même avec tes fringues, mon vieux. Écoute, Aaren, je veux aller à cette fête donner pour le festival techno auquel Arabella participe.

— Nous ne sommes pas invités et...

— Peux-tu voir pour qu'on soit sur la liste VIP ?

— James... je ne crois pas que ce soit une bonne idée.

— Si tu fais ça pour moi, je cesse de boire, proposé-je avec une intensité palpable.

— Tu es sérieux, là ? demande-t-il, interloqué.

— Oui, finis l'alcool et je me remets à l'écriture. Je vais me reprendre en main.

— C'est une promesse ?

— Oui, Aaren. Je sais que j'ai été invivable ces derniers temps, mais ça va aller… Je… Lacey, elle va mieux, alors moi aussi.

— Je vais faire mon possible.

J'opine du chef et me lève.

— Où vas-tu ?

— Je rentre chez moi. J'ai du ménage à faire et je dois jeter toutes les bouteilles d'alcool qui traîne depuis des mois.

— Tu as besoin d'aide ?

— Non, je dois faire ça tout seul.

Mon frère me fixe, puis se lève pour me serrer dans ses bras. Je ne percute qu'à ce moment à quel point ça a été pénible pour lui. Avec difficulté, je le repousse et quitte sa maison. J'ai l'intention de marcher un moment ou du moins, jusqu'à ce que mon corps, endolori par la bataille d'hier, me le permette. J'appellerai ensuite un taxi pour me ramener. J'aurais préféré rester avec Aaren et discuter, mais j'ai beaucoup trop de choses à faire.

4

Lacey

Je ne saurais dire si j'ai envie ou non d'aller à cette fête. Cependant, je lui ai dit que je serai là et que je ferai un effort pour sourire, mais surtout, que je serai agréable avec tout le monde. Je ne suis pas adepte de ce genre de musique, mais Bella est mon amie et elle demande ma présence, alors je vais faire le nécessaire pour lui faire plaisir.

Un peu plus tôt dans la semaine, nous sommes allées acheter nos habits pour cette soirée. Seulement, les paparazzis nous ont vues et, le lendemain, je faisais la couverture des journaux à potins. Je ne comprends pas pourquoi ils font une fixation sur moi et l'accident. Parfois, ça me donne la désagréable impression qu'ils se réjouissent de mes malheurs. Ne peuvent-ils pas comprendre que ma vie est difficile depuis ? Ne peuvent-ils pas me laisser tranquille ! Je n'étais pas la seule à paraître dans le journal, James aussi. Il était ivre, amoché et semblait à peine tenir sur ses jambes. Je n'arrête pas de penser à cette image de lui appuyé contre le mur d'un immeuble délabré, du sang coulant de son arcade sourcilière jusqu'à sa joue. Ça m'a brisé le cœur de le voir comme ça, j'aimerais lui venir en aide, mais il a fait son choix. Il croit que je serai mieux sans lui et je dois respecter cela.

Quand je suis sortie du coma, il est une des premières personnes que j'ai voulu voir, mais mon père m'a expliqué qu'il était venu peu de temps après l'accident, mais que c'était trop difficile pour lui. Compte tenu des mensonges passés qu'il a pu faire, je ne l'ai pas cru, mais Bella m'a confirmé que c'était la vérité. J'aurais aimé qu'il ait le courage de me le dire, qu'il vienne me voir pour m'expliquer tout ça. Pendant ma convalescence, je n'avais pas la force ni l'envie de me confronter à lui. Rapidement, les semaines se sont mises à défiler à pleine vitesse, et prise dans ma propre peine, j'ai un peu oublié le bien et le bonheur qu'il m'avait apportés.

Un chauffeur nous conduit jusqu'à une grande salle où tous les grands noms de la musique techno ainsi que leurs amis sont conviés. Je suis très fière de Bella et j'espère qu'elle s'amusera parce qu'elle a déjà passé trop de temps à s'occuper de moi et à m'écouter me lamenter.

Elle tourne sa tête blonde vers moi et me sourit.

— Tu es magnifique Lacey, annonce-t-elle.

— Merci !

Pendant notre séance de shopping, je l'ai laissée choisir la robe que j'allais porter. Son choix s'est arrêté sur une robe en cuir noir sans manche, avec un décolleté en V assez plongeant. Dès l'essayage, j'ai eu l'impression d'être trop vulgaire, mais comme j'avais déjà porté ce genre de tenue auparavant, je me suis convaincue que ça me passerait. Mon jogging et mon t-shirt me manquent horriblement.

— Ça va aller ? me demande-t-elle, visiblement inquiète.

— Oui, ne t'en fais pas. Je suis seulement un tout petit peu nerveuse.

— Si ça ne va pas, tu me fais signe et on rentre. Je sais que tu ne veux pas et que tu préférerais que je profite de la soirée, mais mon amie est beaucoup plus importante qu'une soûlerie.

Ses paroles me touchent énormément et je ne peux m'empêcher de prendre sa main dans la mienne.

— Merci, Arabella, je ne sais pas ce que je ferais sans toi.

— Ne dis pas de telles choses. Maintenant, sortons de cette voiture et allons à l'intérieur pour vérifier s'il n'y a pas matière à s'amuser, s'écrie-t-elle.

J'ouvre la portière et contourne la caisse pour rejoindre Bella devant l'immeuble. Il y a des gens partout, mais aussi beaucoup de paparazzis, alors je me plaque un sourire sur le visage et nous avançons vers la marée de gens agglutinés dans l'allée. Plusieurs scandent mon nom pour prendre des photos, les flashs crépitent de toutes parts, puis je rassemble mon courage à deux mains pour me retourner vers eux et prendre la pose habituelle pour ce genre de soirée. Bella se prête au jeu avec moi et c'est de plus en plus facile.

— Lacey ! Lacey ! Comment vous sentez-vous depuis l'accident ? demande un journaliste.

Arabella ouvre la bouche pour répliquer, mais je la devance et prends la parole avant elle.

— Comme quelqu'un qui vient de perdre sa famille, je survis. Maintenant, vous m'excuserez, mais je ne suis pas venue ici pour parler de la mort des membres de mon groupe, mais pour passer la soirée avec une amie qui part demain en tournée.

Sur ces mots, je tourne les talons et me dirige vers la porte, Arabella à ma suite. Elle m'attrape par l'épaule une fois que nous sommes à l'intérieur, et m'oblige à lui faire face.

— Ça va, Lacey ?

— T'inquiète pas, je me doutais qu'on me poserait ce genre de questions. Maintenant que j'y ai répondu, nous pouvons nous concentrer sur cette soirée ! annoncé-je avec mon faux sourire.

— Viens, je vais te présenter des amis.

J'acquiesce d'un signe de la tête et Bella m'entraîne vers la foule. Toutes les personnes qu'elle me présente me saluent chaleureusement, je reconnais certaines pour être déjà allée à des remises de prix en leur présence ou pour avoir partagé des festivals.

Au début de Hopeless Romantic, nous jouions dans de gros événements où tous les genres de musique se mélangeaient. Gerry nous avait convaincus de le faire puisque ça nous permettait de nous faire connaître d'un auditoire plus large. En fait, tout ce que nous voulions était de nous produire sur scène le plus souvent possible. Nous nous foutions donc du lieu ou de l'événement.

Une heure s'écoule lorsque Bella m'annonce qu'elle va au petit coin et qu'elle revient très rapidement. Elle me demande plusieurs fois si ça ne me dérange pas de rester seule. J'ai beau la rassurer autant que je peux, elle n'est pas encore convaincue lorsqu'elle me quitte.

La musique techno est assourdissante et me bourdonne dans les oreilles. J'ai l'impression que mes tympans vont exploser. J'inspire longuement et sonde la foule à la recherche d'un ami ou d'une connaissance à qui je pourrais faire causette.

Bizarrement, il n'y a plus un son, il n'y a plus personne. La musique a disparu tout comme la foule qui s'amusait et buvait à outrance. Il ne reste que moi et lui. Il vient d'apparaître à l'autre bout de la pièce, chemise bleu marine, manches roulées sur ses avant-bras tatoués et un jean noir. Nerveusement, je joue avec mes doigts tout en espérant qu'il ne m'ait pas vue, mais c'est dingue parce que je ne vois que lui, alors il ne doit voir que moi. Son regard est ancré dans le mien, puissant et vibrant comme si on s'était quittés hier. Un coup est porté à mon cœur et ça fait mal. Pas dans le sens d'une douleur, c'est plutôt comme si on venait de m'électrocuter. J'ai l'impression de reprendre vie, mais de mourir en même temps. Je ne sais pas comment expliquer ce qu'il se passe en moi.

— Putain de merde ! Qu'est-ce qu'il fait ici, celui-là ?

Arabella apparaît à mes côtés comme un ange venu me protéger. C'est mon retour à la réalité, la foule se rematérialise devant moi. Je lève les yeux vers mon amie, puis les reporte sur James qui s'avance vers moi. Tout de suite, je tourne les talons et fonce comme une dératée à travers les gens. Mon but est de mettre le plus de distance entre mon ancien amant et moi. Je me dirige vers un escalier, mais on m'attrape par la main.

— Aaren ! Que fais-tu ici ? s'écrie Bella dans mon dos.

Je n'avais pas remarqué qu'elle m'avait suivie. Tout ce que je veux en ce moment, c'est qu'on me laisse seule, mais surtout, je n'ai pas envie qu'un scandale éclate ici. Je me tourne vers mon amie et l'implore du regard, mais elle fixe Aaren comme si elle avait envie de lui arracher la peau du visage.

— Comme s'il n'y avait que toi qui pouvais inviter des gens ! lance amèrement Aaren.

— Oh ! Peut-être que je ne suis pas la seule à convier mes proches, mais quand je trouverai Eddy, il vous foutra à la porte et je me réjouirai de voir ta sale gueule balancée sur le trottoir.

Jamais je n'ai vu mon amie aussi hargneuse, aussi furieuse et, même la réaction d'Aaren que je connais peu, me consterne. Ils se hurlent dessus comme s'il n'y avait qu'eux et, rapidement, le rouge me monte aux joues. Je profite d'un moment où Bella s'avance vers lui pour lui crier qu'il n'est qu'un crétin pour m'enfuir. Je prends la direction opposée à eux et pousse une porte pour me retrouver à l'extérieur. Une grande cour arrière surplombée d'une vaste pelouse fraîchement coupée et quelques bancs sont posés ici et là pour que les gens puissent venir fumer ou se reposer. Il y a beaucoup moins de monde ici qu'à l'intérieur, le calme ainsi que l'air frais me font le plus grand bien.

— Lacey Jenkins ! s'écrie une voix masculine dans mon dos.

Je me retourne et tombe face à face avec un grand mec assez baraqué. Il est blond, les yeux bleus et il a le tatouage d'un tigre dans le cou. Si je n'étais pas à cette fête, je ne suis pas certaine que me retrouver seule avec lui comme en ce moment ne m'effraierait pas.

— Je suis sincèrement désolé pour ce qui est arrivé à ton groupe, mais je suis persuadé que tu en as marre qu'on t'en parle.

— Ce n'est pas que j'en ai marre, c'est simplement que ça ravive une blessure que j'essaie de fermer.

— Je te présente mes excuses si j'ai été maladroit.

— Ça va, je suis plus forte que j'en ai l'air, marmonné-je. À qui ai-je l'honneur ?

— Tristan Bennett, annonce-t-il simplement.

— Qui es-tu, Tristan Bennett ? demandé-je, intriguée.

— Tout le monde et personne à la fois, lance-t-il, amusé.

Incertaine de sa réponse, je plisse les yeux. La porte s'ouvre et James apparaît devant nous. Il nous jauge un instant avant de s'avancer vers nous.

— Lacey, je... est-ce qu'on pourrait se parler ? demande-t-il.

— Je… suis occ… occupée, bafouillé-je.

La tête de James pivote d'un quart de tour vers l'homme avec qui je discute.

— Tristan ! Je ne pensais pas te voir à ce genre de soirée.

— Je pourrais te dire la même chose, James !

— Vous vous connaissez ?

— Disons que l'on est de vieilles connaissances, rétorque Tristan.

— Je vous laisse discuter, je vais rentrer pour retrouver Arabella !

— Peux-tu m'accorder un moment tout à l'heure ? me demande James d'une voix suppliante.

Je réponds par un haussement d'épaules et me dirige vers la porte avant d'abdiquer. Avant d'entrer, Tristan me hèle.

— Hé, Lacey, j'espère que nous aurons la chance de poursuivre cette conversation à un autre moment.

Ma réponse est à la limite entre un oui et un non, ça ressemble plus à un grognement qu'à un mot.

Secouée par tout ce qu'il se passe, je retourne à l'intérieur et me laisse tomber sur la première chaise que je trouve. Je reste là pendant plusieurs minutes à retourner les événements dans ma tête. La voix de James y tourne en boucle, puis il y a la dispute entre Aaren et Arabella qui me perturbe. J'aimerais rentrer à la maison, ma maison, pas celle de Bella, mais celle que je partageais avec Liam. Je me demande dans quel état elle est en ce moment. Je me demande si elle a toujours la même odeur. J'attrape mon téléphone dans mon sac à main assorti à ma putain de robe et envoie un message à Bella pour lui dire que je ne vais pas rentrer avec elle ce soir. Ensuite, je me lève et me dirige vers la porte pour sortir. Je franchis l'allée toujours avec les paparazzis et les journalistes agglutinés de chaque côté.

Je marche en direction de la rue, puis tourne à l'intersection. Bien sûr, je ne pourrai pas aller bien loin avec mes souliers à talons hauts, mais prendre l'air me fait un bien fou. Une voiture sport rouge et bien clinquante se gare à côté de moi. Je me penche pour apercevoir la tête blonde de Tristan.

— Tu t'en vas où comme ça ? demande-t-il de sa voix rauque.

— Je pensais marcher quelques minutes, m'éloigner des paparazzis et ensuite appeler un taxi.

— Monte, je te ramène, annonce-t-il.

Je le fixe sans trop savoir quoi faire, puis il éclate d'un rire caverneux.

— Je ne vais pas te faire de mal, Lacey. Ce n'est pas mon genre.

— Je crois que tous les psychopathes doivent dire ça, non ?

— Ouais, comme toutes les nanas disent qu'elles ne sont pas folles, mais elles le sont toutes ! On s'en fout, de ce que disent les gens. Monte, je te conduis jusque chez toi et je disparais ensuite de ta vie. C'est un bon marché, n'est-ce pas ?

— D'accord, mais c'est seulement parce que je n'ai pas envie de marcher plus longtemps avec mes talons hauts.

— Tu as perdu l'habitude de ce genre de mondanité, je présume. Si je me rappelle bien, Liam et toi en étiez souvent la coqueluche.

Sa phrase me fait sourciller, comment peut-il me connaître à ce point alors que, moi, je n'ai pas la moindre idée de qui il est ? Je tourne la tête vers lui alors qu'il enclenche la marche avant. Son visage m'est familier, mais je n'arrive pas à mettre le doigt sur qui il est. Sans aucune gêne, je l'examine, le fouille du regard pour trouver un détail qui m'éclairait. Sa mâchoire est bien carrée et définie, un anneau en argent orne sa lèvre inférieure. Une lettre est tatouée sur chacun de ses doigts pour former un mot. Je tente de lire, mais n'y arrive pas à cause de l'angle de ses mains sur le volant. Il freine à un stop et me montre sa main.

— *Pain, Love*, annonce-t-il.

Douleur et amour en français. Qu'est-ce que ça va bien ensemble ! Sans réfléchir, j'attrape sa main droite dans la mienne et observe le tracé fin des lettres. Tristan me laisse faire. Son regard sur moi ne me gêne aucunement. Ça m'incite même à continuer.

La voiture derrière nous klaxonne, me faisant sursauter vivement. Tristan ricane avant de reposer sa main sur le volant et d'accélérer. Je me concentre sur la route devant nous, rapidement, je reconnais les rues de mon quartier et me demande comment il peut savoir où j'habite puisque je ne le lui ai pas dit.

— Tu me connais, n'est-ce pas ?

— Tout le monde connaît Lacey Jenkins, répond-il simplement.

— Ouais, la pauvre miraculée ! ironisé-je avec dédain.

— Non, ce n'est pas la raison pour laquelle je te connais.

— Tu vas m'expliquer qui tu es ? demandé-je, légèrement énervée.

— Tu vas m'offrir un verre chez toi ?

Un verre chez moi ? Bon sang, ce type ne manque pas de culot ! J'inspire longuement avant de tourner la tête vers la fenêtre. Je me force à me concentrer sur le paysage, les palmiers qui bordent la rue, les maisons plongées dans le noir. Ce quartier n'a jamais été le mien, j'aimais y habiter à cause de Liam. Lui, il l'adorait. Tristan gare sa caisse devant ma maison. Elle me semble si irréelle et si impersonnelle. J'ai l'impression qu'elle n'est plus à moi.

— Je ne peux pas ! Je ne peux pas ! Non ! Non !

— Calme-toi, Lacey !

Sa main se pose sur mon avant-bras, ce toucher est chaud et apaisant. Je tourne la tête vers lui et il plonge ses iris bleus dans les miens. Un sourire en coin se dessine sur ses lèvres.

— Tu n'as pas envie d'aller manger un morceau ? Je connais une pizzeria très sympa, et pas très loin d'ici.

— Oui, allons-y !

Attablée devant une pizza dans un petit restaurant contenant une dizaine de tables, je me demande ce que je fais là. J'ai envie de retrouver la sécurité que m'inspirait la maison de Bella. Je suis devant cet inconnu qui semble s'être donné pour mission de me sauver la mise ce soir, mais que je ne connais absolument pas.

— Qui es-tu, Tristan ?

— Je suis beaucoup de choses, Lacey !

— Tu n'en as pas marre de jouer au mec mystérieux ? demandé-je, agacée.

— Je ne le suis pas, je suis même hyper transparent.

— Si je te pose des questions, est-ce que tu vas répondre honnêtement ?

— Essayons ! annonce-t-il avec un sourire.

Je prends une gorgée de coca et secoue la tête à la recherche d'un truc à lui demander. Cependant, je sèche, c'est comme si mon cerveau était gommé par tous les événements de la soirée et que ça m'empêchait de réfléchir.

— Je ne suis pas vraiment du domaine de la musique. Je n'ai pas non plus bossé pour toi. Je n'ai aucun lien apparent avec ton père ou avec Gerry. Je connais James et Aaren, j'aimerais dire que ce sont des idiots, mais ils sont plutôt sympas.

— Qui es-tu ? Comment peux-tu connaître tous ceux qui m'entourent et que, moi, je ne te connaisse pas ?

— Je ne vais pas te le dire.

— Je vais te dire franchement, je déteste les secrets et les mensonges. On m'a déjà caché trop de choses dans ma vie, alors, si tu ne peux pas m'expliquer comment ou pourquoi tu sais tout ceci sur moi, je m'en vais.

— Mange et cesse de te poser des questions.

Il se prend une part de pizza et la dépose dans son assiette. Pendant quelques secondes, je le regarde la couper en morceaux, puis la mastiquer. J'admets que l'odeur de la sauce tomate, du pepperoni et du fromage commence à me faire saliver. À mon tour, je me sers et mange avec appétit.

— C'est délicieux, annoncé-je avec un petit sourire.

— C'est la meilleure pizzeria du coin.

— J'habite ici depuis un moment et je n'étais jamais venue. En fait, j'ai même dû passer devant des centaines de fois sans la voir.

— Les meilleures choses sont souvent dans la simplicité.

— Ah ouais, c'est assez ironique ce que tu dis là, d'autant plus que tu roules en Porsche.

— Ce n'est pas parce que j'aime ce qui est simple que je dois me promener à cheval, Lacey !

Sans pouvoir me retenir, j'éclate de rire et plaque ma main devant ma bouche pour étouffer ce son grotesque qui vient de franchir mes lèvres. Mon visage se décompose d'un coup.

— Je... excuse-moi.

Je tente de me lever, mais Tristan pose une main sur mon bras et me fait signe de rester assise.

— Ne fuis pas tes émotions et n'aie pas honte de rire à nouveau.

— Comment puis-je faire face à la vie sans eux ? demandé-je tristement.

— Je crois que tu devrais sincèrement tenter de vivre pour eux.

— Tout le monde me dit ça, mais je n'arrive pas à comprendre comment je peux y parvenir. C'est au-dessus de mes forces.

— Ça viendra ! Cesse de t'en faire et laisse-toi porter par la vie.

Tout le monde me dit ça et chacun a un conseil sur comment je devrais vivre maintenant. Cependant, aucun ne sait ce que c'est de perdre sa famille dans un accident. Parfois, j'aimerais être avec eux, ne plus vivre et ainsi cesser d'avoir mal.

Tristan me ramène à la maison après avoir terminé notre pizza et il repart. Je me doute que je ne le reverrai jamais, mais ce type m'intrigue vraiment beaucoup. Une partie de moi a l'impression de le connaître tandis qu'une autre m'implore de rester loin de lui. Les pièces n'ont pas changé en un an. Je sais que ma mère vient parfois ramasser le courrier, épousseter et vérifier que tout est en ordre. J'erre dans la maison, chaque recoin me rappelle quelque chose, une histoire, un bout de ma vie d'avant. Lorsque j'entre dans ma chambre, je suis étonnée de constater qu'après mon départ, Liam a enlevé toute trace de moi. Je rebrousse chemin et vais dans celle réservée aux invités. Sur le lit se trouvent tous mes vêtements, mes bijoux, mes photos et mes affaires que j'avais dans notre chambre.

J'attrape un haut noir ainsi qu'un jogging de la même couleur et les enfile. Qu'est-ce que ça fait du bien de ne plus être dans cette robe ! Je la prends et la dépose sur la pile de vêtements. Je reviens au salon et me laisse tomber sur le canapé. Exténuée et à bout de forces, j'espère plonger dans un sommeil réparateur, mais je demeure éveillée et incapable de dormir. Je me suis très mal dans cette maison, je ne saurais dire pourquoi, ça me donne l'impression qu'elle vit sans moi. Je n'ai jamais eu la sensation que c'était chez moi, c'est Liam qui l'avait choisie et... Ces souvenirs sont tellement difficiles à supporter que je ne peux empêcher mes larmes de couler telles des traîtresses sur mes joues. J'ai l'impression que mon cœur saigne depuis tellement longtemps et je ne sais pas s'il s'arrêtera un jour. Bon sang que c'est difficile ! C'est horrible même et je n'en peux plus de me trouver dans cette situation.

La tête me tourne d'avoir trop pleuré, je me redresse doucement et essuie mon visage barbouillé de traînées salées. Je me lève du canapé pour récupérer mon sac à main que j'ai laissé sur le bahut dans l'entrée lorsque je suis arrivée. Plusieurs messages sont de Bella, elle semble très inquiète pour moi et me demande de la rappeler sur-le-champ. J'en ai un autre d'un appelant inconnu. Intriguée, je l'ouvre et quelle n'est pas ma surprise de constater que c'est Tristan Bennet qui m'écrit. Je n'arrive pas à comprendre pourquoi, mais surtout comment il a eu mon numéro.

« Hello, Lacey, si jamais tu as envie de manger un bout avec moi à nouveau, tu sauras comme me joindre. »

« Comment as-tu eu ce numéro ? »

« Je sais tout sur tout le monde, ma douce ! »

J'inspire longuement, son numéro de « je sais tout sur tout le monde » commence à m'agacer. Décidée à découvrir qui il est, je me dirige vers le bureau et ouvre l'ordinateur dans le but de faire une recherche sur cet homme. J'accède rapidement à Google et écris Tristan Bennet. Les résultats qui s'affichent semblent désuets et inappropriés. Le seul Tristan Bennet que je trouve est un vieux d'une soixantaine d'années qui avait un bar de danseuses nues dans Hollywood. Ça ne colle pas. Je tente avec des termes différents en rajoutant musique, Aaren Combs, James Combs à côté de son prénom, mais rien n'est concluant.

Une photo de James apparaît à l'écran. Je ne devrais pas être étonnée, car j'ai quand même écrit son nom dans la barre de recherche. Mes yeux ne peuvent le quitter, ils sont scotchés à lui. Quand je l'ai vu tout à l'heure, j'ai eu l'impression de défaillir et de revivre à la fois. C'est impossible à expliquer, et encore plus à comprendre. Je zoome sur la photo pour le regarder plus en détail. Il a un petit sourire en coin et je me rappelle comment il arrivait à me faire craquer quand il l'utilisait avec moi. Ses paroles me reviennent en mémoire : *Lacey, je... est-ce qu'on pourrait se parler ?* Sans réfléchir plus longtemps, je ferme l'ordinateur, cours jusqu'à l'entrée et enfile une vieille paire de converses qui traîne là depuis une longue année. Un énorme pincement au cœur me prend de court et me fige sur place. Je me retourne et contemple ma maison, j'ai vraiment la sensation qu'on y vit encore. Que quelqu'un y habite toujours et ça me fait tellement mal que j'ai envie de hurler. J'attrape mes clés et claque la porte derrière moi avant d'entrer dans le garage. Ma caisse s'y trouve toujours, comme chaque fois que l'on revient de tournée. J'appuie sur le bouton pour déverrouiller la portière et pose la main sur la poignée.

Je me gare en bordure de la rue, l'allée de la maison de James est vide et ça ne me dit rien qui vaille. Il souhaitait me parler, mais peut-être a-t-il quelqu'un dans sa vie. C'est peut-être ce qu'il souhaitait me dire. La jalousie s'empare de moi et j'ai de la difficulté à la contrôler. C'est stupide de penser ainsi et je ne suis pas en droit de l'aimer à nouveau ou d'éprouver des sentiments pour lui, mais mon cœur se serre en pensant qu'il pourrait être avec une autre.

Je sors de ma voiture et vais cogner à sa porte, mais personne ne m'ouvre. Triste et anéantie, je m'assieds sur la première marche du perron. J'ai besoin de réfléchir, mais je n'y arrive tout simplement plus. Je suis épuisée et à bout de nerfs. Je n'ai pas envie de rentrer chez moi et de dormir dans cette maison. Je suis seule à l'extérieur sans avoir d'endroit où dormir. C'est faux, Bella m'a promis que j'aurais encore ma chambre chez elle, je dois même aller chercher mes affaires demain. Je pourrais aussi débarquer chez ma mère, plutôt mourir que d'aller chez mon père, mais je n'ai pas envie de les voir ni un ni l'autre.

Résignée, je me lève et descends l'escalier lorsqu'une voiture se gare devant moi, ses phrases m'éclairant. Tout de suite, la portière claque et sa voix parvient jusqu'à moi.

— Lacey ?

— Je... James !

— Que fais-tu ici ? demande-t-il avec une intonation douce.

— Tu as dit que tu souhaitais me parler.

— C'est vrai...

Guidée par mon instinct, je fais quelques pas vers lui et passe mes bras autour de son cou. Les siens s'enroulent autour de ma taille et sa chaleur ainsi que son odeur m'apaise. Ma tête s'est nichée au creux de son épaule et j'ai l'impression d'être enfin à ma place. Je le repousse doucement et lève la tête vers lui.

— Tu as envie d'un verre ? me demande-t-il

J'opine du chef et me laisse guider vers la porte d'entrée.

5

James

Je ne m'attendais pas à mieux de cette fête, mais dans mes espoirs les plus fous, Lacey me voyait et ses sentiments pour moi revenaient comme si l'on ne s'était jamais quittés. Maintenant tout ce dont j'ai envie, c'est de rentrer chez moi et de boire un verre. En fait, je m'en enfilerais même plusieurs de suite jusqu'à perdre conscience avec ma triste réalité. Comme si ce n'était pas suffisamment humiliant de m'être fait rejeter par celle que j'aime, Aaren m'a collé au train toute la soirée pour s'assurer que je ne filais pas en douce vers le bar. Je crois aussi qu'il souhaitait fuir cette folle d'Arabella Velásquez qui l'agresse chaque fois qu'elle le voit. Je dois me souvenir de le questionner sur le pourquoi ils se sautent à la figure chaque fois qu'ils se voient. Ce n'est pas normal et il me semble avoir anguille sous roche. Bon sang que je n'ai plus envie d'être à Los Angeles, je donnerais n'importe quoi pour me trouver ailleurs. En même temps, rien ne me retient de conduire ma voiture très loin de cette ville de dingue et de mes problèmes. Je pourrais trouver un petit endroit sympa où je pourrais refaire ma vie. Une petite maison dans les bois me plairait bien, sans voisin, sans électricité ou musique, simplement le calme et la nature. Un truc tranquille, quoi ! En fait, c'est une idée de merde, je ne serais même pas en mesure de faire un feu en frottant deux bouts de bois ensemble. Et puis, je ne pourrais même pas rester plus de quelques heures seul avec moi-même. Il me faut de la vie, de la musique, du bruit pour faire cesser tout ce tapage qu'il y a dans ma tête. Il me faut un verre ! Un putain de verre pour stopper ces pensées stupides et une cigarette pour me calmer ! Pourquoi j'ai pris la décision de tout arrêter ? Bon sang que je suis con, parfois !

Mes pensées s'emballent, elles s'affolent et deviennent cinglées. Plusieurs flash-backs du passé me reviennent en mémoire, mais ce sont des épisodes mélangés. Je ne sais plus dans quelle réalité je vis. Je suis effrayé de tourner la tête et d'apercevoir Naomi à côté de moi. Elle avait complètement disparu, elle avait cessé ses visites lorsque Lacey était dans ma vie, mais, depuis l'accident, elle revient me rendre dingue. J'inspire longuement, très profondément pour me calmer, mais ça me semble impossible. Je vais vraiment devoir boire un verre, c'est la seule chose qui m'apaisera. Je sais très bien ce que j'ai promis à Aaren, mais il ne saura jamais si je m'en tiens qu'à une bière. Tout ce stress ressenti aujourd'hui et cette anxiété de revoir Lacey auront eu raison de ma résolution. J'appuie sur l'accélérateur pour rentrer chez moi le plus rapidement possible. Mes mains tremblent sur le volant. Je me fais l'effet d'un drogué en manque de sa dose. Je chasse rapidement cette pensée en me convainquant que ce n'est pas la même chose et que je peux cesser de boire quand je veux. J'ai un parfait contrôle de la situation.

Lorsque je tourne dans l'allée de ma maison, mes phares éclairent une jeune femme et, tout de suite, je la reconnais. Mon cœur bat la chamade et j'ai l'impression que jamais je ne parviendrais à me calmer. *Lacey ! Lacey !* Elle est là, chez moi et je n'arrive même pas à y croire. Rapidement, je sors de la voiture et m'avance vers elle après avoir claqué la portière.

— Lacey ?

Ma voix semble trembler, mon être tout entier est sur le point d'imploser. Je ne comprends pas ce qu'il m'arrive et c'est même difficile de me concentrer sur la situation. Tout ce que je désire, c'est la prendre dans mes bras, la serrer si fort que nos âmes éclateront pour se recoller. Que dis-je ! Pour se souder l'une à l'autre. Je dois me rappeler de mettre ses mots dans une chanson. À son contact, aussi bref soit-il, je reprends l'envie de créer de la musique.

— Je... James !

— Que fais-tu ici ?

— Tu as dit que tu souhaitais me parler.

— C'est vrai...

— Tu as envie d'un verre ?

Un verre pour les retrouvailles avec celle que j'aime est permis, après tout, nous devons célébrer ça. J'ai l'impression de flotter sur un nuage. J'entraîne Lacey à l'intérieur de la maison. Je suis même très heureux d'avoir fait le ménage il y a quelques jours. Ça reste légèrement bordélique, mais pas autant que la semaine dernière.

Pressé de l'avoir près de moi, je me retourne pour la regarder. J'allume et ne peux m'empêcher de la dévisager comme si je ne pouvais pas croire qu'elle était là. Elle s'est figée dans l'entrée, mais elle a retiré ses converses et les a mis à côté des miens. C'est idiot comment une image comme celle-ci peut nous réchauffer le cœur ou pire, comment on s'attache à ce genre de cliché pour se convaincre que tout va bien. C'est ainsi que je me sens en ce moment.

— Tu viens ? demandé-je doucement.

— Oui !

Sa voix tremble, mais ce n'est pas comme si elle allait craquer, mais plutôt comme si l'émotion de se retrouver chez moi était tellement forte qu'elle avait du mal à la contrôler. J'aimerais vraiment faire un pas vers elle et la serrer dans mes bras. Elle est si belle, tellement semblable à mon souvenir, mais elle me semble si différente à la fois. Elle se promène dans ma maison, touchant du bout des doigts les meubles, les décorations, puis elle se tourne vers moi et me sourit.

— J'ai l'impression que tu n'as jamais quitté cette maison, lancé-je.

— Pourtant, j'ai la sensation d'en être partie il y a plusieurs années, rétorque-t-elle.

— Dans mon cœur, tu…

— Je ne suis pas ici pour que tu tentes de me séduire, James. Tu ne m'avais pas proposé un verre ?

J'opine du chef tristement, mais surtout résigné. Je me dirige vers la cuisine et ouvre l'armoire sous l'évier. Le petit rire de Lacey parvient jusqu'à moi, mais il n'est plus pur, sincère et innocent comme avant. Il est plutôt cabossé et simulé, ça me peine de la savoir comme ça.

— Pourquoi tu caches ton alcool sous l'évier ? demande-t-elle.

Je sors une bouteille de Jack Daniel's et me retourne vers elle. Elle est assise à l'îlot et me fixe. Je pose la bouteille sur le comptoir et sors deux verres.

— Parce que j'avais l'intention de cesser de boire…

Je mens à moitié, mais ce n'est qu'une vérité dissimulée. J'inspire longuement et ouvre la bouche pour corriger le tir, mais Lacey s'empare de la bouteille et verse le liquide ambré dans nos verres.

— Que se passe-t-il entre Arabella et Aaren ? J'ai eu l'impression qu'ils allaient s'arracher la peau du visage tout à l'heure.

— Je ne sais pas… Lacey, pourquoi es-tu ici ?

— C'est bête comme tout. J'ai fait une recherche pour savoir qui est Tristan, comme je ne trouvais rien de concluant avec son nom, j'ai écrit le tien à côté du sien. Encore une fois, rien n'a éclairé ma chandelle, mais j'ai vu des photos de toi et je crois que tu m'as manqué.

Je passe une main sur mon visage pour contenir les émotions qui m'assaillent. Bien sûr, j'ai conscience qu'elle vient de dire que je lui manque, mais ce qui me turlupine, c'est qu'elle soit intriguée par ce mec. Bouillant de rage, j'expire tout l'air contenu dans mes poumons.

— Pourquoi tout le monde semble connaître Tristan Bennet, sauf moi ? poursuit-elle.

Bennet… Quel con ! Bien sûr qu'il ne lui a pas donné le bon nom de famille ! J'ai toujours détesté ce mec, et encore plus maintenant qu'il tourne autour de Lacey.

— Tu es venue ici pour me parler de Tristan ? demandé-je en lui tournant le dos.

— Je viens de t'expliquer que j'étais ici parce que… Oublie ça, James ! Je crois que j'ai fait une erreur en venant te trouver.

Je ferme les yeux pendant quelques secondes. J'ai ce besoin de faire taire le feu qui me tenaille de l'intérieur, mais je n'y arrive pas. J'ai tellement espéré l'avoir devant moi à nouveau et d'avoir enfin la chance de lui parler que je suis en train de tout gâcher et ça me donne envie de casser un truc. Lorsque je me retourne, elle n'est plus là. Je me dirige vers l'entrée pour la retrouver, mais elle est déjà à l'extérieur. Propulsé par le besoin de ne pas la laisser partir, je fonce dehors pour l'empêcher de me quitter à nouveau.

— Lacey ! LACEY ! hurlé-je.

Elle stoppe au milieu de l'allée, son corps se raidit et ma tête va exploser tellement j'ai de choses à lui dire.

— Mon erreur à moi a été de ne rien te dire quand nos sentiments nous ont pris de court.

Lacey se tourne vers moi et s'avance jusqu'à être très près de mon corps. Je meurs d'envie de l'embrasser, mais la peur de me faire rejeter s'empare de moi. C'est idiot, je sais, mais, si elle me repousse, je ne pourrai pas survivre à ça.

— Je ne veux pas que tu t'en ailles, ce serait bien si tu pouvais rester.

— De toute façon, je n'ai pas envie de rentrer chez moi. Cette maison n'est plus la mienne. Je… je…

— Rentrons ! Tu peux utiliser la chambre d'ami aussi longtemps que tu le souhaites.

— C'est gentil, mais je ne peux pas toujours me cacher chez les autres.

— Ce n'est que temporaire, non ?

Elle opine du chef et je passe mon bras autour de ses épaules pour l'entraîner à l'intérieur une nouvelle fois. Lacey se laisse faire et me suit.

Le silence qui règne entre nous est pesant, presque douloureux. J'inspire longuement avant de me tourner vers elle. Son regard noir se vise dans le mien et ce que je souhaite ardemment est de descendre ma tête vers la sienne pour l'embrasser. Cependant, je ne le fais pas, sa réaction m'effraie comme ce n'est pas possible.

— Souhaites-tu dormir tout de suite ?

— Je… je crois que oui.

— Suis-moi, je te montre la chambre d'ami.

— Je sais où elle est James, réplique-t-elle faiblement.

— J'avais envie d'être un hôte remarquable et peut-être te donner l'envie de rester plus d'une nuit.

— Je vois. J'ai toujours ma chambre chez Arabella et… et… mes affaires sont toujours là…

— J'imagine. En tout cas, fais comme tu le sens, je vais me servir un verre, la coupé-je.

Il ne faut pas être dupe, elle est ici que parce qu'elle n'a nulle part ailleurs où aller. C'est con, mais j'ai bêtement cru qu'elle venait trouver refuge chez moi parce qu'elle se sentait bien ici et que je lui manquais. Quel idiot je suis ! J'entre chez moi et la laisse là. Elle me suivra si elle en a envie.

Mon verre est devant moi et je reste de longue seconde à le fixer. Une boule se forme dans ma gorge et ça me donne l'impression que je ne pourrai pas avaler une goutte. J'inspire longuement, pose la main dessus et le bruit de la porte d'entrée qui se ferme doucement parvient jusqu'à moi. Je ne sais pas si je suis heureux qu'elle soit revenue, j'ai tellement mal en ce moment que je crois que je préférerais être seul pour faire le tri dans mes pensées.

Lacey s'avance vers moi, prend le sien et le boit d'un trait. Rapidement, elle s'en sert un deuxième et le lève dans ma direction. Je fais de même et nous avalons en même temps cet alcool qui nous brûle la gorge.

— Serait-ce abuser si j'en prends un troisième ? demande-t-elle.

— Tu fais comme tu veux, Lacey ! Je ne suis pas en mesure de te juger sur ta consommation d'alcool.

— Tu as raison, mais peut-être avais-je envie que tu me dises non.

Un sourire se dessine sur ses lèvres et je craque à nouveau pour elle. C'est le même qu'avant, c'est celui qui m'a séduit et que j'ai espéré voir et revoir tellement de fois depuis un an.

— Repose-moi la question, lancé-je, amusé.

— Serait-ce abuser si j'en prends un troisième ?

— Non, ça ne le serait pas, mais je te donne cette bouteille remplie aux trois quarts de ce délicieux nectar en échange d'une balade sur la plage et de longues conversations.

Lacey semble réfléchir pendant quelques secondes, puis elle plisse les yeux et secoue la tête.

— Je suppose que je devrais partager avec toi ?

— Comme me répète sans cesse Elijah, le partage apporte le bonheur.

— Ah ouais, mais je n'ai pas le droit à ça… Tu sais être heureuse, ce n'est pas pour moi.

Ses paroles me blessent et me font mal. Tout ce que je voudrais, c'est de la prendre dans mes bras et de la serrer très fort, mais elle attrape la bouteille et me fait signe de la suivre. Sans un mot, je m'exécute et elle m'entraîne à l'extérieur. Nous marchons vers l'endroit où nous nous sommes blottis l'un contre l'autre au début de notre relation. Elle se laisse tomber par terre et m'indique de m'asseoir devant elle.

— Que faisons-nous ici ? demandé-je en prenant place.

— Je n'ai pas envie de marcher, mais j'ai besoin de prendre l'air.

Elle prend une gorgée du liquide ambré, puis me tend la bouteille. Je fais comme elle avant de la lui tendre à nouveau.

— Je me demande un truc, James, et je sais que tu n'as probablement pas envie de discuter de cela, mais je n'en peux plus de faire comme si ça ne me chicotait[1] pas.

— Ce soir, tu peux me poser toutes les questions que tu souhaites, Lacey, mais tu devras aussi répondre aux miennes.

---

1 Tracasser. (Québec)

— D'accord, faisons ça et demain nous n'en parlerons plus jamais, d'accord ?

— Ça me va !

Je tends la main vers elle pour sceller notre pacte, mais elle secoue la tête comme si me toucher la répugnait maintenant. Qui sait, peut-être est-elle venue simplement chercher des réponses et, lorsque le soleil se lèvera, elle disparaîtra. Cette constatation me fait un mal de chien, mais peu importe, je lui dois bien ça.

— Allons-y ! lancé-je avec un faux sourire.

— Tu n'aimerais pas ma première question, mais pourquoi tu n'es pas resté auprès de moi après l'accident ?

Elle a raison, je déteste, mais je viens de me promettre que je devais répondre sans filtre ou mensonge et c'est ce que je vais faire.

— Aaren et moi sommes arrivés à l'hôpital les premiers. Bien avant Tommy et Gerry, mais comme nous n'étions pas des membres de ta famille, ils n'ont pas voulu que nous allions te voir ni même nous donner de tes nouvelles. Ensuite, mon frangin a réussi à me convaincre qu'il serait préférable que nous prenions une chambre pour nous reposer quelques heures et que lorsque ton père serait là, nous irions te voir.

— Laisse-moi deviner, ça ne s'est pas passé comme ça ?

— En partie, il a refusé que j'entre, mais je ne me suis pas laissé démonter et, pendant plusieurs jours, je m'y suis présenté et je demandais sans cesse à te voir. Gerry en a eu marre de m'entendre et m'a laissé entrer. J'ai eu mal en te voyant ainsi et j'avais envie de fuir, mais je me suis approché de toi et ton cœur s'est arrêté de battre.

— Arabella m'a raconté cette partie, annonce-t-elle, mais elle ne m'avait pas dit que tu étais là.

Je déteste cette petite connasse. Je serre les poings pour ne pas exploser et lui dire ce que je pense de son amie, Lacey n'a pas besoin de ça en ce moment. J'inspire longuement pour me calmer et poursuis mon récit.

— Ensuite, ta pote m'a pris à part et elle m'a dit que c'était un signe si tu avais fait un arrêt cardiaque devant moi. Elle m'a aussi convaincue que je ferais mieux de partir pour ne plus te causer tous ces soucis. Je voulais rester, je te jure que je voulais rester.

— Pourquoi tu ne l'as pas fait ?

— Je ne sais pas ! marmonné-je.

Malgré la noirceur, la lumière de la lune éclaire son beau visage et lui donne une dimension presque angélique. Cette vue me donne envie de caresser sa joue et de déposer un baiser au coin de ses lèvres. Cependant, je doute qu'elle apprécie, alors je me contente de hausser les épaules.

— James, j'ai vraiment besoin de savoir...

— Je crois que les paroles d'Arabella ne faisaient que confirmer ce que j'ai toujours pensé de nous deux.

Lacey plisse les yeux et se mord la lèvre probablement pour retenir ses paroles. Je la connais suffisamment pour savoir qu'elle n'aime pas ce que je lui dis, mais, si elle veut la vérité, elle devra me laisser parler et lui avouer ce que j'ai au plus profond de moi.

— Quand nous étions ensemble, nous ne pouvions pas l'être. Ça me donnait souvent l'impression de ne pas te mériter. C'était difficile pour moi d'avoir la deuxième place dans ta vie.

— Tu sais que ça n'a jamais été le cas. Tu me disais que tu comprenais les raisons pour lesquelles je devais rester avec Liam.

— Oui et c'est le cas, mais ça ne veut pas dire que je les acceptais. Je veux dire par là que je ne disais rien pour toi, parce que mes sentiments étaient tellement forts que j'aurais supporté bien pire, et encore plus longtemps.

— Je ne comprends pas pourquoi tu ne m'as rien dit…

— Je ne sais pas moi non plus. Je crois que lorsque j'ai compris ce que ça impliquait, j'ai simplement eu peur de te perdre, mais, finalement, tout a volé en éclats avant que je n'aie eu le temps de tout réparer.

— Pour toi, rien n'a volé en éclats comme tu le dis. C'est moi qui ai vu ma vie détruite et chamboulée, lance-t-elle avec véhémence.

D'un bond, elle saute sur ses pieds et se dirige vers la maison, mais je la rattrape avant qu'elle n'ait fait plus que quelques pas. Ma main entoure son poignet et je l'oblige à me faire face.

— Tu sais que je ne suis pas responsable de l'accident. Personne ne l'est hormis le chauffard qui a percuté votre autobus de tournée.

— Jamais je n'ai dit que tu étais fautif dans cet accident.

— Je le souhaite parce que j'ai vraiment eu l'impression que c'est ce que tu insinuais. Je te rappelle que lorsque l'on s'est parlé après le concert, tu disais que tu n'aurais pas dû me laisser partir et que tu souhaitais toujours travailler avec moi.

J'inspire longuement, j'espère que mes mots la calmeront et lui rappelleront cette dernière conversation, mais je n'y fonde pas beaucoup d'espoir puisqu'elle secoue vivement la tête.

— James… nous n'en sommes plus là… Sincèrement, je ne crois pas que nous pourrons revenir en arrière. Je… je ne comprends même pas ce que je fais ici. À mon réveil, j'avais besoin de toi comme personne, mais tu n'étais pas là. En plus de devoir apprendre à vivre sans ma sœur, Cam et Liam, j'ai dû apprendre à me reconstruire sans toi. Ça n'a pas été le plus difficile, mais ça n'a pas été facile.

Ses mots me blessent et me font mal. Je lâche sa main comme si elle m'avait brûlé et la laisse partir. Elle me tourne le dos et grimpe tranquillement l'escalier.

— Lacey ? l'interpellé-je.

Elle stoppe devant la porte et se retourne vers moi. Rapidement, je la rejoins et me place à nouveau devant elle.

— J'ai répondu à tes questions, alors j'aimerais que tu répondes à une des miennes.

Elle opine du chef en guise de réponse.

— Pourquoi es-tu venue ici ce soir ?

— Je ne le sais pas. Je crois que j'espérais retrouver le mec que j'ai laissé en montant dans ce putain de bus. Je ne sais pas encore si j'aime celui que je vois en ce moment.

J'accuse le coup telle une violente gifle, mais je ne cille pas. Je reste droit et inflexible, mais je ne sais pas comment j'y arrive parce que ça fait tellement mal que j'ai l'impression que mes jambes vont se dérober sous moi.

— Celui que j'ai trouvé est encore plus perdu que moi.

— Explique-moi à quoi tu t'attendais.

— Je ne sais pas, mais pas à ça !

— Lacey, je vais t'expliquer un truc. Je me doute que tu n'aimeras pas mes mots, mais écoute-les bien parce que je ne compte pas me répéter deux fois. Tu n'es pas la seule à avoir tout perdu dans cette histoire. Oui, je sais, j'ai commis tout un tas de fautes, je t'ai trahie aussi, mais je te rappelle que tu regrettais de m'avoir laissé partir. Nous aurions pu recoller les morceaux et réécrire notre histoire. J'ai perdu beaucoup moi aussi et c'est sans toi que je dois réapprendre à vivre. C'est impossible, tu sais.

Pendant un long moment, Lacey me fixe, son regard s'ancre en moi et touche mon âme d'une façon percutante. J'inspire longuement avant de secouer la tête, puis je lève la main et caresse sa joue. Contre toute attente, elle ne se dérobe pas, alors je profite de l'occasion pour l'attirer et la prendre dans mes bras. Là, c'est autre chose, elle tente de me repousser, mais je la garde serrée contre moi.

— James ! Lâche-moi ! hurle-t-elle.

Son cri me surprend. Il me crée aussi des frissons dans le dos tellement il est poignant et vibrant. Je desserre mon étreinte et recule de deux pas pour la regarder. Lacey tremble de la tête jusqu'aux pieds. Son corps est littéralement parcouru de spasmes. Elle lève les mains pour me garder à distance, mais je n'ai même pas envie de tenter quoi que ce soit. Elle me fait l'effet d'un petit animal blessé.

— Tu as raison, je suis injuste avec toi, mais j'ai espéré que tu aurais repris le cours de ta vie tranquillement et qu'ainsi, je pourrais moi aussi passer à autre chose sans regret ou culpabilité. Ce n'est pas le cas...

— Tu as le droit d'être heureuse, d'aimer ou de profiter de la vie Lacey.

— Non, je ne peux m'y autoriser. C'est impossible ! Ma sœur est morte, Cam et Liam aussi. Je... je...

Je m'avance vers elle, mais elle me repousse et entre dans la maison. Je la suis pour m'assurer qu'elle va bien, mais aussi pour la rassurer et lui dire que ma chambre d'ami est là pour elle si besoin. Cependant, elle se dirige vers l'entrée, enfile ses converses et lève la tête vers moi.

— Je ne peux pas, James. Je ne peux pas être près de toi...

— Reste, j'ai la chambre d'ami...

Elle secoue la tête et ouvre la porte pour sortir. Je ne la retiens pas et la laisse partir parce que c'est ce dont elle a besoin en ce moment.

Maintenant, il ne me reste qu'une seule chose à faire, récupérer la bouteille d'alcool laissée sur la plage et la boire.

6

Lacey

Quand j'étais gamine, je trouvais refuge dans les vieux groupes de rock ou de hard métal comme Black Sabbath's, White Snake ou encore Motley Crue. J'aimais leurs styles éclectiques et différents. Dans ma tête d'enfant, c'était un peu comme s'ils créaient des modes et réinventaient la musique. J'admirais leur audace, mais surtout qu'ils soient sans peur dans leurs opinions et leurs chansons. Rapidement, j'ai grandi et, quand j'ai exprimé le désir d'en faire mon métier à mon tour, mon père m'a tout de suite expliqué qu'avec mon timbre de voix, je ne pouvais faire qu'un seul style : le pop-rock. Je me demande ce qu'aurait été ma vie si j'en avais fait qu'à ma tête et si Hopeless Romantic était devenu un groupe de hard rock comme je l'espérais au départ. Cette question me chicote depuis plusieurs mois, étant donné que c'est grâce à mon père si nous avons eu notre premier contrat de disque. Le truc pas sympa avec les questionnements, les regrets et les remords, c'est que jamais on ne saura ce qui aurait pu arriver. Jamais je n'aurai la réponse à mes interrogations et ce sera toujours ainsi.

Le soleil se lève doucement, il éclaire mon visage et le réchauffe, me donnant presque l'envie de profiter de ce moment. Je pourrais presque croire que ce sera une belle journée et que je retrouverai goût à la vie. Cependant, j'ai de la difficulté à oublier la façon ignoble dont j'ai traité James hier, et encore plus notre conversation, mais ça fait partie des choses qui sont gravées au fer rouge dans mon cœur et mon âme. J'aurais aussi aimé terrer au plus profond de mon être mes sentiments pour lui, mais, ça aussi, ça me semble impossible. Dès l'instant où je l'ai vu descendre de sa voiture, ça m'a prise de court. C'était un peu comme un tsunami d'émotions que l'on me balançait en plein visage. Je n'ai pas su y faire face convenablement. Il était si beau, si... si... si lui-même, comme dans mon souvenir. Tellement identique que je demeure persuadée que ses lèvres ont le même goût. Me ressaisir a été difficile, mais je n'avais pas le choix.

Après avoir quitté sa maison, j'ai roulé sans but précis, sauf celui de mettre le plus de distance entre nous. Cependant, je n'ai pas conduit longtemps avant que les larmes me rattrapent et brouillent ma vision au point de ne plus pouvoir conduire. Je me suis garée sur le bas-côté en bordure d'un parc. Pour une raison que j'ignore, j'y ai vu un signe ou plutôt une façon de reprendre mes esprits avant de rentrer à la maison. J'ai marché jusqu'à un banc et je m'y suis laissée choir durement, mais surtout épuisée. La solitude et les petits bruits de la ville m'ont rapidement calmée. Pour une des rares fois depuis l'accident, j'étais bien toute seule. Parfois, j'ai l'impression que toutes les nuits sont violentes, voire orageuses et c'est si difficile à supporter. Si j'utilise ces mots qui n'ont aucun lien ensemble, c'est que lorsque le soleil se couche, c'est toujours plus ardu. La douleur de la perte de ma sœur et de mon groupe est si vive qu'elle me ravage de l'intérieur et j'ai l'impression que les démons qui me hantent sont trop présents, tellement présents que ça me colle à la peau jusqu'à m'en rendre cinglée.

Assise sur ce banc, j'ai tout simplement regardé le jour se lever tranquillement, les gens ont commencé à aller et venir au gré de leur routine. J'aimerais avoir une vie comme la leur, calme, sans tout ce drame dans la mienne. Je les ai regardés faire en me demandant pourquoi je n'avais pas cette chance. Un couple d'adolescents a traversé le parc main dans la main, ils se murmuraient des choses à l'oreille et rigolaient. Même ça, je n'y ai pas eu droit, car, toute ma vie, on m'a conditionnée à être une musicienne. Jusqu'à maintenant, je n'avais jamais pensé que c'était mauvais, en fait, c'était même ce que je voulais. Aujourd'hui, je me rends compte que je suis passée à côté de moments fabuleux. Pourtant, un truc persiste dans ma tête, une pensée s'accroche et me fait la vie dure : « Être musicienne est ce que tu as toujours voulu faire. Personne ne t'a obligée ! Tu en rêvais avec tellement d'énergie que Dieu n'aurait même pas pu t'en empêcher. » C'est vrai, j'ai toujours voulu cette vie, mais je crains de ne pas être en mesure de vivre avec ce que ça m'a enlevé.

Tranquillement, comme si rien ne pressait, je retourne vers ma voiture pour rentrer chez moi. Je n'ai pas envie de me retrouver toute seule dans cette putain de baraque que je n'ai jamais vraiment aimée, mais je me vois mal errer dans les parcs de la ville comme une âme en peine. À l'intérieur, je récupère mon téléphone et consulte mes messages. J'en ai reçu une quinzaine en quelques heures. Quelques-uns sont d'Arabella, qui se questionne sur mon état. Sa bienveillance me touche énormément, mais je dois me rappeler de lui demander pourquoi elle a dit toutes ces choses à James à l'hôpital. Deux sont de

James, mais je n'ai pas envie de les lire tout de suite, alors je les ignore et vais lire ceux de Tristan.

« Coucou, Lacey, je tenais à prendre de tes nouvelles. Comment vas-tu ? »

« Je m'inquiétais pour toi alors je suis passée à ta maison, mais tu ne semblais pas là. »

« J'aimerais que tu me rappelles. »

« Sans passer pour un dingue ou un obsédé, comment vas-tu ? »

Son insistance à savoir comment je vais me fait sourire. Je me dépêche de taper une réponse avant qu'il ne m'envoie un nouveau message.

« Je vais relativement bien. Je suis sortie voir un ami et ensuite, j'ai atterri dans un parc. Je rentre chez moi à l'instant. »

Je démarre le moteur de ma caisse et, au moment où je vais pour enclencher la marche avant, je reçois un nouveau message.

« Le petit-déj' chez moi ? »

Ai-je vraiment envie d'aller manger chez Tristan ? Je ne le connais pas et il semble être introuvable sur la toile. Ça me fait l'impression qu'il n'est pas qui il dit être. Je ne comprends pas pourquoi il cacherait son identité. Peut-être est-il un journaliste ou un paparazzi ? Ça ne m'étonnerait même pas de trouver ma face en couverture d'un de ces torchons qui ont couvert l'accident ou les beuveries de James. *James...* Bon sang ! Penser à lui me serre le cœur, mais il mérite mieux qu'une personne comme moi. Il a le droit d'être heureux et de rencontrer l'amour, le vrai, pas celui que je peux lui offrir et qui n'est basé que sur des cicatrices. Il doit avoir une femme qui ne s'écroule pas au moindre obstacle et qui n'a pas le cerveau cabossé.

Ce triste constat me fait tellement mal que je suis à un cheveu de foncer chez lui pour lui demander de me pardonner, mais je me ravise, efface ces deux messages et en envoie un à Tristan pour lui demander son adresse. Il me répond presque tout de suite et je l'entre rapidement dans le GPS de ma voiture.

Sa baraque est si immense que je me demande combien de personnes y habitent. Dans un style typiquement californien, elle est blanche avec énormément de fenêtres. J'appuie longuement sur le bouton de la sonnette, la maison est tellement grande que j'ai peur qu'il ne m'entende pas. Cependant, il m'ouvre presque tout de suite. Ses vêtements sont totalement différents de la veille, il porte un t-shirt gris et un pantalon de la même couleur.

— Lacey, je ne m'attendais pas à ce que tu acceptes, lance-t-il en signe de bienvenue.

— J'ai l'impression que l'on ne te dit pas souvent non, je me trompe ?

— Tu as raison, mais je n'étais pas certain que tu aurais envie de venir.

— Je dois admettre que tu m'intrigues, Tristan Bennet. Tu me fais entrer ? demandé-je avec un sourire.

— Bien sûr ! Suis-moi à la cuisine.

Il referme la porte derrière moi et d'un geste de la main, me fait signe de le suivre. Il m'entraîne vers un vaste salon, puis nous prenons la direction d'un long couloir. Toutes les portes sont fermées et ça attise ma curiosité.

— Combien de personnes habitent dans cette maison ?

— Simplement moi !

— Ah bon ! Pourquoi avoir une aussi grande baraque pour une seule personne ?

— Parce que je peux me le permettre.

Je hoche de la tête et passe une main tremblante sur mon visage. Tristan et moi sommes aux opposés. En fait, je me plaisais bien dans la maison de James, elle n'était ni trop petite ni trop grande. *Oh, James, putain ! Pourquoi je suis si attachée à toi ?*

Nous débouchons dans une cuisine très spacieuse où sont disposés sur l'îlot des fruits, du fromage, du café, de la brioche, des croissants et autres trucs dans ce genre. L'odeur me fait saliver et je me rends compte à quel point j'ai faim, mais aussi combien je suis fatiguée. J'inspire longuement avant de m'avancer vers ce festin.

— Quand as-tu eu l'occasion de préparer tout ça ?

— J'ai une employée qui s'occupe des tâches ménagères, mais aussi de faire les courses et mes repas.

— Qui es-tu, Tristan ? Je connais peu de gens qui sont en mesure de se payer un employé pour ce genre de tâche. En tout cas, le commun des mortels peut rarement.

— Je crois que pour le moment la personne que je suis ne compte pas. Nous allons partager notre petit déjeuner, ensuite je t'expliquerai qui je suis et tu pourras choisir si tu as envie de rester ou de partir.

— Je veux savoir tout de suite. J'ai fait des recherches et le seul Tristan Bennet que j'ai trouvé est un vieux monsieur.

— Mangeons d'abord, insiste-t-il.

Épuisée et à bout de nerfs, je tourne les talons et retourne vers l'entrée. À peine après avoir fait quelques pas, ses doigts s'enroulent autour de mon poignet et il me tire vers lui. Je lui lance un regard furieux et le repousse.

— On m'a assez menti dans ma putain de vie pour que je sois en droit de ne plus vouloir accepter de mensonge ! explosé-je.

— Ça n'en est pas un. Ne te méprends pas sur mes intentions, Lacey. Suis-moi, je vais tout t'expliquer.

— Non ! Tu me dis tout sur-le-champ ! exigé-je, tremblante.

Ses yeux bleus entrent dans les miens, me vrillent l'estomac par leur intensité et me donnent l'incroyable sensation que Tristan jouera un rôle clé dans ma nouvelle vie. Ça peut paraître idiot, mais je crois que certaines personnes entrent dans nos vies pour des raisons bien particulières. Je ne sais pas encore pourquoi Tristan percute la mienne de cette façon, mais il le fait et m'amène à sa manière à me sortir de cette léthargie dans laquelle je vis depuis un an.

— Sache tout d'abord que mes intentions n'étaient pas mauvaises ou calculées quand je t'ai abordée hier. Suis-moi, je vais te montrer quelque chose.

Il tend la main droite vers moi et me sourit, cependant, je ne la prends pas. C'est un geste trop intime et j'aurais l'impression de trahir James. Je suis Tristan vers un nouveau couloir et il m'entraîne dans un silence pesant. Un acouphène emplit mes oreilles et mon corps tremble tellement je deviens anxieuse. Je n'avais pas ce genre de surprise avec James. Il était toujours honnête et je n'ose pas imaginer comment ça a dû être difficile pour lui de me mentir sur son implication avec Gerry et mon père. Maintenant que j'ai un peu de recul, je comprends beaucoup mieux la situation. Encore une fois, je constate que penser à James Combs m'apaise et me fait un bien fou.

Tristan me ramène à cette réalité que je déteste en poussant une énorme porte blanche. Dans le bois est gravé le logo de Wyatt Records. Mon cœur bat la chamade si fort que je le sens dans mes tempes et ma gorge. Je me fige, ne bouge pas d'un poil. Quelques secondes après, je recule de plusieurs pas, mais Tristan prend ma main dans la sienne et me tire doucement vers lui.

— Entrons, dit-il d'une voix basse.

Au point où j'en suis, je me vois mal refuser. J'ai demandé des réponses à mes questions et, maintenant qu'il me les apporte, j'aurais préféré ne rien savoir.

Je rentre et il me suit de très près. La pièce est immense, lumineuse, mais surtout elle est remplie de cadres contenant des disques d'or, de platine et d'argent. Il y a aussi énormément de photos et un grand bureau.

— Assieds-toi !

Il désigne d'un geste de la tête une chaise derrière le bureau de travail et je m'y laisse choir avec joie, car je ne suis pas certaine que mes jambes me supportent encore longtemps. Il prend place sur une des deux chaises de service en cuir noir.

— Je t'ai raconté un demi-mensonge. Mon nom est Tristan Wyatt. Je suis le fils d'Edward Wyatt.

Même si en entrant dans cette pièce j'avais des doutes, je ne peux m'empêcher de plaquer ma main contre ma bouche. Cependant, mon cerveau est un immense nœud et je n'arrive pas à réfléchir.

— Ma mère est Estelle Bennet. Je ne t'ai donc pas totalement menti.

— Pourquoi m'as-tu donné un autre nom de famille ?

— Parce que tu me semblais perdue et je n'ai pas voulu que tu fasses le lien tout de suite sur qui j'étais. J'avais envie que tu me connaisses un peu et…

— C'est toi qui reprends les rênes de Wyatt Records ? demandé-je la voix tremblante.

— Oui, mon père ne va pas très bien en ce moment, donc c'est moi qui suis à la présidence.

J'aimerais me lever et quitter cette pièce, mais mon corps est soudé à cette putain de chaise. J'inspire longuement et, pendant un long moment, ce n'est que ma respiration saccadée que l'on entend.

—Je n'ai pas participé à cette machiavélique machination entre mon père, Gerry et Tommy. Je ne l'ai appris qu'au moment de l'accident.

Cette piqûre de rappel me fait mal, encore plus qu'à l'habitude, car, pendant quelques heures, j'ai eu l'impression d'avoir une vie normale et j'avais « oublié » cette partie de ma vie qui me blesse.

— Qu'attends-tu de moi, Tristan ? demandé-je, la voix tremblante.

— Rien ! Rien du tout même, sauf si ce n'est que je me sens redevable envers toi et que je désire être là s'il y a quelque chose. Ce n'est pas pour mon label ou encore pour servir mes propres intérêts, mais plutôt pour réparer une erreur que mon père a commise en acceptant d'offrir un contrat à Aaren et James en échange de leur aide.

— Il n'y a rien à réparer, sauf, bien sûr, si tu peux ramener Christa, Liam et Cameron.

Je vise mes yeux dans les siens, mais ce que j'y lis me fait détourner le regard immédiatement. Je n'y vois pas de la pitié, de la tristesse ou de la compassion, mais plutôt une envie incroyable de me venir en aide. Cependant, je ne comprends pas pourquoi, il ne me connaît pas.

— Que gagnes-tu à m'aider ?

—Je ne fais pas les choses dans le but d'avoir une récompense. Je comprends très bien ta méfiance avec tout ce qui s'est passé avec mon père, le tien, Gerry, mais aussi James et Aaren. Je ne suis pas eux et tu le comprendras bien un jour.

Je hoche de la tête, puis ferme les yeux quelques secondes avant de les rouvrir. Tristan s'est penché vers l'avant et me fixe de ses yeux bleus.

—Je suis épuisée, je vais rentrer à la maison, annoncé-je.

— Tu peux dormir ici, Lacey. J'ai cru comprendre qu'être dans ta maison t'était difficile. Tu peux dormir quelques heures et ensuite tu décideras de ce que tu souhaites faire.

— Ce que je souhaite faire ? demandé-je sans comprendre.

— J'ai suffisamment de place pour te prêter une chambre, même chose chez Arabella. Elle n'y est pas, mais tu as toujours ta place chez elle. Je demeure persuadé que tout un tas de gens serait au taquet pour te venir en aide.

— Je ne peux pas toujours prendre les gens comme une béquille.

— Qu'est-ce que ça a de mal si tu en as besoin ?

Pendant un long moment, je ne réponds pas et me concentre sur ses paroles. Ai-je vraiment envie de lui faire confiance ? Puis-je le faire ? Que pensera James si je dors ici ? En même temps, si je compte me détacher de lui je dois tout faire pour y parvenir.

— OK ! Tu peux me montrer où je peux dormir ?

— Bien entendu !

Tristan m'amène à l'étage, là où plusieurs chambres se trouvent. Il m'explique que la maison en compte dix et chacune d'entre elles a sa salle de bains, mais qu'elles ne sont presque jamais utilisées. Je me retrouve donc seule dans une pièce encore plus luxueuse que celle que j'avais chez Bella. Malheureusement, toute cette magnificence, cet étalage d'argent et de richesse me donnent envie de vomir.

— Je vais t'apporter des vêtements propres. As-tu besoin de quelque chose d'autre ?

— As-tu un chargeur pour mon téléphone ? Ma batterie est morte.

Il me demande lequel convient à mon smartphone et je lui réponds d'une voix éteinte. Il referme la porte derrière lui et me laisse seule avec moi-même.

Je parcours la pièce du regard et inspire longuement avant de m'avancer jusqu'à deux énormes portes-fenêtres de style français. Je les ouvre et découvre une terrasse qui donne sur la gigantesque cour arrière. Je m'avance vers la balustrade pour avoir une meilleure vue.

— J'aime cette vue, lance une voix derrière moi.

— J'admets que c'est à couper le souffle.

— Je parlais de toi, et non du paysage.

Je ne réplique pas, mais je sais que je dois être rouge comme une tomate. Tristan se place à côté de moi et pose sa main sur la mienne. Ce geste me met vraiment mal à l'aise et je la retire tout de suite.

— Excuse-moi.

— Si je suis ici, c'est sans aucune arrière-pensée. Jamais ça n'ira plus loin nous deux, j'espère que tu le sais.

— Il prend encore beaucoup de place dans ton cœur et ta tête, c'est ça ?

— Oui, murmuré-je d'une voix rauque.

Je n'ai pas besoin de lui demander de qui il parle, car je le sais tout de suite, c'est James, c'est toujours lui.

— Je t'ai laissé des vêtements appartenant à ma petite sœur sur le lit. Je crois que vous avez plus ou moins la même taille. J'ai aussi laissé un chargeur pour ton téléphone.

Il se tourne vers moi et me fixe, créant un léger malaise en moi. Ma tête pivote jusqu'à croiser son regard bleu comme le ciel.

— Je ne suis pas l'ennemi, Lacey, et si je te touche ou te complimente, ce n'est pas parce que je souhaite quelque chose en retour. Si je le fais, c'est parce que j'en ai envie, mais surtout, parce que je pense chacun de mes mots.

— C'est beaucoup plus complexe que ça, Tristan. J'ai l'impression que l'on vient de me retirer des parties de moi qui m'étaient nécessaires pour vivre. Maintenant, tout ce que je peux faire est de tenter de survivre. Ce n'est pas gagné, car je n'ai jamais su supporter la douleur.

— Je ne peux pas comprendre, mais je peux t'affirmer sans l'ombre d'un doute que tu ne les oublieras jamais. Tu te souviendras toujours d'eux et des bons comme les mauvais moments. Tu te souviendras des mots tendres de Liam, mais aussi de vos disputes. Ce qui vous liait, Cameron et toi, personne ne pourra le changer. La complicité que tu avais avec Christa est indéniable, mais, surtout, elle est inoubliable. Elle est ta sœur et ça ne changera jamais.

Ses mots me touchent, mais je ne peux pas dire s'ils me font du bien ou me torturent. Je crois que c'est un mélange des deux. J'essuie une larme traîtresse qui coule le long de mon visage, puis un millier d'autres suivent et font la course. La douleur m'assaille et mes jambes deviennent de plus en plus molles. Tristan me prend dans ses bras et me serre tellement fort que j'ai l'impression que je vais me casser, mais, en même temps, ça fait beaucoup de bien.

— Il y a tellement de choses que j'aimerais leur dire ou leur expliquer. Je... je...

— Ils sont toujours avec toi ! Ils sont dans ton cœur et ta tête.

— C'est con ! Complètement con ! Je veux leur présence, voir leur visage, leurs yeux. Je souhaite les entendre rire à nouveau. J'aimerais ne jamais avoir vécu la dernière année ou mieux, mourir avec eux.

— Ne dis pas ça, Lacey ! Tu es vivante et, si tu as aimé Christa, Liam et Cameron, tu dois vivre pour eux. Tu leur dois cela, car tu...

Ces mots me percutent de plein fouet. Chacun est accompagné d'un poignard qui me perfore l'âme, le cœur et la tête, lacérant tout mon être déjà meurtri. Du sang coule de chacune de mes blessures et, avec un peu de chance, je m'y noierai. Je frappe Tristan pour qu'il se taise, je le cogne avec mes poings de toutes mes forces, mais il me tient encore plus serré contre lui. Nous chutons au sol et je pleure. Je braille ma vie sans discontinuer dans les bras de ce presque inconnu.

Je me réveille plusieurs heures plus tard dans un énorme lit. Cependant, je n'ai pas à me demander où je suis, car je le sais. Je suis chez Tristan Bennet... euh, Wyatt. Après que ma crise de larmes s'est calmée, il m'a portée jusqu'au lit et s'est couché avec moi jusqu'à ce que je trouve le sommeil. Chose qui n'a pas vraiment tardé tant j'étais épuisée d'avoir pleuré et par ma nuit blanche. Ça me perturbe, la façon dont il est entré dans ma vie, mais j'ai l'impression qu'il est là pour les bonnes raisons. Tranquillement, je sors du lit et trouve une note sur la table de chevet.

« Lacey, j'ai dû me rendre à Beverly Hills, fais comme chez toi. Si tu pars, envoie-moi un texto pour me prévenir.

J'espère que tu seras là à mon retour,

Tristan. »

La faim me tenaille, je descends rapidement à la cuisine et attrape un fruit dans le réfrigérateur. J'erre dans la maison en espérant retrouver mon chemin. Mes pas m'amènent jusqu'à son bureau, j'entre sans me poser de questions et fouille dans la pièce, j'observe, je fais ma curieuse, car tout ce qui touche à la musique m'a toujours énormément fascinée. J'ouvre une porte et suis surprise de tomber sur un studio d'enregistrement dernier cri avec des instruments hors de prix. Mes mains tremblent en apercevant une magnifique Gibson Les Paul Deluxe de 1969. Je meurs d'envie de la prendre et de gratter les cordes. Tranquillement, je passe mes doigts sur le bois du manche, je caresse les frettes et la prends. Ma respiration s'accélère, elle devient même dingue à un tel point que je dois la reposer tout de suite.

— Tu peux la prendre et en jouer, lance une voix dans mon dos.

Je sursaute vivement et tombe face à face avec un homme d'un certain âge, cheveux blancs, dos légèrement courbé. Son épaule est appuyée contre le chambranle de la porte et il me sourit. Je n'ai pas besoin de tergiverser longuement avant de comprendre que c'est Edward Wyatt qui se trouve devant moi. Son fils a le même sourire angélique.

— Non, merci !

— En te voyant ainsi, j'ai eu l'impression de revoir ton père à ses débuts.

— Je ne suis pas lui!

— Je crains de ne jamais comprendre pourquoi nos enfants s'évertuent à cracher sur ce qu'on leur donne.

— Mon talent et mon envie de faire de la musique, je ne les dois qu'à moi et moi seule. Mon père n'a jamais rien fait pour moi.

— Hormis t'ouvrir toutes les portes pour que tu signes ton premier contrat de disque.

— S'il ne les avait pas ouvertes, comme vous le dites, j'aurais frappé à celle de chaque putain de label de ce pays, lancé-je avec hargne.

— La musique est ce qui t'anime, Lacey, et tu pourrais faire partie des grands de ce monde si tu nous laissais la chance de gérer ta carrière.

— Alors, c'est pour cela que Tristan est sympa avec moi ?

Il se contente de hausser les épaules et de me sourire.

— C'est en toi, ça coule dans tes veines comme dans celles de ton père. Tu ne peux pas le nier. Tu t'évertues à dire que tu ne feras plus jamais de musique, mais je n'y crois pas. Quand tu seras prête, Wyatt Records sera derrière toi.

Ça en est trop pour moi, je sors de la pièce en le bousculant. Peu m'importe qu'il soit vieux ou non, je monte à la chambre, prends mon téléphone, mes clés, et quitte cette maison aussi rapidement que je le peux.

Dans ma voiture, je prends mon portable et, sans réfléchir, j'envoie un message à James.

« J'arrive ! »

7

James

Ma guitare acoustique posée sur la cuisse, un cahier posé devant moi sur le sol, je fredonne un air qui me trotte dans la tête. Je me laisse aller à composer et j'ai l'impression d'enfin écrire quelque chose de bien, mieux que depuis un an. Je raye une dizaine de mots pour les remplacer par d'autres. Je gratte les cordes et une musique douce digne d'une ballade rock s'élève dans la pièce. Rapidement, ma voix suit et les paroles changent du tout au tout. Je me laisse porter par l'inspiration tout en espérant m'en souvenir une fois que j'aurai terminé.

Ce soir, ma vie est morte,
Elle s'est éteinte sans m'avertir.
Elle m'a repoussée comme si j'étais un salaud.
Comme si je l'avais blessée et trahis.
Ça me va, je ne l'aimais pas.
Ça me va, je pourrai maintenant vivre dans mes chimères.

Elle m'avait fait une promesse, toujours ensemble, toujours plus fort.
Je lui ai menti, car j'avais besoin d'elle.
Mais je n'étais pas capable de lui avouer.
Elle m'a menti, elle m'a quittée
Alors que j'avais besoin de savoir qu'elle serait toujours là.
Un homme brisé a-t-il un avenir ?
Un homme cabossé peut-il revivre ?
Un homme peut-il vivre sans sa vie ?
J'ai parcouru les routes obscures,
Je me suis frotté à ce que je croyais impossible.
Confrontant mes peurs,
Oubliant mes promesses,
Me noyant dans l'alcool.
Je ne t'ai pas oubliée, baby.
Tu fais toujours la navette entre ma tête et mon cœur
Parfois tu te perds au détour de mon âme.
Parfois tu t'accroches à mes pensées.
Mais jamais tu ne me quittes.
Le plus sincère des amours est souvent empreint de folie.
Tu es ma douce folie, celle qui m'a permis de vivre sans ma vie.

Je me tais et fixe mon cahier. Encore une chanson qui parle de Lacey, mais je crois que c'est celle qui m'a fait le plus de bien à écrire. Je passe une main sur mon visage et presse l'arête de mon nez.

— C'est une magnifique chanson.

Je sursaute vivement en entendant cette voix féminine que je reconnais tout de suite. Je me retourne et croise son regard noir. Elle s'est changée, elle porte une robe d'été blanche, ses cheveux sont libres et légèrement bouclés. Elle est si belle, si magnifique que je n'arrive pas à parler. Lacey fait un pas vers moi, mais se bloque tout de suite.

— Tu ne devais plus m'attendre, mais j'avais vraiment besoin de prendre une douche et de changer de vêtements.

— Comment ? lancé-je sans comprendre.

— Je t'ai envoyé un message pour te dire que… Je ne sais pas pourquoi je suis venu ici, James. Je crois que j'avais besoin de m'excuser pour la façon misérable dont je t'ai traité hier.

— Je crois que c'était dans ton droit…

Lacey s'avance vers moi et vient s'asseoir, elle aussi, à même le sol. Naturellement, elle prend mon cahier et tend la main pour que je lui donne mon crayon qui se trouve à ma droite. Intrigué, je la regarde faire, elle raye certains mots, en écrit d'autres. Elle tourne ensuite la page et continue à noircir la feuille. Quand elle a terminé, elle le dépose par terre et le tourne vers moi.

« Je m'excuse, je crois que je me perds dans la douleur. Je crois que je ne me sens pas digne de vivre alors que ma vie est morte. Pardonne-moi, James. »

J'inspire longuement avant de lever les yeux vers elle.

— Rien ne sera facile, Lacey, et je demeure persuadé que les autres te donneront de meilleurs conseils que moi. Je crois que tu dois t'accrocher pour ceux qui t'ont quittée. S'ils avaient pu, ils seraient restés à tes côtés, mais la vie est bien souvent injuste.

Je me tais, car il n'est pas certain que les mots que je pourrais employer par la suite sont ceux qu'elle souhaite entendre. L'impression de marcher sur des œufs est si intense que je ne sais pas quand ça cessera, mais, pour Lacey, je guetterai chacun de mes gestes, chacune de mes paroles, et ce, toute ma vie. Je le ferai simplement pour qu'elle me pardonne de lui avoir caché tout ça.

— Je sais, James, mais j'aimerais pouvoir me convaincre qu'un jour j'arriverai à vivre pour eux, mais c'est tellement difficile.

— C'est arrivé il y a un an seulement et... si les gens te demandent d'être forte pour eux, je crois qu'ils ne savent simplement pas ce que c'est de perdre quelqu'un que l'on aime.

— Comment as-tu fait quand Naomi est morte ? demande-t-elle en logeant ses yeux verts dans les miens.

— J'aimais beaucoup Nao et, pendant longtemps, j'ai cru qu'il n'y aurait qu'elle. Quand j'ai mis fin à notre relation, mes sentiments pour elle n'étaient plus aussi forts qu'au début. Je ne peux donc pas comparer, mais je peux comprendre comment tu te sens.

— Ça ne m'aide pas. Je crois que je cherche la solution à tout ça dans les gens qui m'entourent alors que seuls Christa, Liam et Cameron peuvent me l'apporter.

— C'est moche ce que je vais dire, mais jamais tu n'auras réponse à tes questions. Ils ne sont plus là, mais ils vont vivre avec toi. Garde tes souvenirs sur ton cœur, habillent tes pensées de leur sourire et recouvrent ton cœur de leurs mots.

Des larmes brillent dans ses yeux, leur donnant une intensité incroyable. Sans pouvoir me retenir, je prends sa main dans la mienne et caresse sa paume avec mon pouce. Alors que je pensais qu'elle me repousserait, elle noue ses doigts aux miens.

— Je me doute que je ne suis pas celui que tu souhaites voir ou à qui te confier, mais sache que je suis là, et ce, peu importe l'heure.

— Je sais, James, mais je dois te dire que ce n'est pas toi, c'est moi. J'ai trop de difficulté à vivre avec tout ça. Jamais je ne pourrai être heureuse, jamais je ne pourrai aimer à nouveau et je me sens horriblement mal de t'imposer ça.

— Est-ce que tu m'as pardonné de t'avoir menti ? demandé-je anxieux.

— Je crois que je l'avais fait dès l'instant où j'ai composé ton numéro dans l'autobus ce fameux soir.

— J'aurais aimé que les choses soient différentes.

Un silence s'impose entre nous, je sens qu'il est nécessaire pour nous permettre à tous les deux de nous perdre dans nos propres pensées. Les miennes sont tournées vers un avenir que nous n'aurons jamais. Elles ne sont pas différentes de celles que j'ai habituellement, mais de les avoir pendant que Lacey est avec moi m'amène à croire que ça pourrait être possible.

Le téléphone de Lacey sonne dans son sac à main posé à côté d'elle. Elle l'ouvre et répond avant de consulter l'écran.

— Allô ?

— ...

— Tristan ? Que me vaut l'honneur de ton appel ? demande-t-elle, légèrement agacée.

— ...

— Non, je suis occupée en ce moment.

Elle lâche ma main et se lève avant de se diriger vers la terrasse. Mon unique envie est de la suivre pour entendre sa conversation. Qu'elle reçoive des appels de Tristan m'irrite vraiment beaucoup et la jalousie me tenaille. Bien que j'aie clairement senti de l'agacement dans sa voix, je ne peux m'empêcher de ressentir l'envie d'éclater la gueule de ce connard. Déjà qu'il lui mente, ensuite qu'il soit tout le temps collé à son cul. Non, mais il s'attend à quoi ? À ce qu'ils deviennent les meilleurs amis du monde. Pour peu, il se ferait tatouer son prénom. Bon sang ! Je n'ai jamais aimé ce mec. Il se la ramène toujours et... et... Je le déteste de ne pas trouver autre chose à lui reprocher. Puis de toute façon a-t-on besoin de raison pour détester quelqu'un ? Non, absolument aucune ! Alors, voilà, Tristan et moi, ce ne sera jamais l'amour fou, sauf s'il me permet de le balancer en bas d'une voiture en marche qui va extrêmement vite, dans le genre *Fast & furious*.

— Alors, tu es prêt ? demande Lacey en me faisant sursauter.

— Prêt pour faire quoi ?

— Un *road trip* !

Je me redresse et m'avance vers elle, mais elle me contourne et se dirige vers son sac à main pour le prendre.

— Dépêche-toi ! Où sont tes clés ?

— Sur le bahut à l'entrée. Où allons-nous ?

— J'ai besoin de prendre l'air, de m'évader un moment. J'ai envie d'une balade.

— Où va-t-on ?

— Et si on laissait la route nous surprendre.

— Je fais un sac avec des vêtements et tout le toutim ?

Elle opine du chef et je me dirige vers ma chambre pour prendre quelques affaires. Ce n'est qu'une fois de retour dans le salon que je me demande ce qui lui passe par la tête. Cependant, je ne la trouve pas et je commence à me demander si elle n'a pas pris la poudre d'escampette.

— Lacey ?

Ma voix que je voudrais forte tremble légèrement. Je laisse tomber mon sac au sol et secoue la tête. Cette nana va réussir à me rendre dingue et, le pire dans tout ça, c'est que j'en demanderai un second round.

— Je suis ici, me lance-t-elle depuis la terrasse.

Je ne saurais dire si je suis soulagé ou bien découragé qu'elle ne se soit pas sauvée, mais je m'avance tout de même vers l'extérieur. Je la trouve accoudée à la rambarde, elle fixe l'horizon, les vagues et la plage. Je m'installe à côté d'elle dans la même position.

— J'adore cette vue, commence-t-elle. Tu te rappelles quand on a bu sur cette plage.

— Bien sûr, je ne pourrais pas oublier ce moment même si je le souhaitais.

— Est-ce que tu savais pour mon père ?

— Oui, mais…

— Pas d'excuse, James, je t'en supplie. Je veux seulement la vérité maintenant. J'ai besoin de m'éloigner et de tenter de vivre. La dernière fois que j'ai eu l'impression d'être vivante, c'est avec toi.

Il me serait difficile de ne pas comprendre ce qu'elle m'explique en ce moment, mais ses mots mettent un baume d'espoir sur mon cœur.

— Je vais tout faire pour que tu retrouves cette sensation.

— Je ne veux pas que tu mettes une charge supplémentaire sur tes épaules et…

— Ça suffit, Lacey, tu ne dois pas toujours repousser les gens qui te veulent du bien.

— C'est plus facile à dire qu'à faire. En ce moment, j'ai une grave envie de prendre mes jambes à mon cou. Je veux m'éloigner de toi, partir pour ne plus jamais revenir.

— Pourquoi dis-tu ce genre de chose ? Pourquoi vouloir quitter ce qui te fait du bien ?

— Parce que jamais je ne serai digne de toi à nouveau. Parce que tu mérites mieux qu'une fille comme moi. Parce que tout ce que je touche meurt. Parce que tu es une merveilleuse personne.

— J'en ai marre d'être moi-même. Me retrouver dans ma tête est de plus en plus difficile, marmonné-je dans un soupir.

— Si je le pouvais, je te prêterais la mienne, mais tu verrais que ce n'est pas plus la joie dans mes pensées.

Le silence qui fait maintenant rage entre nous me crée une boule dans la gorge. D'un côté, j'ai envie de l'obliger à me parler, mais, de l'autre, je veux prendre mes jambes à mon cou. J'en ai marre de souffrir, de l'aimer, de me détester, mais surtout de marcher sur un fil. Je n'ai rien d'un funambule, même que mon sens de l'équilibre est bien souvent limité.

— J'ai vraiment besoin de partir pour quelque temps, quelques heures tout au plus. Je crois que je vais devenir folle si je reste dans cette ville.

— Tu as un sac avec tes vêtements et tes affaires ?

— Dans ma voiture, annonce-t-elle faiblement.

Qu'elle y ait pensé avant de venir me trouver et me le propose me ravit. Ça me donne même l'occasion de me battre pour notre amour. Il perdure encore une petite lueur d'espoir que ça fonctionne, qu'elle me pardonne, mais aussi que je parvienne à ne plus penser que tout ceci est ma faute.

— Je suis prêt, as-tu une idée d'où on va ?

— Non, pas vraiment, mais je crois que l'on peut se laisser porter par la route.

— Excellente idée.

Lacey retourne à l'intérieur de la maison. Docilement, je la suis tout en tentant de trouver des sujets de conversation pour la route, mais j'ai la désagréable sensation que mon cerveau est coincé dans de la gélatine. Rien d'intelligent ou de plausible n'en sort.

***

Nous roulons sur la I-10 depuis près de six heures. Je ne peux pas dire que les conversations ont coulé à flots. C'est même le contraire.

Une fois en voiture, nous avons décidé de prendre vers l'est, Lacey s'est ensuite endormi peu de temps après que nous avons passé Palm Spring. Je me suis garé dans une aire de repos qui se trouve à une centaine de kilomètres de Phoenix en Arizona.

Je sors de ma voiture pour me dégourdir les jambes. Je regrette de ne pas avoir de cigarette, ça me détendrait et allégerait le stress qui fait rage en moi. Plusieurs familles et routiers ont stationné leurs véhicules dans le parking devant la petite station-service. Certains font le plein d'essence pour continuer leur route, d'autres achètent des vivres. Une folle pensée me traverse l'esprit : et si je laissais une note à Lacey et demandais à l'un d'entre eux de me ramener à Los Angeles. Serait-elle en colère contre moi ?

Secouant la tête et fermant les yeux pendant quelques secondes, je m'avance à mon tour vers la petite bâtisse pour demander la clé des toilettes.

— Les toilettes sont réservées aux clients, m'annonce le jeune homme qui est à la caisse.

— Un paquet de cigarettes, n'importe lequel, grogné-je.

J'attrape un paquet de gommes, le lance sur le comptoir et sors ensuite mon portefeuille pour lui tendre un billet de 20 $. Rapidement, il me rend la monnaie et la fameuse clé des toilettes en m'indiquant qu'ils sont à l'extérieur et qu'il faut que je longe le bâtiment.

Quand je pousse la porte, je ne peux m'empêcher d'étouffer un juron. Ça sent la mort, la merde et bien d'autres choses que je serais incapable d'identifier. Putain, cela aurait été beaucoup plus simple de pisser sur un arbre ou sur un pneu d'une voiture quelconque. Je referme sans même entrer et retourne porter la clé au commis.

Je marche en direction de ma voiture et trouve Lacey en train de s'étirer à l'extérieur. J'inspire longuement, incertain de comment lui parler.

— Bien dormi ? demandé-je une fois à ses côtés.

— Comme on dort dans une voiture. Où sommes-nous ?

— Tout près de Phoenix en Arizona. Je crois que l'on pourrait faire une pause pour la nuit. Qu'en penses-tu ?

— C'est une merveilleuse idée. Je pourrais m'occuper de réserver l'hôtel pendant que tu conduis.

Et moi qui espérais qu'elle ait envie de prendre le volant. Je soupire et presse l'arête de mon nez. Lacey s'avance vers moi et pose sa main sur mon torse. Ce contact me fait frémir. Il me réchauffe tout en me donnant envie de prendre mes jambes à mon cou. Elle ouvre la bouche pour parler, mais quelqu'un nous interrompt en hélant mon prénom. Qui peut bien me connaître ici ?

— James Combs ? Êtes-vous James de Broken Skull ? demande-t-elle.

— Oui, c'est moi !

Je me retourne vers une gamine d'environ 17 ou 18 ans pas plus. Ses cheveux sont noirs et mauves, un piercing orne sa lèvre et un autre son nez. Elle porte un t-shirt de mon groupe, celui avec la tête de mort cassée en deux.

— Est-ce que je peux vous déranger et vous demandez un autographe ?

— Bien sûr ! Quel est ton prénom ?

— Emy, s'écrie-t-elle en me tendant un bout de papier et un crayon.

— Enchanté, Emy !

— J'ai vu votre dernier concert à Los Angeles, annonce-t-elle pendant que je griffonne un mot sur son papier.

— Ça fait un bail, dis donc !

Elle rit, mais je crois que la gamine est hyper nerveuse de se retrouver devant moi. J'adore le contact avec les fans, c'est une source indéniable de bonheur et en ce moment, j'en ai grandement besoin.

— Ça t'a plu ?

— Énormément ! On a attendu pour vous voir après le concert, mais on n'a pas eu de chance.

Du coin de l'œil, je vois Lacey s'avancer vers nous et la gamine ouvre la bouche d'étonnement.

— Est-ce que tu as un téléphone ? Je pourrais prendre une photo de vous deux si tu es d'accord, propose-t-elle.

— Je… je… Oui…

— Ça va ? demande Lacey sur un ton doux.

— C'est que j'adore ce que tu fais aussi. En secret, bien sûr, sinon mes amis se moqueraient de moi, annonce-t-elle sans gêne.

Comprenant ce qu'elle vient de dire, elle plaque sa main sur sa bouche, mais ça fait rire Lacey.

— Ne t'en fais pas. J'adore plein de groupes en secret. Tu veux que je te dise celui que j'adore, mais que je n'ai jamais avoué ? demande-t-elle sur le ton de la confidence.

Emy opine du chef, ses yeux sont remplis d'étoiles et brillants d'admiration pour Lacey. Je suis heureux qu'elle vive ce moment-ci, car celle que je vois, c'est la nana qui m'a fait craquer il y a un long moment déjà. Elle est spontanée et c'est un peu comme si elle retrouvait sa place dans le monde. J'espère qu'elle s'en apercevra elle-même et que ça l'aidera dans son cheminement vers la rédemption.

— Broken Skull ! Je les adore, mais un des deux chanteurs m'était insupportable au début de notre collaboration.

Lacey me lance un regard de biais, puis un clin d'œil qui ne manque pas de me faire sourire.

— Emy ? Tu viens ? s'écrie une femme d'environ quarante ans.

— C'est ma mère, nous dit-elle. Je dois y aller.

— Souhaites-tu une photo avec nous ? Je pourrais lui demander qu'elle la prenne, demandé-je.

— Tu sais, elle ne comprend pas bien ma passion pour la musique et ce genre de chose la dépasse totalement.

Sans demander l'autorisation, Lacey s'avance vers la dame et discute avec elle. Nous sommes trop loin pour entendre la conversation, mais lorsqu'elle se retourne vers pour nous faire signe de nous avancer, nous le faisons avec un sourire. Rapidement, Emy prend place entre Lacey et moi, et sa mère immortalise le moment.

De retour à la voiture, ma comparse a un immense sourire sur le visage. Je ne peux m'empêcher de caresser sa joue. Je meurs d'envie de me pencher vers elle et de l'embrasser, mais je ne crois pas qu'elle aimerait.

— C'était le moment que j'adorais. Après les concerts, je traînais plus qu'il ne fallait aux alentours des salles où nous jouions. Je ne vivais que pour ces moments. Tu as été vraiment adorable avec elle.

— Ouais, mais tu m'as quand même volé la vedette, ricané-je.

Elle répond par un haussement d'épaules et attrape mon téléphone.

— C'est quoi, ton code ? demande-t-elle.

— 800 900. Pourquoi as-tu besoin d'accéder à mon smartphone ?

— Parce que le mien est mort et je n'ai pas de chargeur ni même l'envie de le recharger. Je vais réserver l'hôtel pendant que tu conduis.

— Prends-en un avec un service de massothérapie, lâché-je. Je suis courbaturé par la route.

— Les massages Jenkins, ça te va ?

— Tu vas me masser ?

— Je te dois bien ça pour avoir conduit sans relâche.

Je ne réponds pas et démarre la voiture. Rapidement, nous nous retrouvons sur l'autoroute en direction de Phoenix. Après un moment, Lacey étire le bras et allume la radio. Le groupe que j'écoutais avant notre arrêt emplit l'habitacle. Du coin de l'œil, je l'aperçois se pencher, récupérer son sac à main et sortir sa carte de crédit.

— Non, c'est moi qui paie, annoncé-je.

— Euh non, c'est moi. Tu conduis pendant plusieurs heures, tu prends soin de moi, et ce, même si je ne suis pas évidente à supporter. Alors, c'est à moi de régler la facture. Ne tente pas de refuser parce que tu ne gagneras pas.

Amusée, je secoue la tête et souris. Enfin, elle semble relâcher la pression et cette culpabilité qui la ronge depuis l'accident. Elle compose le numéro de l'hôtel et je l'écoute d'une oreille attentive faire la réservation. Une fois terminée, elle pose mon smartphone sur sa cuisse.

— C'est quoi, ce groupe que nous écoutons ?

— Hello demon ! C'est un groupe qui m'a approché pour que je produise leur prochain album. Je dois leur donner une réponse sous peu.

— Tu vas le faire ? demande-t-elle.

— Je n'en sais rien. La musique et moi ne sommes pas en bons termes...

— Je te comprends, marmonne-t-elle.

— Vas-tu recommencer à chanter un jour ?

Elle hausse les épaules et tourne la tête vers la fenêtre.

Je sais que je viens de perdre ce petit moment de connexion entre nous et je m'en veux. Il est fragile, mince et aussi consistant que de la fumée et je me trouve con de ne pas avoir fait attention. Mes humeurs, mes réactions, mes états d'âme sont calqués sur elle.

— Je ne sais pas si je suis en bons termes avec la musique ou pas. Parfois, je me dis que ce n'est pas ce monde quelquefois cruel et difficile qui me fait mal, mais plutôt moi et mes attentes.

J'ouvre la bouche pour parler, mais aucun son ne sort alors que je sais parfaitement ce que j'ai envie de lui dire : « Tes attentes sont légitimes, tes désirs aussi. Ne crois pas que tu es en faute parce que certaines personnes ont manqué de loyauté ou t'ont manipulée. Ne les laisse pas prendre ce qu'il y a de beau en toi. »

— Je ne suis pas idiote, James. Je sais très bien que tu marches sans cesse sur des œufs avec moi. Tu ne sais pas ce que tu peux dire ou encore ce que tu peux faire. Tu tais ce que tu ressens, tu tentes de me préserver, mais ça me donne l'impression d'être devant une coquille vide.

Ses mots me blessent et je ne comprends pas pourquoi elle est devenue soudainement aussi méchante. Se disputer dans une voiture n'est pas la chose idéale, alors encore une fois je me tais et me contente de conduire.

— Il est où, cet hôtel ? demandé-je d'une voix froide.

— 110 Avenue centrale nord.

— Tu dois pouvoir l'entrer dans le GPS de mon téléphone, non ?

Elle acquiesce et s'exécute. Je suis les indications jusqu'à notre destination et me stationne dans le parking devant l'immeuble. Je demande à Lacey d'aller récupérer la clé de notre chambre et de venir me trouver à l'extérieur. Rapidement, je sors nos sacs du coffre et m'éloigne de la voiture pour m'allumer une cigarette. La nicotine ne m'est d'aucune aide pour calmer le stress et l'envie de tout briser. Je lance mon mégot par terre et prends nos bagages pour la retrouver. En silence, nous montons à notre chambre.

— James ? Pourquoi tu ne dis rien ?

— Tu as envie que l'on se dispute, Lacey ? C'est ça que tu veux ? Tu veux me pousser à bout ? Que j'explose ? Que je te traite comme une merde ? Explique-moi parce que je ne comprends pas ce qu'il se passe dans ta petite tête, putain ! fulminé-je.

Coincé dans une colère que je réprime depuis qu'elle m'a dit que j'étais une coquille vide, j'explose et lance nos sacs à l'autre bout de la pièce. Lacey sursaute devant mon accès de rage.

— Qu'est-ce qui t'arrive, bon sang ? Qu'est-ce que tu attends de moi ?

Je tremble sous le coup de l'émotion, Lacey, quant à elle, ne semble plus être en mesure de bouger ou de parler.

— Tu me fais venir ici. Je passe tout le trajet à conduire pendant que toi tu dors et pour quoi ? Pour que tu me traites de coquille vide ? C'est une putain de blague, Lacey ? Dis-moi que tu me fais une mauvaise plaisanterie.

J'inspire longuement et lui tourne le dos. Je ne suis plus capable de la regarder. Elle fait un pas vers moi, mais je recule. Il m'est impossible d'imaginer qu'elle me touche ou qu'elle tente de m'apaiser.

— Éloigne-toi de moi, Lacey ! Reste loin !

— Je… je…

— Ne t'échine pas à parler. Je vais aller prendre un verre au bar. Toi… bien, fais ce que tu veux. Si tu souhaites rentrer, les clés, je te les donne. J'appellerai Aaren pour qu'il vienne me chercher.

Je lui laisse quelques secondes pour répondre ou m'empêcher de partir, mais elle ne le fait pas. Alors, je quitte la chambre en claquant la porte violemment.

8

Lacey

La porte claque. Le son est effroyable. Il est semblable à ma solitude, puissant, terrifiant et criant de vérité. Je suis toujours seule et c'est parce que je le veux bien. J'en suis consciente. Tout comme je le suis d'être une vraie peau de vache, mais je le voyais me sourire, être bien. Nous retrouvions cette complicité d'autrefois et bon sang que j'avais envie qu'il arrête la voiture et qu'il me prenne dans ses bras. Tout ce que je souhaitais était la chaleur de son corps. Je le veux, lui et seulement lui, mais faire face à ce désir m'est difficile, presque impossible.

En position fœtale sur le sol, je me laisse aller à pleurer. Je braille sans discontinuer toutes les larmes de mon corps, je le fais comme j'en ai l'habitude depuis un an. Les minutes s'écoulent avec une lente progression qui me serre la gorge. Mon mal se tait simplement en entendant des pas devant la porte de ma chambre, mais il recommence lorsqu'ils s'éloignent. J'espère, je prie, je croise les doigts pour que James revienne. Je veux m'excuser pour la façon minable dont je le traite, même si je ne suis pas certaine de trouver les bons mots. J'aimerais lui faire comprendre que c'est pour son bien et qu'il sera mieux sans moi, mais que je suis incapable de rester loin de lui. Advienne que pourra, je finirai par le détruire, lui briser le cœur et lui faire plus de mal que je ne l'aurais souhaité. L'amour est un sentiment bien étrange, parfois il réchauffe les âmes esseulées, mais d'autres fois, il les blesse irrémédiablement. C'est ça le plus triste, ces êtres comme James qui se font ravager sans aucun remords. J'aimerais tellement être en mesure de lui retirer ce poids, mais je n'en suis pas capable.

Me rendant à l'évidence qu'il ne reviendra pas tout de suite, je me lève et attrape mon sac de voyage. Ensuite, direction la salle de bains pour me passer de l'eau sur le visage. Le reflet que me renvoie le miroir me fait peur. J'ai l'air d'une folle, on dirait que je viens de m'échapper d'un asile de fous. J'inspire longuement avant de sortir ma trousse de toilette et d'entreprendre de redonner vie à mes cheveux. Cependant, c'est peine perdue et je me contente d'une queue de cheval.

***

Mes yeux parcourent le bar presque vide. Je cherche James, mais je ne le trouve à nulle part. Une employée me demande si elle peut m'aider et, lorsque je lui explique que je cherche mon ami, elle m'avise d'une deuxième place où boire un verre. Luttant contre l'envie de remonter à la chambre, je me dirige vers l'endroit qu'elle m'a indiqué. Immédiatement je le vois. Il est assis au comptoir et discute avec la barmaid. Une jalousie indescriptible me vrille l'estomac quand je la vois lui sourire. Bien sûr, son intention n'est pas seulement de se faire un max de pourboires, mais aussi de le mettre dans son lit.

Furieuse, jalouse et incapable de me contrôler, je fonce vers lui et m'assieds sur le tabouret à sa droite. Il sait que c'est moi, mais il ne se retourne pas pour me saluer. À la place, il préfère continuer sa conversation des plus insipide avec cette greluche. Tout ce que j'ai envie de lui dire, c'est : calme-toi, Combs ! Il n'y a rien de naturel chez cette nana ! Mais oui, elle est jolie avec ces super seins siliconés, ses grosses lèvres peintes en rouge sang et ses dents parfaitement blanches. Encore là, je n'ai pas parlé de son bronzage irréprochable.

Comment ne pas me sentir inadéquate avec ma peau trop blanche, ma queue de cheval et mes cheveux mornes et sans vie, mais surtout avec les cicatrices qui ornent désormais mon ventre depuis l'accident ? Un frisson me parcourt l'échine, il me fait trembler et me secoue des pieds à la tête. Je ne fais pas le poids, plus jamais je ne le ferai devant aucune autre femme. Cette constatation ne fait que renforcer mon désir de l'éloigner de moi et la pensée que sa vie serait plus facile avec une autre.

Je pivote sur mon tabouret et, au moment où je vais en descendre, la main de James se pose sur la mienne. Un électrochoc me secoue, c'est comme s'il me ramenait à la vie avec ce simple toucher.

— Ne pars pas, souffle-t-il.

— Pourquoi ? demandé-je en vissant mes yeux dans les siens.

— Parce que tu es venue me trouver ici, alors il doit bien y avoir une raison.

— J'ai envie que tu remontes avec moi, le supplié-je.

— Si tu veux parler, nous allons le faire ici, car je n'ai pas l'intention de remonter à la chambre tant que ce n'est pas fait.

Le ton froid de sa voix me fait trembler à nouveau. James fait signe à la miss grosse sein de nous apporter deux bières. Une fois que nos consommations sont devant nous, James m'entraîne vers une table en terrasse. Il dépose nos bières, prend place sur une des chaises et me fait signe de m'asseoir. C'est raide comme un piquet que je m'exécute. Maintenant que je suis face à lui, je ne peux nier qu'il est déjà ivre. Ses yeux sont vitreux et légèrement injectés de sang.

— Tu voulais me parler de quoi ? demande-t-il.

— Je... James...

Incapable de trouver mes mots, j'inspire longuement avant de secouer la tête.

— Pourquoi es-tu venu me trouver ici ? grogne-t-il.

— Pourquoi es-tu ivre après seulement deux heures dans ce bar de merde ?

— Tu crois vraiment pouvoir retourner la situation contre moi ? Tu as raison, je suis ivre et c'est peut-être pour oublier que tu as été une vraie connasse avec moi tout à l'heure !

L'impact de certains mots ou encore une intonation sanglante est bien souvent pire qu'une bombe. C'est ce que je vis en ce moment. Ce que James me dit m'explose au visage comme la plus violente des gifles. Cependant, j'accuse le coup et presse ma main contre mes yeux pour chasser les larmes qui me picotent.

— Je ne peux nier la véracité de tes propos, commencé-je d'une petite voix. Mais...

— Mais quoi, Lacey ? MAIS QUOI ? Quand es-tu devenue aussi méchante, aussi mesquine, aussi... peau de vache ? Quand as-tu cessé de voir que tout ce que je fais, c'est pour toi ? s'écrie-t-il.

Sa voix claque sur la terrasse et les six personnes assissent un peu plus loin tournent la tête vers moi. Rouge de honte et de colère, je me penche vers lui pour lui demander de parler moins fort, mais ça le fait rire.

— Cesse de te marrer tout de suite ! exigé-je.

— Ça suffit, Lacey ! Je ne suis pas ton toutou, et encore moins celui sur qui tu passeras tes nerfs quand ça ne va pas. Tu dis que je suis une coquille vide, non ? Moi, je crois que tu n'as pas envie de découvrir ce qu'il y a à l'intérieur. Le connard que tu as vu pour la première fois chez G management te paraîtra un enfant de chœur.

Ses yeux verts vibrent de colère et brillent de toute la peine que je lui ai faite. Incapable d'empêcher ce geste, je pose une main tremblante sur la sienne. Tout de suite, son regard se détend et me donne de l'espoir.

— Je suis sincèrement désolée. Je ne pensais pas ce que je t'ai dit tout à l'heure. C'est simplement que tu serais vraiment mieux sans moi. Tu t'en sortirais probablement plus facilement.

— Regarde-moi, Lacey ! Contemple ce que je deviens lorsque tu t'éloignes de moi !

Il lève les bras dans les airs, puis il éclate de rire. Je sais que l'alcool n'aide pas dans son état, mais de le voir ainsi me fait souffrir comme jamais.

— Regarde la merde que je suis depuis un an !

Tout de suite, je me lève, tire ma chaise juste à côté de la sienne et prends son visage entre mes mains incertaines. Je l'oblige à descendre la tête vers moi pour qu'il me regarde et ancre ses yeux au plus profond des miens.

— Tu es tout, sauf une merde, James !

— Ta pitié pour moi est désolante à regarder.

— Si tu savais ce que je ressens pour toi, tu comprendrais rapidement que ce n'est pas ce sentiment.

— Pourquoi ne pas me le dire ? Pourquoi rendre tout plus compliquer ?

— Parce qu'il y a un an, j'ai perdu Liam, Cameron et Christa.

— Quand comprendras-tu que tu es vivante et que tu dois vivre ? me coupe-t-il.

— Et si on remontait à la chambre.

Ma phrase a le don de laisser tomber un froid entre nous. Pas que l'atmosphère était pour le moins chaleureuse, mais elle est maintenant glaciale.

— Tu peux le faire, je ne te retiens pas.

Il tourne la tête vers le comptoir où s'affaire la barmaid aux seins refaits et il lui sourit. Cette situation me file la nausée, elle me met aussi en colère. Encore une fois, j'attrape le visage de James entre mes mains et l'oblige à me regarder. Ce que je vois dans ses yeux me coupe le souffle quelques secondes. Il y a de l'arrogance, du mépris, mais aussi de la colère et de la douleur.

— Je te jure que si tu veux jouer à ce jeu, je peux tout aussi bien rejoindre la partie.

— Une nuit à trois pourrait vraiment être sympa, ricane-t-il.

— Là, tu rêves, Combs ! Je te fais la promesse que si tu te tapes cette nana, je disparais carrément de ta vie.

— Ne me fais pas de promesse que tu ne pourrais pas tenir, Jenkins !

Blessée, mais surtout folle de rage, je me lève, le gifle de toutes mes forces et file comme une dingue. Je traverse le bar, puis débouche dans le couloir. Pendant quelques secondes, je ne sais plus où je me trouve, mais je fonce comme une folle pour regagner la chambre. Les ascenseurs se profilent devant moi et, une fois devant, j'appuie plusieurs fois sur le bouton.

— Lacey ! Putain ! hurle la voix de James dans mon dos.

Je sursaute vivement et m'engouffre à l'intérieur en priant pour que les portes se referment avant qu'il ne puisse entrer. Cependant, mes espoirs s'envolent rapidement et il se glisse à mes côtés à la dernière seconde. Il fait deux pas vers moi et je tente de me cacher dans l'angle de la cabine.

— Qu'est-ce que tu veux de moi, Lacey ? Bon sang de merde !

— Je ne veux plus rien. Plus rien ! crié-je.

— Tu es jalouse de cette barmaid dont je ne me rappelle même pas le prénom !

— Putain, James ! Qu'est-ce que tu crois ?

— Je ne sais pas ! Je ne sais plus !

Il secoue la tête de gauche à droite comme si tout ce qu'il se passait le rendait complètement dingue. Il semble dans un état second et lorsque les portes d'ascenseur s'ouvrent à nouveau pour qu'un couple y entre, je leur fais signe que c'est occupé. Bien sûr, on me dévisage, mais j'appuie sur le bouton pour les refermer, puis sur celui de notre étage.

— Je n'ai jamais aimé quelqu'un comme toi, James, soufflé-je.

— Comme moi ? murmure-t-il d'une petite voix.

— Oui, de cette façon. Ça me déchire le cœur, l'âme et même la vie. Je ne sais pas comment te faire comprendre que, pour le moment, je me déteste de te traiter aussi mal, mais que je ne pourrai pas me passer de toi, et ce, même si c'est préférable pour toi d'être sans moi.

Je me tais, un ding nous annonce que nous sommes arrivés à destination. J'inspire longuement avant de tendre la main vers lui. Contre toute attente, il accepte de nouer ses doigts aux miens et nous sortons de l'ascenseur pour regagner la chambre.

À l'intérieur, il se déleste rapidement de ses converses, je retire les miens et me retourne vers lui. Il est trop près de moi, mon corps sur heurte au sien et, avant que je n'aie le temps de me reculer, ses mains se posent de chaque côté de mon visage. Ses yeux s'ancrent aux miens et il me serait impossible de ne pas lire l'amour qu'il me porte.

Ses lèvres se pressent contre les miennes avec un goût d'alcool de vodka. Je comprends mieux pourquoi il est devenu ivre si rapidement, mais je m'en fous, car tout ce que je désire en ce moment, c'est de m'abandonner à ses caresses. Je noue mes bras autour de son cou et il lâche mon visage pour m'enlacer.

— James, soufflé-je contre sa bouche.

— Si tu savais comme je t'aime, Lacey. Ça me rend malade quand tu m'imposes une distance. Ça me tue. Ça me fait mal. Je t'aime, Lacey Jenkins. Toi, et toi seule.

Ses mots qui devraient insuffler de la chaleur et du bonheur en moi sont plutôt dignes d'une douche froide. Tout de suite, je me raidis et James semble comprendre ce qu'il se passe en moi, car il me lâche et me repousse.

— Je crois que l'on ferait mieux de dormir, annonce-t-il après un moment à me fixer.

Incapable de répondre, je le regarde attraper son sac de voyage et filer à la salle de bains. Je prends le mien et le pose sur le seul et unique lit de la chambre. J'aurais bien voulu qu'il y en ait deux, mais il n'y avait plus de chambre avec deux lits. Tout à l'heure, je ne voyais pas de mal à dormir dans le même lit, maintenant je doute que ce soit la chose à faire, mais je ne me vois pas le lui dire. Je retire mon short et mon haut, et plonge la main à l'intérieur pour trouver un t-shirt.

— Lacey ?

La voix de James me fait sursauter. Prise dans mes pensées, je n'ai pas vu le temps défiler. Je me dépêche d'enfiler mon t-shirt et me retourne vers lui avec un faux sourire plaqué sur les lèvres. Il pince le bas de mon haut entre son pouce et son index et le remonte vers le haut. Je ne veux pas qu'il fasse ça, mais je suis figée. Incapable de bouger, je le laisse faire. Ses doigts frôlent les longues cicatrices, maintenant devenues blanches, laissées par les opérations et l'accident qui ornent mon ventre et le haut de mes cuisses.

— Lacey ? Que s'est-il passé ?

Je le repousse et grimpe sur le lit pour m'éloigner de lui. Loin de se laisser démonter, il grimpe à ma suite et m'attire contre lui. Tout mon corps tremble comme une feuille, je suis prise entre l'envie de vomir et celle de me sauver. Maintenant, j'ai peur qu'il ne me trouve plus assez belle avec ces balafres qui font maintenant partie de moi.

— Explique-moi, j'ai besoin de savoir, insiste-t-il d'une voix douce.

— Comme tu peux le constater, l'accident a laissé des traces permanentes. Je sais que je suis dégoûtante et je m'en excuse.

— Pourquoi t'excuser pour cela ? demande-t-il en caressant mes cheveux.

— Jamais je ne serai jolie, jamais je ne serai normale.

— Je m'en fous de ça. La personne que tu es m'a séduite, ta personnalité en premier lieu. Puis, tu ne crois pas que la normalité, c'est ennuyant ?

— Bon sang que j'aime ce côté charmeur que tu as !

— Je ne l'ai qu'avec toi !

— C'est faux, tu l'avais avec la barmaid tout à l'heure.

— J'admets ne pas avoir été sympa sur ce coup-là. Tu es belle, Lacey. Rentre-toi ça dans le crâne. Tu l'es avec ou sans ces cicatrices.

James me caresse les cheveux et, pendant un long moment, nous ne disons rien. Nous profitons simplement de cet instant ensemble et je dois m'avouer que je suis vraiment bien. Puis il se redresse, m'obligeant à le faire à mon tour et il soulève à nouveau mon t-shirt. Le bout de ses doigts effleure doucement les lignes blanches laissées par cet événement horrible.

— Je n'aime pas ça ! J'ai l'impression d'être dégoûtante et...

— Tu sais que tu ne l'es pas. Lacey, je ne dis pas cela pour être gentil, mais parce que je le pense.

— Je sais que tu ne dis rien que tu ne penses pas.

— C'est faux, parfois je dis des choses méchantes simplement pour blesser. Je n'ai jamais voulu te faire du mal.

— Je le sais, ne t'inquiète pas. Maintenant, dormons.

— Il est encore très tôt.

Il a raison, il n'est même pas encore minuit. Nous avons toute la nuit devant nous, mais je n'ai pas le cœur à sortir ou à m'amuser. L'unique chose que je veux est de rester dans ce lit et profiter de ces moments avec lui, mais je n'arrive pas à prononcer un traître mot.

— Ce que je veux dire, c'est que l'on peut continuer de parler. J'ai envie d'entendre ta voix. Raconte-moi ce qui te plaît, d'accord ?

Je réfléchis un bon moment, puis je secoue la tête et me blottis contre son torse. Une pensée quelque peu stupide parvient jusqu'à moi : ma place est ici dans ses bras. C'est le seul endroit où je me sens bien.

— Ce matin, j'ai rencontré le père de Tristan, commencé-je avant que James ne soupire à s'en fendre l'âme.

— Pourquoi tu n'aimes pas, Tristan ? demandé-je par curiosité.

— Parce que c'est un minable ! grogne-t-il.

— Ne dis pas de telles sottises. Il est sympa et...

— Tu n'avais qu'à lui demander de venir avec toi s'il est si génial.

— Peut-être que j'avais envie que ce soit toi… James, pourquoi le détestes-tu ?

— Parce que c'est un salopard. Cesse de poser des questions, veux-tu ?

Le ton de sa voix est rempli de tellement de colère et de rancœur que je me fige. Jamais je n'ai vu James aussi fâché qu'en ce moment, ses bras autour de moi me serrent avec force et j'ai la sensation qu'il ne s'en rend même pas compte. Doucement, je pose ma main sur la sienne et relève la tête vers lui.

— Quand je l'ai quittée, c'est dans les bras de Tristan Wyatt qu'elle est tombée. Tu connais la suite de l'histoire.

— Je ne savais pas, James. Je suis sincèrement désolée.

— Tristan, il est tellement génial, ce mec. Je déteste quand on me parle de lui.

— As-tu encore des sentiments pour Naomi ?

— Non, mais elle a été une partie énorme de ma vie et je te mentirais si je te disais qu'à une époque je n'ai pas pensé lui faire la grande demande. J'aimerais que l'on ne parle plus de Tristan.

— Oui, mais je voulais te raconter que pendant que j'étais chez lui, je suis tombé sur un studio d'enregistrement et, à l'intérieur, il avait de vieilles guitares. Ça me démangeait de toucher la Gibson Les Paul Deluxe 1969.

Je me tais et me remémore le souvenir de mes doigts caressant le bois du manche, les frettes, mais aussi de ma respiration qui s'est accélérée lorsque je l'ai prise dans mes mains. J'ai cru que j'allais défaillir, mais revivre en même temps. C'est bizarre à bien y penser.

— Qu'as-tu ressenti ?

— Je ne sais pas trop. J'avais juste l'impression que je devais le faire, mais un truc en moi m'en empêchait.

— Tu sais que tu ne pourras pas vivre toute ta vie dans la culpabilité ou le regret de vivre.

— Tu crois que je ne le sais pas ? Je peux te jurer que c'est plus facile à dire qu'à faire !

— Je sais, mais je me dis que si je te le répète assez souvent peut-être que ça te rentrera dans le crâne.

Même si ses paroles sont dures, je les encaisse sans un mot tandis qu'il caresse mes cheveux et m'embrasse sur la tempe. Perturbée par tout ce qui vient de se passer, je me laisse bercer par James et le silence qui emplit peu à peu la pièce.

— Je crois que j'aurais réagi comme toi devant la « Les Paul », m'avoue-t-il.

— Elle était magnifique. Si un jour, je suis en mesure de faire à nouveau de la musique, j'aimerais que ce soit avec toi, annoncé-je sans réfléchir.

— Je ferais de mon mieux pour produire ton album.

— Tu n'as pas compris, je crois. J'aimerais que ce soit toi et moi.

— Auteur, compositeur et interprète, c'est ça ?

— J'ai déjà mon groupe, mais… et…

Il se tait et, soudainement, mes paroles, lancées pas si au hasard que ça, me paraissent vraiment stupides. J'enfonce ma tête dans mes épaules pour cacher cet embarras qui s'empare de moi. James ne semble pas s'en rendre compte et continue de caresser mon dos avec douceur.

— C'est vrai que ça serait pas mal, lâche-t-il après un moment.

Je souris à cette vision de lui et moi partageant la même scène, chantant les mêmes chansons ou encore en imaginant notre nom sur un panneau lumineux devant une salle de spectacle. Doucement, je relève la tête vers lui et nous échangeons un regard complice, je sais qu'il pense à la même chose que moi. Sa tête descend, ses lèvres viennent à la rencontre des miennes et, lorsqu'elles se pressent l'une contre l'autre, j'en oublie jusqu'à mon prénom. Je me redresse et pivote légèrement pour me retrouver face à lui sans cesser de l'embrasser. Les mains de James se posent sur mes hanches et il m'aide à enjamber ses cuisses.

Sa bouche quitte la mienne, et je n'en ai pas envie. J'enfonce mes doigts de façon presque violente dans ses cheveux pour qu'il poursuive son baiser. Ses lèvres se plaquent avec force contre les miennes et, rapidement, je me retrouve basculée contre le matelas, James par-dessus moi. Son regard noir s'ancre au plus profond de mon âme. Je sais pertinemment ce qu'il se demande en ce moment, mais je n'ai plus envie de réfléchir.

— C'est toi ou moi qui suis ivre en ce moment, lâché-je pour le taquiner.

— C'est moi, mais saoul ou pas, je ne veux pas t'obliger à quoi que ce soit.

— J'ai envie... James... Je veux...

Je suis incapable de prononcer une phrase complète et ça semble le satisfaire parce qu'il pose sa bouche sur mon cou pour en suçoter la peau. Immédiatement, je me cambre et mon bassin va à la rencontre du sien. Il faudrait être aveugle ou complètement conne pour ne pas voir et sentir l'érection qui déforme son jogging. Perdue dans mes pensées et concentrée sur son pénis, je ne me rends pas compte qu'il me retire mon t-shirt. Ses mains sont partout sur mon ventre. Je me raidis et tente de me cacher, mais il agrippe mes poignets et les remonte au-dessus de ma tête. Du bout de son index, il touche mes cicatrices, je tente de me débattre et de le repousser, mais il ne bouge pas et se penche pour embrasser mon ventre.

— Putain que tu es belle, Lacey ! Putain que je t'aime ! Putain, tu es la femme de ma vie ! Putain que je t'aime ! Ne me laisse plus jamais tomber.

Il marmonne ces mots comme une litanie, douce et mélodieuse, mais surtout apaisante. Entendre ses paroles me fait tellement de bien que j'aie l'impression de retrouver la personne que j'étais avant l'accident. Pas seulement des bouts d'elle, mais de l'avoir tout entière en moi.

— James, je t'aime, murmuré-je tellement bas que je suis persuadée qu'il ne m'a pas entendue.

Il relève la tête, lâche mes mains et remonte vers moi pour s'emparer de ma bouche. Il n'a pas besoin d'en dire plus, je sais que c'est lui et, pour le moment, je ne veux pas penser à ça. En fait, même si je le voulais, je ne pourrais pas. Son sexe frotte contre le mien et me rend complètement folle. J'enroule les jambes autour de ses hanches pour l'attirer encore plus contre moi.

— J'aimerais profiter de ton corps, te faire jouir pendant des heures, mais j'ai aussi envie de m'enfoncer en toi et d'y rester.

Il colle son front contre le mien, guettant mon approbation qu'il comprend avec mon sourire. Doucement, il se décolle de moi, retire ma petite culotte et se déshabille rapidement avant de revenir vers moi. Ses doigts frôlent et taquinent mon intimité alors qu'il embrasse et suçote mes tétons. Son pouce s'attaque à mon clitoris et son index caresse l'entrée de mon vagin. Toutes ces sensations que m'assaillent et me prennent de court sont difficiles à encaisser. Pas que je n'apprécie pas, mais surtout parce que James est hyper doué et qu'il m'amène dans des endroits dont j'avais oublié l'existence. Je me cambre, me courbe et gémis sous ses attouchements. Il me rend complètement folle et, lorsqu'il lâche mes seins pour descendre entre mes cuisses et laper mon sexe, je réagis tout de suite en enfonçant mes doigts dans ses cheveux.

Sa langue semble être partout où il le faut, ses doigts aussi. Rapidement, j'ai un orgasme fulgurant qui me laisse pantoise. James remonte vers moi et m'embrasse à en perdre haleine. Son sexe frotte contre le mien hyper sensible, puis, doucement, il s'enfonce en moi, m'arrachant une nouvelle plainte de plaisir. Ses yeux s'ancrent au plus profond des miens. Ils sont doux, sincères, mais surtout remplis d'amour. Cet homme me rend folle et je ne peux nier l'aimer plus que de raison.

Il bouge en moi dans un rythme lent, mais soutenu. Il caresse mon visage et me sourit. Je n'avais jamais fait l'amour de cette façon, c'est à la fois intense et soft. Je dirais même qu'en ce moment, c'est ce que j'ai connu de meilleur. Mes bras s'enroulent autour de son cou et je le maintiens contre moi. Je n'ai pas envie qu'il s'éloigne. Il accélère tranquillement ses allers et retours, m'entraînant dans une course folle à la jouissance.

— Lacey, je vais jouir, annonce-t-il.

— Moi aussi, soufflé-je.

Il augmente la puissance de ses coups de bassin, me faisant gémir et crier par la même occasion. C'est tellement bon que je ne sais plus où j'en suis, j'ai un orgasme encore plus fort que tout à l'heure. James me suit de près et s'écroule sur moi en haletant. Puis il roule sur le côté et se relève pour m'embrasser.

— Je vais à la salle de bains, annonce-t-il.

— Je te suis, murmuré-je à peine remise de mes émotions.

D'un pas léger, je me dirige avec James vers la salle de bains, je ne peux m'empêcher de mater son cul alors qu'il marche devant moi. Avant d'entrer, je prends dans mon sac une petite culotte propre et un t-shirt qui dépasse du sien. Je le rejoins et caresse ses fesses, mon audace le surprend et il me regarde au travers de la glace.

— Tes fesses sont à tomber, annoncé-je dans un haussement d'épaules.

Ma phrase le fait éclater de rire, puis il se tourne et actionne la douche pour en régler la température.

— On prend une douche avant de dormir ? demandé-je.

— J'en ai très envie, murmure-t-il en m'embrassant.

Je suis transportée par une joie de vivre qu'il m'est impossible à taire.

James… je retrouve mon James d'avant et rien ne peut mettre fin à la joie qui fait rage en moi en ce moment. Un élan de spontanéité s'empare de moi et je me hisse sur la pointe des pieds pour l'embrasser.

— Cette nuit, et à ton contact, je retrouve celui que j'ai laissé il y a un an et cet homme me redonne envie de vivre.

9

James

Son petit corps s'est blotti contre moi toute la nuit. J'avais l'impression qu'elle avait besoin de ce contact physique plus que n'importe quoi. Alors, malgré la chaleur ambiante et l'humidité de la pièce que devaient frôler les 27 degrés, je n'ai rien dit. Je me suis seulement demandé pourquoi on était assez cons pour ne pas allumer la clim. Cependant, je n'échangerais ma place contre rien au monde. Je suis bien dans ses bras, ses cheveux sur mon visage, son parfum sur les draps. Jamais je n'aurais pensé que nous aurions cette chance, ni surtout qu'elle nous en donne une. Après nos ébats, j'ai cru qu'elle se refermerait dans sa coquille, peut-être qu'elle allait même devenir une vraie garce avec moi, mais, contre toute attente, elle m'a complimenté sur mon cul et nous nous sommes douchés.

J'admets que j'aurais aimé que nous discutions encore une longue partie de la nuit, mais nous étions morts de fatigue. Le sexe, l'alcool puis le trajet en voiture ont eu raison de nous.

Lacey bouge à mes côtés, je resserre doucement mon étreinte autour de son corps. Elle se relève tranquillement et plonge ses grands yeux verts dans les miens. Je sais que je vais maintenant savoir si elle considère la nuit dernière comme une erreur. Je tremble de l'intérieur, c'est dingue quand même.

— J'ai tellement faim, annonce-t-elle en s'asseyant.

— Moi aussi, dis-je en m'adossant à la tête de lit.

Mon cœur bat la chamade et il est sur le bord d'imploser. Cette douleur qui me broie les entrailles ne se compare qu'à une seule chose, la plus difficile de tout : le rejet. Mourir n'est rien en comparaison. C'est même encore plus facile, je crois. Parce que, dans l'abandon, il y a tout un tas de sentiments horribles qui fait rage : celui d'être inadéquat, détesté, ignoré, mis de côté. Pour moi, c'est pire que tout, car quand tu connais ce genre de sentiment une fois dans ta putain de vie, les traces que ça laisse sur toi sont inguérissables, elles sont ancrées en toi comme un tatouage sur la peau. Je sais ce que c'est, car lorsqu'une des deux seules personnes censées t'aimer d'un amour inconditionnel préfère te quitter sans même se retourner, tu commences ta vie avec de sérieuses lacunes.

— Tu crois qu'il y a un petit restaurant sympa dans le coin ? demande-t-elle.

— Je suis persuadé que oui. Lacey ? Je... hier...

Je cherche mes mots, soudainement, je redeviens celui qui n'est plus sûr de rien devant elle. Je suis à nouveau cette coquille vide et je ne veux pas ça. Elle ouvre la bouche pour parler, mais je la stoppe en me penchant vers elle pour l'embrasser. Contre toute attente, elle ne me repousse pas et me sourit.

— Tu voulais me dire quelque chose ?

— Oui et non, j'appréhendais le réveil, voilà tout.

— Tu sais ce que je désire le plus ? me questionne-t-elle.

Ma réponse n'est qu'un haussement d'épaules et elle vient se blottir contre moi.

— Simplement que tu sois toi-même, que tu sois l'homme que j'ai connu y a plus d'un an.

— C'est impossible, Lacey, parce que lorsque j'ai compris que c'était véritablement terminé et que notre histoire n'irait pas plus loin, je n'ai plus été capable de vivre dans les décombres de ce que nous avions vécu. J'ai tenté tant bien que mal de reprendre le cours de ma vie avant toi, mais ça n'a pas fonctionné. Ensuite, j'ai essayé de vivre après toi et ç'a été pire. Ça m'a fait mal, je n'ai plus su qui j'étais quand tu n'étais pas là. Je me suis mis à faire n'importe quoi, à boire plus que de raison, à tout détruire sur mon passage. Je ne veux pas de ma vie sans toi. Putain que je n'en veux pas, alors, oui, il se peut que je ne sache pas sur quel pied danser, mais je souhaite tellement que tout se passe bien entre nous.

Lacey se redresse et s'assied sur mes cuisses, tout de suite, je l'encercle de mes bras pour la tirer vers moi.

— Après l'accident, je t'ai chassé de mes pensées. Je ne sais pas si ç'a été facile ou difficile, mais entre la mort de Christa, Liam et Cameron, je ne savais plus où j'en étais. C'était vraiment difficile pour moi et je crois que je t'ai relégué dans un coin de ma tête en attendant que je sois prête à vivre la douleur que m'apportait notre séparation.

— Je n'ai jamais voulu que l'on se sépare. J'aurais préféré être là à tes côtés, j'espère que tu le sais.

— Oui, je me rends compte qu'encore une fois, quelqu'un a décidé pour moi et je déteste ça.

— Je ne crois pas qu'Arabella ait pensé faire à mal, mais...

— Je sais, James. Je ne peux pas te promettre que je ne te repousserai pas, que je ne te ferai plus de mal ou que je vais filer le parfait bonheur. C'est encore trop ancré en moi, c'est trop difficile de faire face à ce que j'ai perdu.

— Ensemble, nous pouvons faire front, ce ne sera pas facile, mais au moins tu ne vivras pas ça toute seule.

Elle inspire et niche sa tête au creux de mon cou. Je ne sais pas si c'est de l'appréhension ou bien de la joie qui se forme en moi, mais ses mots m'amènent à croire qu'il y a de l'espoir pour nous deux.

— Quand tu es ainsi avec moi, j'ai l'impression de retrouver celle que j'étais.

Doucement, je caresse son dos et ses épaules, mes doigts descendent le long de ses bras.

— J'aime quand tu me touches, avoue-t-elle d'une petite voix.

Sa phrase me fait sourire, et je l'embrasse sur le dessus de la tête.

— Qu'est-ce que nous pouvons faire dans cette ville ? demandé-je.

— Du tourisme ? Les boutiques ? Allez au cinéma ?

— Et si l'on faisait un peu des trois.

— Je n'ai pas apporté beaucoup de vêtements, alors j'aurai peut-être besoin de faire les boutiques.

— Est-ce que l'on poursuit notre *road trip* ?

— Je crois que l'on pourrait rester ici quelques jours. À moins que tu aies des trucs prévus.

— Tout mon temps est pour toi, ma belle. Je vais quand même prendre un moment pour appeler Aaren pour qu'il ne s'inquiète pas.

— Et, moi, je dois acheter un chargeur pour mon téléphone. La batterie est morte depuis un moment.

J'inspire longuement, je n'ai pas envie de sortir du lit ni d'affronter la vie au quotidien. Ce serait tellement plus facile de rester enfermés dans cette chambre et d'ignorer nos problèmes.

— Je vais me rafraîchir, j'ai eu extrêmement chaud cette nuit.

— Moi aussi, mais je n'avais pas le courage de ne pas être blotti contre toi ou de me lever pour allumer la clim, m'avoue-t-elle en sortant du lit.

Je la regarde aller vers son sac et en sortir un short ainsi qu'un haut super simple. À mon tour, je m'extrais du lit et me dirige vers la salle de bains. Avant de passer la porte, je me retourne et l'observe, elle est dos à moi et a retiré son t-shirt. Elle examine les cicatrices qui strient sa peau. J'aimerais tellement lui faire comprendre qu'elle est belle, magnifique même, et ce, malgré les stigmates de l'accident.

— Lacey ? la hélé-je.

Elle pivote vers moi tout en enfilant son chandail. Elle semble inquiète de ce que je vais lui dire.

— Tu es magnifique !

Un sourire illumine son visage, tranquillement, elle vient vers moi pour m'embrasser.

— Merci, James ! Je vais aller voir à la réception s'il n'y a pas une boutique pour mon chargeur dans le coin et je vais ramener le petit déjeuner, ça te va ?

— Oui, mais tu n'avais pas envie que l'on sorte ?

— Peut-être tout à l'heure, pour le moment, j'ai envie de profiter de chaque moment avec toi.

Mes bras s'enroulent autour de sa taille et je l'attire contre moi. Du bout des doigts elle caresse ma joue et me sourit.

— Tu me fais un bien de dingue, James Combs.

— Je te retourne le compliment, répliqué-je dans un sourire.

— Allez, je file, si je veux revenir rapidement pour profiter de toi.

Elle me repousse doucement et fait quelques pas dans la pièce pour chercher la carte magnétique pour la porte.

— N'oublie pas de mettre un pantalon, la taquiné-je.

— Je sais, je ne suis pas aussi obnubilée par toi que ça.

— Je connais bien des nanas qui le seraient !

— Eh bah, tu peux dire à ces pouffiasses qu'elles peuvent t'oublier.

Elle prononce ses mots de façon naturelle et instinctive. Je m'avance vers elle et attrape son short en jean pour le lui tendre.

— Ça veut dire que tu marques ton territoire ? demandé-je, amusé.

— Ça veut surtout dire que si tu ne fais pas gaffe, je vous refais le portrait, à toi et tes groupies.

Je la serre contre moi et l'embrasse sur le front. Bon sang que ça me fait du bien de la voir comme ça et enfin savoir que mes espérances concernant notre amour n'étaient pas vaines.

— Tu sais bien qu'il n'y aura jamais que toi et que si nous étions à Las Vegas, je t'épouserais sur-le-champ.

— Phoenix et L. A. est à la même distance que Phoenix et Las Vegas non ?

— Tu voudrais te marier ? m'écrié-je, incertain de ses paroles.

— Je... je... je...

Elle bégaie, mais elle n'a pas besoin de m'expliquer ce qu'il se passe dans sa tête que je comprends tout de suite que ça un rapport avec Christa. J'attrape son visage entre mes mains et l'oblige à me regarder. Son regard vert redevient peu à peu déconnecté de tout et j'ai la sensation qu'elle me glisse entre les doigts. Je l'embrasse une dernière fois avant de la perdre pour je ne sais combien de temps. J'espère que ce baiser sera comme un électrochoc et qu'il la ramènera avec moi, mais ses peines perdues puisqu'elle se raidit et me repousse.

— James ! Non ! Arrête !

— Que se passe-t-il ? demandé-je, déjà épuisé alors que la bataille n'a même pas commencé.

— J'ai longtemps cru que je me marierais avec Liam, que Christa serait ma demoiselle d'honneur et Cameron le témoin de l'homme que j'allais épouser, m'avoue-t-elle, des sanglots dans la voix.

— Les choses avaient changé entre Liam et toi, et avant même l'accident.

— Tu as raison, mais ça ne veut pas dire que je ne l'ai pas envisagé à un moment de ma vie. Ça ne veut pas dire que ce que nous avons vécu, lui et moi, n'a jamais existé.

— Ce n'est pas ce que je dis, Lacey. Tu te méprends sur mes paroles. Tout ce que je veux, c'est que tu comprennes que Liam et toi n'étiez plus à ce stade de vos vies.

— Tu ne comprends rien à rien ! Va te rafraîchir, moi je vais acheter un chargeur et le petit déjeuner.

— Lacey, bon sang de merde ! Écoute-moi à la fin !

Elle secoue la tête, enfile son short et sort de la chambre sans m'adresser la parole. Si je tente de voir le côté positif de la chose, nous avons passé environ dix heures sans nous gueuler dessus ou nous blesser. C'est un bon début. Si je me laisse aller à être négatif, nous avons dormi six heures sur dix avant que ça parte en couille. N'ayant pas la force de me battre avec elle pour me faire entendre, je file à la douche dans l'espoir que, lorsque je ressortirai, elle sera de meilleure humeur.

Quand j'ai terminé et que je sors finalement de la salle de bains, je trouve Lacey assise sur le lit, son téléphone à la main en train d'échanger des messages avec quelqu'un. La jalousie me vrille instantanément les entrailles et je me jure que si c'est avec ce minable de Tristan, j'explose.

Elle lève la tête vers moi et repose son téléphone contre le matelas. D'un geste las, elle remonte les jambes vers sa poitrine et entoure ses genoux de ses bras. Elle me semble triste et toujours aussi déconnectée que tout à l'heure. Je n'ai même aucun doute qu'elle va me sortir un truc qui va me blesser et tout remettre en question. Pourquoi ce n'est pas simple ? Pourquoi être en son contact peut être si doux et douloureux à la fois ? Je ne saisis pas bien. Putain, je ne comprends plus rien.

— Je retourne à Los Angeles, annonce-t-elle.

— Tu veux que l'on rentre ?

— J'ai demandé à un ami de venir me chercher et ce sera la dernière fois que l'on va se voir.

Je devrais être en colère, blesser et avoir envie de tout casser, mais à la place ; je m'assieds sur le lit et éclate de rire. Lacey sursaute vivement devant ma réaction pour le moins surprenante.

— Tu trouves ça drôle ?

— Oui, tu ne pourras pas résister et rester loin de moi. Tu reviens toujours et inlassablement. C'est dingue que tu puisses imaginer partir et ne jamais revenir. Lacey Jenkins et James Combs sont supposés s'aimer toute leur vie. Bien sûr que Christa ne sera pas là à ton mariage ou encore quand nous aurons notre premier enfant, mais putain, elle ne sera plus jamais là ! Comprends-le, bordel de merde ! Elle ne sera plus jamais là, mais tu ne dois pas t'empêcher de vivre parce qu'elle est morte.

Mon euphorie a laissé la place à une vive et puissante colère. Si je ne me retenais pas, je balancerais le mobilier par la fenêtre et moi avec une fois la sale besogne terminée. Lacey se lève et arpente la pièce de long en large.

— Pourquoi tu es aussi méchant ? hurle-t-elle, le visage barbouillé de larmes.

— Parce que tu ne veux pas vraiment de moi. Parce que tu ne m'aimes pas vraiment. Parce que tu me jettes comme un vieux kleenex. Parce que je t'aime et que jamais ma vie ne sera complète sans toi. Lacey, je t'aime, mais ce sera encore plus difficile si nous restons loin l'un de l'autre.

Qu'est-ce que je dois faire de ces sentiments qui me mettent à mal ? Qu'est-ce que je dois faire de moi et de mon amour pour elle ? J'ai tout tenté, j'ai noyé ma peine dans des bouteilles d'alcool, je me suis enivré avec ma tristesse. Maintenant que je me retrouve devant la vérité que j'ai toujours eue au fond de moi, je ne sais plus comment réagir. Je ne sais plus si je dois faire un pas vers elle ou m'éloigner. L'espoir et la stupidité en moi me hurlent de lui laisser du temps, mais mon orgueil et mon bon sens exige que je foute le camp en claquant la porte.

— Peu importe ce que tu penses, Tristan va venir me chercher et je rentrerai avec lui.

Je ne suis pas dupe, elle a choisi de demander à ce minable de la ramener simplement pour me rendre jaloux et me faire du mal. Je devrais clamer haut et fort que ça n'a aucun impact sur moi. Je devrais lui rire à la gueule tellement c'est con, tellement c'est prévisible, mais à la place, je me laisse ronger par la douleur poignante et tranchante qu'est la jalousie.

— Bien sûr, c'est lui que tu as choisi d'appeler au secours ! explosé-je. De tout le monde de ton entourage, il a fallu que tu demandes à ce connard de venir te sauver. Putain, Lacey, explique-moi ce que j'ai fait de mal parce que, pour le coup, je ne comprends pas.

Elle ferme les yeux et secoue la tête vivement. Qu'elle ne veuille pas me dire ce que j'ai fait me rend fou et tout ce que je veux, c'est de lui soutirer cette information, et ce, à n'importe quel prix.

— Dis-le-moi, Lacey ! Je crois que tu me dois bien ça pour me traiter comme la pire des merdes.

— Je ne te dois rien ! Absolument rien !

— Je crois tout le contraire. Si tu veux vraiment que je m'éloigne de toi, tu dois me dire ce que je t'ai fait.

Lacey me tourne le dos et secoue la tête. Je m'avance vers elle et pose ma main sur son épaule. Je sais que je n'ai rien fait de mal et elle doit savoir que je serai toujours là malgré tout ce qu'elle pourra avoir à me reprocher.

— Si tu m'aimes, dis-le-moi.

— Le problème, c'est justement parce que tu m'aimes... Tu ne devrais pas m'aimer... Tu le sais et tu es juste trop borné pour l'accepter.

— Mais pourquoi, Lacey ? Pourquoi putain ? Parce que tu as des cicatrices sur le ventre ? Parce que tu ne vas pas bien ? Je m'en fous de tout ça ! Quand vas-tu le comprendre ? C'est toi que j'aime et, si ça vient avec quelques stigmates et beaucoup de disputes, je m'en fous.

— Ne dis pas ça, murmure-t-elle, les yeux noyés de larmes.

— Je vais le dire aussi souvent qu'il est possible. Je t'aime, Lacey ! Je t'aime, putain de merde ! Je m'en fous de ton apparence et, si tu ressembles à un mammouth, je m'en fous et je vais le crier aussi fort qu'il le faut pour que ça rentre dans ta tête.

J'explose, mais pas de colère, de tristesse plutôt. Lacey est devant moi, tremblant de la tête aux pieds. Sa main s'élève et retombe mollement contre sa cuisse. Nous restons là à nous regarder en chiens de faïence pendant un très long moment. Elle a mal, mais moi aussi. Je ferme les yeux et souffle un long moment avant de dire :

— Si tu veux rentrer, je te ramène.

Elle doit comprendre que c'est sans appel. Tristan ne viendra pas la chercher et je ne la laisserai pas partir avec lui. Elle opine du chef et me tourne le dos.

— Je vais envoyer un message à Tristan pour l'avertir. J'espère qu'il ne sera pas parti ou trop avancé sur la route.

— Si tu savais comment je m'en tape. Il peut bien s'éclater dans le décor, ça ne me dérangerait même pas.

— Ne dis pas ce genre de chose, James. Ne souhaite jamais la mort de quelqu'un parce que, si on exauce ta prière, tu risques de t'en vouloir.

Ses mots me surprennent et tiltent dans ma tête. Je m'avance vers elle dans le but de la questionner et de comprendre pourquoi elle dit ça. J'inspire longuement en tentant de choisir mes paroles, mais tout se bouscule entre mes pensées.

— Pourquoi dis-tu ça ?

— Pour rien, James !

— Lacey, on ne dit pas ce genre de chose pour le plaisir.

— Après notre dernier concert, j'ai souhaité mourir. Je ne voulais plus vivre. J'ai espéré que Hopeless Romantic n'ait jamais existé. Sais-tu ce que c'est de vivre avec cela sur la conscience ?

Je ne peux pas dire que je ne comprends pas mieux, mais ça me glace le sang qu'elle doive vivre avec ceci. En fait, je crois que je ne souhaite pas saisir le pourquoi ou même les raisons qui l'ont amenée à faire ce souhait, car je sais que j'ai une grosse part de responsabilité.

— Tout ce que je veux, c'est rentré chez Arabella.

— Dis donc, tu as préparé ton retour rapidement, m'indigné-je.

— James, j'en peux plus de me disputer avec toi. C'est trop difficile. Ça me fait trop mal !

J'inspire longuement et ferme les yeux. Je ne peux pas l'obliger à m'aimer ou à venir vers moi. Je ne peux pas tout casser dans l'espoir qu'elle se réveille bientôt et qu'elle ait toujours des sentiments pour moi. C'est impossible que j'exige d'elle qu'elle se mette dans une situation où elle serait mal.

— Prépare tes affaires. Nous partons dans quelques minutes, annoncé-je.

Un besoin de m'isoler se faisant sentir, je fonce vers la salle de bains pour m'y enfermer. Rapidement, j'attrape les quelques petites choses qui traînent ici et là, vestige d'une nuit d'amour complètement dingue. Cependant, mon corps tremble trop pour que je puisse ranger. Une sensation impossible à refréner s'empare de moi. Mes jambes deviennent aussi molles que de la guimauve, ma bouche s'assèche et mon cœur se met à battre à un rythme effréné. Je me laisse tomber sur la cuvette des toilettes et attrape ma tête entre mes mains. Cette situation est en train de me rendre complètement fou. J'ai besoin d'un verre, de boire des litres d'alcool pour oublier combien c'est difficile en ce moment. Je pourrais sortir de cette pièce et demander à Lacey d'appeler son cher et minable Tristan, ensuite je pourrais descendre au bar et me bourrer la gueule.

Putain de merde ! Aaren a-t-il vraiment raison ? Pourquoi ai-je besoin d'être ivre chaque fois que ça va mal ? Pourquoi suis-je aussi stupide ? Finalement, je ressemble beaucoup à mon père, cet ivrogne qui a laissé tomber sa famille. Depuis son départ, je me suis fait le serment que jamais je ne deviendrais comme lui. C'est pourtant ce qui m'arrive en ce moment. J'inspire longuement pour retrouver un semblant de contenance.

Lacey toque à la porte de la salle de bains. Tout ce que je veux, c'est lui demander qu'elle me laisse encore quelques minutes avant que l'on s'en aille, mais aucun son ne sort de ma bouche. Est-elle si pressée de me rayer de sa vie ? Cette question me fend le cœur et me fait trembler. Je déteste ce sentiment d'être impuissant, mais surtout que mon bonheur dépend de quelqu'un d'autre que moi. Finalement, l'amour, c'est nul et plus jamais on ne m'y reprendra. C'est un piège pour les cons et je suis tombé dedans sans même comprendre à quel point j'allais souffrir.

— James ? Il y a un appel pour toi, m'annonce-t-elle.

Un téléphone ? Je touche les poches de mon jean, j'ai laissé mon smartphone dans la chambre. Je sors rapidement en croyant que c'est Aaren qui appelle pour savoir ce que je fais, mais surtout où je suis et si je me suis foutu, encore une fois, dans la merde. Lacey me tend mon téléphone sans un sourire. Son visage est complètement fermé. Je consulte rapidement l'écran pour découvrir un numéro que je ne connais pas.

— Hello ?

— Salut, James, c'est Félicia ! Je ne sais pas si tu te souviens de moi, mais...

— Oui, bien sûr que je me souviens de toi, Licia. Comment tu vas ?

Étonné de recevoir un appel de la petite sœur de Naomi, je vais m'asseoir sur le lit. Je me demande bien ce qu'elle me veut.

— Je vais bien merci. Aaren m'a donné ton numéro. Nous nous sommes croisés en boîte de nuit et...

— Tu as maintenant l'âge de sortir dans les bars ?

— J'ai 22 ans maintenant, James, ricane-t-elle d'une voix douce.

— Alors que puis-je pour toi, ma jolie ?

J'exagère à peine sur le mot, mais je le prononce surtout pour tester la réaction de Lacey. Elle s'est appuyée contre le mur en face de moi, les bras croisés sur la poitrine, elle me fixe avec un air de colère sur le visage. Je sais pertinemment que c'est mal et que ça doit la blesser, mais j'en ai marre de cette situation. Si elle me veut, qu'elle me prenne, sinon elle n'a rien à redire.

— En fait, je t'appelais parce que j'ai composé une démo, je l'ai envoyé à plusieurs labels et un me propose un contrat. J'aimerais avoir ton avis et peut-être éventuellement bosser avec toi sur mon premier album.

Ouf ! Je ne m'attendais pas à ça. Ai-je envie de faire de la musique avec la petite sœur de Naomi ? Je n'en suis pas certain.

— Écoute, Licia, je suis à Phoenix en ce moment, mais je rentre bientôt. Peut-on se voir demain ?

— Oui, tu veux passer chez moi ? Je t'envoie l'adresse en texto.

— Ce serait mieux si, toi, tu venais à la maison. Tu te rappelles où j'habite ?

— Bien sûr, à demain alors !

Elle raccroche et je reste un moment interdit par ce qu'il vient de se passer. Félicia a près de dix ans de moins que Naomi. Ce que je me souviens d'elle est une coiffure un peu enfantine, un appareil dentaire et quelques rondeurs de bébé ici et là. Elle était toujours collée aux basques de sa grande sœur pendant les vacances d'été et Naomi était parfois méchante avec elle, mais Licia l'adorait tellement qu'elle ne le voyait pas.

— On rentre ? tonne Lacey pour me sortir de mes lointains souvenirs.

— Ouais, il me reste mes trucs à prendre dans la salle de bain.

Je me lève et m'avance pour ramasser ce qui m'appartient. Cependant, la voix de Lacey claque dans la pièce.

— Tu étais obligé de faire du rentre-dedans à cette gonzesse ? demande-t-elle.

Incrédule, je me retourne et fronce les sourcils. Je ne comprends absolument pas son accès de colère.

— Tu as fait un choix, Lacey ! Tu ne veux pas de moi, donc ne viens pas me faire chier avec ta jalousie excessive.

— Pardon ? Tu l'appelles ma belle et ma jolie devant moi. Comment veux-tu que je réagisse ? explose-t-elle.

— Est-ce que tu me veux, Lacey ? Est-ce que tu es prête à m'avoir dans ta vie ? Pas comme punching-ball ambulant, mais plutôt comme ton petit ami ? C'est ce que tu veux ?

— Tu sais que c'est légèrement plus compliqué que ça !

— Non, je n'en sais rien ! Tu m'aimes, tu me prends ! Sinon, tu n'as pas ton mot à dire, compris ? Moi, j'ai de très forts sentiments pour toi, mais je ne peux pas me battre tout seul quand tu me pousses sans arrêt en bas du bateau, putain !

Elle ne bouge plus, elle est figée comme une statue, mais ses yeux sont brillants de larmes. Je crois déceler au plus profond de son être l'envie de venir se blottir dans mes bras, mais elle ne le fait pas et me tourne le dos.

— M'aimes-tu ? demandé-je dans un murmure.

Elle ne répond pas, hisse son sac de voyage sur son épaule et sort de la chambre. Je ne cours pas derrière elle. Je ramasse mes affaires et regagne ma voiture. Lacey m'attend appuyée contre la carrosserie. C'est en silence qu'elle entre dans la voiture et que je prends place derrière le volant.

10

James

Le trajet de retour s'est déroulé dans le silence le plus total. Lacey a fait semblant de dormir, tandis que, moi, j'enchaînais les chansons rock et les cigarettes. J'étais impatient de rentrer à la maison et de mettre cet événement derrière moi. J'ai déposé Lacey chez Arabella, Tristan l'attendait déjà, et je n'arrive pas à mettre le doigt sur les sentiments qui m'ont traversé en le voyant débouler l'allée pour prendre celle que j'aime dans ses bras. Une fois fait, il s'est penché vers moi et m'a salué. Ma réaction n'a pas été des plus mature lorsque j'ai levé mon majeur bien haut pour lui présenter. La tête qu'il a faite m'a satisfait, à la limite de l'insulte et du découragement.

C'est difficile, et j'aimerais oublier ce qu'il s'est passé à Phoenix, mais je souhaiterais qu'elle comprenne que si l'on est ensemble, tout fera moins mal. Cependant, elle se borne dans un concept d'autoflagellation et de chemin de croix impossible à comprendre. Ça me rend dingue, je crois que je pourrai bientôt réserver ma place dans un asile de fous. Je le suis tellement que l'on me réservera la chambre VIP de luxe avec accès au toit, simplement au cas où j'aurais envie de me lancer en bas.

La sonnette d'entrée retentit. Je n'attends pas Félicia avant une bonne demi-heure, mais elle est probablement en avance. Rapidement, je me lève et vais lui ouvrir. Je ne saurais dire pourquoi, je suis nerveux de revoir la petite sœur de Naomi. Je secoue la tête vivement et pousse un long soupir avant d'ouvrir la porte.

— Lacey ! Que me vaut l'honneur ?

— J'ai besoin de te parler… Tu me fais entrer.

— J'ai trente minutes pour toi, dis-je d'une voix que j'espère froide.

— Que d'honneur ! râle-t-elle.

— Pas de ça, Lacey. Tu as fait ton choix, tu m'as effacé de ta vie, maintenant tu ne peux pas exiger que je sois à tes pieds.

— Ce n'est pas de cela que je viens te parler, mais un jour, lorsque tu seras avec une autre fille et que tu respiras le bonheur, tu comprendras que j'ai pris la bonne décision pour toi.

— Ce serait bien que tu me consultes la prochaine fois que tu choisis quelque chose qui me concerne.

— Comme je disais, je ne viens pas pour ça. Puis-je entrer ? Je me sens vraiment conne sur le pas de ta porte.

Je me décale sur le côté et la laisse rentrer. Hier, en arrivant, j'avais les boules, tout me semblait sale, dégueulasse presque crasseux, alors je me suis mis à récurer ma baraque de long en large. Le regard de Lacey parcourt ma maison et je sais immédiatement ce qu'elle va me dire.

— Mignon ! Tu as fait le ménage pour ta maîtresse, marmonne-t-elle.

— Tout d'abord, je n'ai pas d'amante, ensuite si tu étais sympa, je le ferais pour toi et pour terminer, je l'ai surtout fait pour moi parce que j'en avais marre de vivre comme un gros porc. Et sinon, que me vaut l'honneur de ta présence ?

Elle s'assied sur mon canapé et me fait signe de faire de même. J'ai toujours admiré et adoré la façon qu'elle s'appropriait ma maison comme si c'était la sienne. Impossible pour moi d'oublier la première fois qu'elle est venue ici. Elle virevoltait dans chaque pièce comme si c'était naturel. Lacey plonge la main dans son sac et en ressort une feuille un peu froissée.

— J'aimerais avoir ton avis sur ces paroles.

Elle me tend son bout de papier et, voyant que je suis figé, elle le dépose sur la table, puis croise les bras sur sa poitrine.

— Je ne comprends pas, Lacey. Je… Pourquoi tu me montres ça à moi ?

— Parce que tu es le seul à qui je fais confiance dans ce milieu.

— Mais je t'ai trahie…

— Je préfère le voir comme si tu avais tout fait pour me protéger.

— Là…

— Je ne sais pas, peut-être que c'est hyper nul, mais ça m'a fait un bien fou d'écrire ces mots. Je sais que, généralement, on doit écrire la musique au même moment, mais je me suis dit que l'on pourrait peaufiner le tout un peu plus tard.

Incrédule, j'attrape le papier entre mes doigts et commence à lire ses paroles.

Les étoiles, je ne les vois plus.

Avant, elles étaient dans le ciel, mais aussi dans tes yeux.

Le monde va et vient au rythme des coups de poignard qu'on s'inflige.

Il s'écroule et nous entraîne dans sa chute.

Nous tombons, écorchant nos genoux au même rythme que nos cœurs.

Nous tombons tristes et si peu sincères.

L'amour, je ne le sens plus.

Avant il était partout autour de moi, mais aussi dans tes gestes.

Prends-moi et explique-moi comment vivre.

Parle-moi et apprends-moi à chanter.

Touche-moi et montre-moi comment aimer.

La musique, je ne la comprends plus.

Avant, elle était dans chaque seconde de ma vie, mais aussi dans tes mots.

Les étoiles se sont éteintes, une à une, tranquillement, doucement.

Enfonçant des morceaux de verre dans mon corps, lacérant ma peau et mon cœur.

La vie, je n'en veux plus.

Avant, elle m'interpellait par sa puissance, mais toi aussi.

La chute, parfaitement calculée, mais totalement improvisée.

Grisant mon cerveau de souvenirs douloureux.

De tes sourires, de ton rire, mais aussi de la vie d'avant.

Avant... Avant... Celle que j'étais ne sait plus.

Celle que je suis ne souhaite pas savoir.

Je dois admettre que ça a un énorme potentiel, mais je ne sais pas si je suis la personne la plus apte pour l'aider à mettre un son sur ses paroles qui me mettent mal à l'aise. En fait, ce ne sont pas les mots adaptés à ce que je ressens, c'est plutôt un serrement au cœur, une douleur aussi vive que le feu qui me rappelle que je l'aimerai toute ma vie. J'inspire longuement et repose la feuille sur la table.

—Je ne peux pas nier que ce que tu as écrit est très beau et, avec une mélodie simplement acoustique, ce sera dément, mais je ne crois pas être celui qu'il te faut pour cela.

— Pourquoi ? demande-t-elle simplement.

— Parce que je crois être trop impliqué.

— James, je t'en prie... J'ai besoin d'un truc qui me rattache à la vie. J'ai besoin de toi...

— Pour faire de la musique, oui, mais pour t'aider à aller mieux, c'est autre chose. Lacey, je suis fou amoureux de toi, je ne pourrai pas le répéter plus souvent, mais je ne suis pas non plus un jouet ou un toutou. J'ai des sentiments... je... je ne peux pas.

— Je vois, si jamais tu changes d'avis, tu as mon numéro de téléphone.

La sonnette d'entrée tinte et Lacey me lance un regard peu amène. Je sais qu'elle est en colère et jalouse, mais ça me déchire le cœur à moi aussi de devoir agir ainsi.

Félicia entre dans la maison comme si elle était une habituée de l'endroit. En même temps, elle a passé le plus clair de son temps ici quand nous n'étions pas en tournée avec Naomi. Sa grande sœur était une technicienne de son dans notre équipe. J'adore quand Lacey le fait, mais la voir errer de la sorte chez moi me rend mal à l'aise. Je ne sais pas encore si c'est à cause de Naomi ou bien de la petite brunette qui est dans mon salon.

Quelle n'est pas ma surprise de constater que la petite ado que j'ai connue a largement grandi ! Elle a perdu ses petites rondeurs de bébé. Ses cheveux sont teints en rouge électrique, sa peau est bien bronzée, mais surtout tatoué dans une myriade de couleurs. Je crois même qu'elle porte des lentilles, car si je me rappelle bien ses yeux sont bruns, et non verts comme en ce moment. Un anneau orne son nez et des écarteurs, ses lobes d'oreille. Elle porte une robe noire avec un décolleté plongeant sous une veste en cuir. J'ouvre la bouche pour parler, mais aucun son n'en sort.

— J'ai apporté ma guitare. J'admets que je suis très nerveuse de jouer devant toi.

— Ça va aller ! On va parler et ensuite on avisera.

Lacey se matérialise devant nous, bouillante de colère et de jalousie.

— Peut-on se parler ? demande-t-elle.

— Oui, allons à l'extérieur. Félicia, tu peux m'attendre au salon si tu veux.

— Avec plaisir, s'écrie-t-elle, guillerette. Attends ! Tu es Lacey Jenkins ?

— Ouais, c'est moi, grogne-t-elle dans un soupir.

— Oh merde ! J'aime vraiment beaucoup ton groupe ! Putain, ce qui s'est passé est horrible.

Lacey me lance un regard de tueur, en fait, ses yeux se sont transformés en mitraillette et je suis la cible. Je lui fais signe de me suivre à l'extérieur et elle me suit sans un mot. Sans s'arrêter, elle fonce vers sa voiture et je ne peux m'empêcher de la mâter. Elle est belle, encore plus lorsqu'elle est en colère et bouillante de jalousie. Furieuse, elle se retourne vers moi et plante ses poings sur ses hanches. Ses yeux me fusillent à nouveau et je dois me mordre la lèvre inférieure pour ne pas éclater de rire.

— Pourquoi tu te marres, James ? Pourquoi tu trouves ça drôle ?

— Parce que tu es jalouse, ma douce Lacey.

— Non, je ne le suis pas ! objecte-t-elle avec véhémence.

— De toute façon, nous ne sommes pas ici pour parler de ça.

— Oui, tu m'expliques pourquoi tu m'as fait venir à l'extérieur.

Son regard vert se fiche dans le mien et un soupir s'échappe d'entre ses lèvres rosées. Elle pose sa main sur mon bras et toutes mes belles résolutions s'envolent avec l'envie de l'embrasser.

— Cette jeune fille meurt d'envie de te mettre dans son lit. Ne tombe pas dans le panneau, je t'en supplie.

Elle ne répond pas à ma question et, comme si elle se rendait compte de ce que ses paroles veulent dire, elle retire sa main de sur mon bras et recule vivement. Elle ouvre la portière de sa voiture et y pénètre. Je n'ai que le temps de la retenir en enroulant mes doigts autour de son poignet. Elle me fait face, une mèche de ses longs cheveux bruns lui barre les yeux. Je la coince entre mon pouce et mon index et la glisse derrière son oreille.

— Lacey, ne sois pas jalouse.

— Je le suis, tu as raison et je ne peux m'en empêcher.

Elle lève ses prunelles vertes vers moi, de petites larmes brillent dans ses yeux. J'inspire longuement et me penche vers elle. Son parfum fruité et sucré me chatouille les narines.

— Tu nous donnes du mal pour rien, Lacey.

— Un jour, tu me remercieras pour tout ça.

— Et toi, tu te rendras compte que c'est moi et personne d'autre.

— James, commence-t-elle.

Je plaque ma bouche contre la sienne, j'avais prévu de la faire taire avec un baiser, mais, tout de suite, sa main s'agrippe à mon cou et elle me tire vers elle.

— Après, ne me dis pas que tu ne m'aimes plus.

— Ce n'est pas ce que je fais, je te dis plutôt que tu serais mieux sans moi.

— On en parlera à un autre moment.

— Ah ouais, tu dois bosser avec la miss…

Elle inspire profondément.

— Je ne crois pas que ce soit une bonne idée, reprend-elle.

— James ! Est-ce que tu reviens bientôt ? Je suis impatiente de commencer ! s'écrie Félicia depuis la porte d'entrée.

Je lui réponds d'un vague signe de la main et elle retourne à l'intérieur.

— Va la retrouver, murmure Lacey.

— Appelle-moi ce soir.

— Si tu ne termines pas trop tard, viens me voir chez Arabella.

— D'accord. À tout à l'heure.

Lacey grimpe dans sa voiture et je la regarde quitter ma maison. Une fois dans la rue, elle se retourne et me fait un signe de la main. C'est difficile de la voir partir, mais c'est aussi une libération, car ça me permet de penser sans avoir ses yeux envoûtants qui m'empêchent de réfléchir correctement.

Je retourne vers la maison et pars à la recherche de Félicia. Elle ne se trouve ni au salon et encore moins à la cuisine. Je n'ai pas le cœur de jouer à cache-cache. Je reviens rapidement sur mes pas et vais sur la terrasse, mais elle n'est pas là. Je scrute la plage en espérant l'apercevoir au loin. Découragé, j'inspire longuement en retournant à l'intérieur, je m'avance vers les chambres et mon bureau. Elle est assise sur mon lit et fixe un cadre contenant une photo de sa grande sœur qui se trouvait dans ma table de chevet.

— Que fais-tu ici ?

— Je me demandais si ta chambre avait changé depuis le décès de Nao.

— Sans vouloir te manquer de respect, tu n'as rien à faire dans ma piaule.

— Ne te méprends pas sur mes intentions, j'avais seulement envie de savoir s'il restait des choses de Nao ici.

— Maintenant que ta curiosité est assouvie, nous pouvons regarder ce que tu as fait.

Elle se lève et me suit vers le studio dans le sous-sol. Je m'installe sur une chaise et lui fais signe de prendre place devant moi.

— Qu'est-ce que tu attends de moi exactement ?

— Comme je te l'ai expliqué au téléphone hier, j'ai un contrat avec Wyatt Records et j'aimerais bosser avec toi.

— Je ne fais pas de production d'albums, Félicia.

— J'ai envie de composer avec toi. Tu es le plus talentueux musicien que je connaisse.

— Ce n'est pas en flattant mon ego que je vais accepter, tu sais.

— Peux-tu au moins jeter un coup d'œil à ma démo, mais aussi à ce que j'ai écrit dernièrement ?

J'opine du chef et tends la main vers elle pour qu'elle me donne sa démo ou son cahier de chansons.

— Je reviens, j'ai laissé ma guitare à l'étage et aussi mes paroles.

Elle se lève d'un bond et fonce chercher ses affaires. Je profite de son absence pour prendre mon téléphone et vérifier si Lacey m'a écrit, mais aucun message. Je sais qu'elle vient de quitter la maison et qu'il lui faut plus de quarante minutes pour retourner chez Arabella. Si je lui envoie un message, est-ce que je vais avoir l'air désespéré ? Probablement oui, mais l'homme que j'étais l'aurait fait.

« Coucou, Lacey. J'espère que tu es bien rentrée. J'aimerais beaucoup terminer cette conversation que nous avons eue près de ta voiture. »

— À qui envoies-tu des messages ? demande Félicia en s'asseyant sur sa chaise.

— Je crois que ça me regarde !

— Ne sois pas si virulent ! Je ne sais pas ce que tu lui trouves, mais si c'est ce genre de fille qui te plaît…

— Je ne le suis pas, mais je ne comprends pas ce que tu fais ici, et encore moins pourquoi tu souhaites bosser avec moi. Il y a des tonnes de musiciens compétents qui couperaient leur main pour bosser pour Wyatt Records !

Félicia inspire longuement, ses yeux se remplissent de larmes. La seule pensée concrète qui me vient à l'esprit est : *Putain, elle ne va pas se mettre à chialer !* Mais, oui, c'est ce qu'elle fait. Elle pleure, une goutte salée glisse sur sa joue et elle l'essuie rapidement.

— Je sais que tu ne dois pas avoir envie de travailler avec la petite sœur de la nana qui t'a brisé le cœur, mais je sais à quel point tu as aimé Nao et plusieurs de mes chansons parlent d'elle. Je trouvais déplacé que quelqu'un d'autre que toi m'aide à leur donner vie.

Je me laisse aller contre le dossier de la chaise et la jauge pendant de longues secondes. J'aimerais dire qu'en ce moment elle transpire la manipulation, mais je dirais que c'est plutôt la vulnérabilité. La même que je voyais dans Naomi, la même qui m'a plu et fait craquer.

— Je veux bien y jeter un coup d'œil, mais je ne bosse pas pour Tristan Wyatt !

— Non ! Tu travailleras pour moi ! lance-t-elle avec un sourire en coin.

— Si j'accepte, je ne veux pas qu'il se mêle de notre boulot.

Félicia hoche de la tête et me tend sa démo ainsi que son carnet de chansons. Pendant que je commence à le feuilleter, je me demande quelles sont ses intentions concernant Félicia. Est-ce par culpabilité ou c'est encore un plan merdique de la part de ce trou du cul ?

— La première chanson sur la démo est pour ma sœur.

Sa voix tremble et je me rends compte que la perte de Nao est vraiment difficile pour elle, et ce, malgré les années qui se sont écoulées. Je prends la clé USB et la branche dans l'ordinateur. Des notes de rock, presque de métal emplissent la pièce. J'aurais pourtant juré qu'elle aurait écrit une ballade, mais je crois qu'elle a besoin d'exprimer sa rage.

La douleur est si forte que je ne la ressens plus.
Horrible constat pour une horrible tragédie.
Un point de non-retour.
La lumière est au bout du tunnel.
Ce n'est pas celle de l'espoir.
C'est plutôt une collision frontale avec la réalité.
Rien n'est facile,
Tout est difficile,
Tu n'es plus là,
Partie sans un au revoir.
Ma respiration s'accélère.
Mon cœur se serre.
J'aimerais croire tu es toujours là.
Une partie de moi connaît la vérité.
Impossible de faire face.
Rien n'est facile,
Tout est difficile,
Tu n'es plus là,
Partie sans un au revoir.
Ma respiration s'accélère.
Mon cœur se serre.

J'arrête la musique et tourne la tête vers elle. Félicia semble nerveuse, elle joue avec ses doigts et triture son piercing à la lèvre. Je dois admettre que même si ses paroles ne sont pas aussi profondes que je l'aurais imaginé, sa voix est vraiment belle et mélodieuse.

— Écoute, Félicia, tu as un réel potentiel, cependant, les paroles manquent de sentiment et de profondeur.

— Tu trouves ? demande-t-elle d'une voix tremblante.

— Oui, tu dois absolument mettre tes tripes sur la table. Tu dois les arracher de ton ventre et nous les balancer à la figure. C'est aussi simple que ça.

— C'est ce que je trouve difficile, mettre mes émotions au grand jour.

— Être musicien, c'est de se mettre en danger, c'est crier au monde son mal, sa douleur, mais aussi sa joie et son bonheur. Tu dois être capable de puiser au plus profond de ton âme. Choisis un souvenir, accroche-toi à lui et repense à tout ce que tu as ressenti à ce moment, mais aussi à ce que ce moment te fait sentir depuis qu'elle n'est plus dans ta vie. Voilà tout ce que tu dois faire.

— Tu vas m'aider ? murmure-t-elle, émotive.

— Oui, mais comme je t'ai dit, je ne veux pas bosser avec Tristan Wyatt. S'il se mêle de mon travail, je le frappe.

— Je suis au courant de sa relation avec Nao, mais il a envie de me donner une chance et je ne peux pas cracher là-dessus.

— Tu n'aurais pas besoin de vendre ton âme au diable pour percer, Félicia.

— J'ai envoyé des tonnes de démos, il est le seul à vouloir de moi.

Je secoue la tête et me mords la lèvre pour empêcher des mots de sortir des mots qui seraient probablement méchants.

— Tu as les paroles de cette chanson ? demandé-je avec un faux sourire.

— Oui elles sont dans le carnet.

Elle le prend sur la table et le feuillette jusqu'à trouver la page où elle a griffonné ses mots d'une écriture ronde.

— Pourquoi ne pas commencer la chanson avec : « Hé, grande sœur, où es-tu ? Je ne te trouve plus, je ne te vois plus. »

Je me tais et la regarde, elle semble captivée par ce que je fais. Je griffonne mes mots dans le haut de la page. Comme elle ne parle pas, je continue en effaçant toutes ses paroles. Je le fais de façon instinctive et un peu comme si quelqu'un me soufflait ce que je devais écrire.

Hé, grande sœur, où es-tu ?

Pourquoi es-tu partie ?

Pourquoi m'as-tu quittée ?

Sais-tu que je ne peux plus rêver depuis ton départ ?

Mes mots se coincent en travers de ma gorge.

Je n'arrive plus à parler.

Pourtant, j'ai besoin de sentir ta main dans la mienne pendant que j'avance.

Les jours s'écoulent, ils passent si lentement sans toi.

C'est comme si mon sablier était défectueux.

Tout le monde me dit que j'irai mieux.

Que j'apprendrai à vivre sans toi.

Mais je crois qu'ils mentent tous, car plus le temps passe et plus tu me manques.

Montre-moi comment je dois vivre sans toi.

Montre-moi la voie, le chemin à suivre.

Perdu, je ne sais plus quoi faire ni où aller.

Plus le temps passe et plus c'est difficile.

Hé, grande sœur, peux-tu entendre cette chanson de l'endroit où tu te trouves ?

Peux-tu m'entendre, car moi je ne peux plus ?

Hé, grande sœur, n'oublie jamais que je t'aime…

Je lui tends son carnet et, pendant ce temps, j'attrape ma guitare acoustique pour gratter les cordes. Une mélodie douce s'élève dans la pièce, rapidement, Félicia joint sa voix à ma musique et tout de suite nos deux styles collent. Je dois admettre être très étonné, je pensais que ça ne pourrait pas fonctionner.

Le reste de la journée se passe de la même façon, j'aide Félicia à écrire ses paroles et à les retravailler. Nous bossons énormément sur celle que j'ai écrite, elle tient à y ajouter plusieurs petites choses qui sont loin de ce que je fais habituellement, mais je la laisse faire, c'est son album après tout. Elle part autour de 21 h 30 et nous prenons rendez-vous dans deux jours. Je lui donne comme « devoir » d'écrire une chanson toute seule sans mon aide et qu'on la retravaillerait ensemble.

Épuisé, je regagne ma chambre et me laisse tomber sur mon lit. Quelque chose craque sous mes fesses. Je me relève et prends le cadre contenant une photo de Nao et moi. Je le garde toujours dans le fond de ma table de chevet et le ressors parfois.

Je me rappelle très bien cette photo, nous étions en tournée au Canada et errions dans les rues de Montréal lorsqu'il s'est mis à pleuvoir comme une vache qui pisse. En quelques secondes, nous étions trempés et dégoulinants. Nous avions trouvé refuge dans un petit café pour nous sécher et nous peloter un peu. Nao avait tenu à prendre cette photo avant que l'on quitte cet endroit.

Mon téléphone sonne dans la poche de mon jean, je le prends et souris en apercevant le nom de Lacey sur l'écran.

— Hello, la plus belle des Lacey que je connaisse.

— Je suis la seule, c'est ça ? demande-t-elle avec un petit rire.

— Probablement, oui, mais tu es aussi la plus jolie des filles dans mon entourage.

— Tu es tellement charmeur, James !

— Simplement avec toi. Que me vaut l'honneur de ton appel ?

— J'avais envie de savoir si tu étais encore avec ton amie.

Je ne sais pas quoi répondre, mais surtout si je dois me réjouir. J'inspire longuement et décide de me la jouer un peu comme si je m'en foutais. Je ne sais pas combien de temps je pourrai tenir, mais je crois que ça fera son petit bout de chemin.

— Elle vient de partir. Que fais-tu ?

— Je... Vous avez fait quoi ?

— On a bossé sur son futur album. Elle est très douée, mais elle doit travailler ses paroles pour les rendre plus profondes.

— Tu as une bonne alchimie musicale avec elle ? demande-t-elle.

— Étonnamment oui !

Un silence s'installe entre nous et, pour une des rares fois, il n'est pas pesant ou lourd de sens. Il est simplement salvateur, comme si nous avions besoin de ça pour faire le point.

— Plus qu'avec moi ?

— Personne ne sera plus que toi, Lacey, mais tu dois m'accepter dans ta vie.

Un nouveau silence s'installe, mais, cette fois, il me fait mal dans l'estomac.

— As-tu envie de venir dormir ici ?

— Es-tu sûr de toi ? demandé-je. Tu ne vas pas me repousser encore une fois ?

— Je n'ai pas dit que l'on coucherait ensemble, mais...

Elle se tait. Putain que j'aimerais être avec elle en ce moment pour la prendre dans mes bras et la rassurer. La savoir ainsi me retourne le cœur.

— J'arrive, Lacey. Donne-moi une petite heure et je suis là.

— Oui, j'aimerais vraiment que tu viennes.

— J'arrive…

11

Lacey

Vingt-trois heures viennent de sonner et je commence à désespérer de voir la voiture de James apparaître au bout de l'allée. On s'est parlé à 21 h 30 et il faut seulement quarante-cinq minutes pour venir jusqu'ici. Dès que nous avons raccroché, j'ai trouvé refuge sur la dernière marche du petit escalier menant à l'entrée principale. Je meurs d'impatience de le retrouver et je ne sais pas si ce sentiment est relié au fait qu'il a passé une partie de la journée et de la soirée avec cette nana qui sort de nulle part. Peut-être que je suis jalouse, probablement que je le suis, mais c'est quelque chose qui s'installe en moi et que je ne peux contrôler. Je sais bien que la jalousie n'est pas un sentiment qui rime avec amour. En fait, je ne l'ai jamais pensé, pour moi, c'est plutôt un truc de possession et je n'ai jamais aimé ça, en grande partie à cause de ma mère. Quand j'étais gamine, elle faisait toujours d'énormes crises de jalousie à mon père. Chaque fois qu'une amie musicienne ou une groupie s'approchait un peu trop à son goût, c'était l'hécatombe. Elle lui hurlait dessus, elle pleurait, brisait des choses. Comble de l'ironie, c'est elle qui a trompé mon père avec un avocat qui avait pris en charge un problème avec le groupe. Je ne veux pas devenir comme ça, je ne veux pas être comme elle.

Une nouvelle voiture passe dans la rue, mon cœur s'arrête et redémarre au quart de tour. Je presse l'arête de mon nez entre mon index et mon pouce. Je suis à un cheveu d'abandonner, de rentrer et de trouver refuge dans mon lit pour pleurer. Pleurer, je ne fais que ça et je m'agace quand j'y pense. Peut-être que je pourrais l'appeler ! Oui, c'est une bonne idée, mais je n'ai pas envie d'être la fille un peu trop collante ou anxieuse qui le harcèle.

Finalement, une voiture s'avance dans la petite allée et, tout de suite, je saute sur mes pieds. Une vague de joie et de plaisir s'empare de moi, je crois aussi qu'une grande partie d'excitation naît au creux de mon estomac, car des papillons me chatouillent. C'est lui, je le sais, je le sens. La voiture de James s'arrête, ses phares s'éteignent et il lui faut près de trois minutes avant d'enfin sortir.

L'impatience me tenaille et, si je ne me retenais pas, je foncerais vers lui et le sortirais de là. Dès que sa portière claque et que ses pas se font entendre, je fonce vers lui en criant son prénom.

— James !

— Lacey ? Que fais-tu dehors ?

Je le coupe en sautant à son cou, nouant mes bras autour de son cou et mes lèvres contre les siennes. D'abord, il est surpris par mon geste, mais, rapidement, il me serre contre lui et je peux sentir sa bouche s'étirer en un sourire. Un bruit sourd se fait entendre, un peu comme si quelque chose de moyennement lourd tombait sur le bitume de l'allée. Je tente de le repousser pour voir ce que c'est, mais il me retient contre lui.

— Si tu crois pouvoir t'échapper...

— Ce n'était pas mon intention, je souhaitais voir ce que tu as laissé tomber.

— Notre repas ! Comme à nos débuts, tu en apportais sans arrêt, je me suis donc dit que c'était à mon tour.

— Ça tombe bien, car je meurs de faim ! m'écrié-je.

James se penche et récupère ses sacs qui gisent sur le sol. Il passe ensuite son bras autour de ma taille et m'attire contre lui. Nous nous dirigeons vers la maison et entrons. Je l'amène vers la salle à manger et lui demande d'aller chercher les couverts dans la cuisine. Je sors les plats des sacs et les pose sur la table, James a acheté du thaï et j'en suis très heureuse. En fait, je crois que j'aurais apprécié n'importe quelle nourriture. Il aurait acheté un big mac que ça aurait fait mon bonheur, car il est là avec moi.

— Alors, ça a survécu ? demande-t-il en déposant les assiettes et ustensiles sur la table.

— Je crois que ça demeure potable.

James m'encercle de ses bras et m'oblige à relever la tête pour le regarder. Il caresse doucement ma joue et m'embrasse sous l'oreille. J'ai la sensation d'être une adolescente qui reçoit enfin un baiser du mec qu'elle aime. Dans tous les cas, ça me fait du bien et j'ai envie de me laisser aller.

— Tu as envie de me parler de ce revirement de situation ? demande-t-il, créant une crispation entre mes deux omoplates.

— Je... je...

— Mangeons ! Je meurs de faim !

James s'assied et me fait signe de faire de même. Je sais qu'il a choisi de ne pas m'obliger à me livrer. J'aimerais pouvoir le faire de moi-même, mais qu'est-ce que c'est le bazar dans ma tête !

Mon regard se pose sur lui et je me demande ce que je dirai pour lui expliquer pourquoi je l'ai invité à venir me retrouver. La vérité ? Mais quelle est-elle ? J'aimerais décider que la vie sera belle, mais elle ne le sera jamais totalement. J'ai aussi envie de croire en toi, James, mais aussi en nous. Je veux donner une chance à notre histoire, mais je ne suis plus que l'ombre de moi-même. Est-il possible de croire aux contes de fées alors que toutes mes illusions sont perdues ? Est-il possible de se tourner vers la lumière ? J'aimerais tellement croire qu'avec toi tout est possible. Oui, voilà la vérité que je dois lui dire, mais aucun mot ne sort de ma bouche et tout ce que j'arrive à faire, c'est sourire. Pas un vrai sourire, mais plutôt de façon niaise, presque stupidement. Ne se rendant pas compte de mon état mental ou de mes questionnements, il me tend un plat contenant un sauté de porc au cari. Je m'en sers une portion, puis le redonne à cet homme que j'aime tant. Je plante ma fourchette dans un morceau de viande et le mâche sans grand appétit. Je crois que la question de James m'a serré l'estomac et que je ne pourrai rien avaler. Mes mains tremblent et je repose mon ustensile dans mon assiette.

— Ne te casse pas la tête pour rien, Lacey. On passe un moment ensemble, c'est tout.

J'explose, ma lèvre tremble, mon cœur se fracasse. Ma respiration s'accélère si rapidement qu'elle devient presque sifflante. J'ai la sensation d'être un funambule qui peine à se tenir en équilibre sur un fil de fer, bientôt je vais chavirer. C'est à ce moment que je tombe, ma voix se casse et je vomis des paroles que je retiens depuis trop longtemps. Elles sont comme une évidence, mais elles me font aussi très peur.

— Ce n'est pas ça ! Je me sens perdue, bon sang que je me sens perdue. Ça ne va pas, James ! Putain que je ne vais pas bien. Je suis partagé entre l'envie d'aller vers toi et celle de te repousser. Parfois, je crois que tu serais mieux sans moi, d'autres que je mourrai si tu n'es pas dans ma vie. Sans toi, je ne suis rien, mais, sans moi, tu es tout. Tu ne peux pas comprendre, j'ai perdu ma vie, mon groupe, ma seule famille et je me déteste d'être encore vivante. Je t'aime, toi, et je me hais pour cela, mais, en même temps, c'est tellement difficile d'être loin de toi. J'en peux plus de tout ça.

Mes mots sortent de ma bouche sans que je puisse les retenir et je les laisse faire parce que je ne peux plus garder tout cela en moi. Je n'en peux tout simplement plus. C'est trop puissant, trop fort, un peu comme si j'avais des lames acérées à l'intérieur de moi qui me lacéraient le cœur. James se retrouve immédiatement à mes côtés, m'oblige à me relever et me serre dans ses bras. Mon envie de pleurer s'est muée en une angoisse difficile à contrôler. J'appréhende sa réaction et ce qu'il pourrait dire de mes aveux.

— Je comprends ça, Lacey. Je comprends que ce soit tout sauf facile en ce moment et sache que je t'aime assez pour être patient.

— Comment tu sais que c'est moi ?

— Il y a des amours qui n'ont pas besoin de raisons ou de justifications. Tu le sais et tu n'as pas besoin de rien d'autre.

— Pourquoi tu as toujours réponse à tout ?

— Parce que je suis génial, bébé ! Simplement génial !

Je lui tape le torse du plat de la main, ce qui le fait rire. Il caresse doucement mes cheveux et loge son regard dans le mien. L'amour que j'y vois me fait le plus grand bien. J'aimerais avoir le courage de me reposer sur lui, de nous laisser une chance et de faire partir cette peur de le détruire comme je le fais avec tout ce que je touche.

— Je t'aime, Lacey Jenkins, et rien ne m'en empêchera, dit-il, me coupant de mes pensées.

— Qu'est-ce que tu me trouves ? Je suis tellement cabossée, tellement usée par les mensonges et les trahisons, mais aussi par la mort de mon groupe. Je ne cesse de me répéter que beaucoup de gens vivent pire que moi, mais ça ne m'enlève pas ma peine et mon mal-être.

— Tu ne peux pas comparer ta douleur avec celles des autres, car chaque personne est différente.

— Tu sais ce que j'aimerais ? demande-t-elle. Que tu me traites aussi mal que je le fais avec toi ou que tu me repousses de toutes tes forces. J'ai envie que tu me fasses mal, tellement mal que je trouverais une seule raison de partir loin de toi.

James me serre fort contre lui, ses bras sont devenus un abri, probablement le seul qui pourrait me protéger de toutes ces choses qui me pourrissent la vie. J'inspire longuement avant d'ajouter :

— Mais je ne le veux pas totalement. Je veux juste aller bien, mais je n'y arrive pas. Putain que je n'y arrive pas, James !

— Tu trouveras une façon d'y parvenir. Jamais ce ne sera facile, ce sera même horrible, mais je serai toujours là.

— Merci, murmuré-je d'une petite voix. Merci d'être celui que tu es, James Combs.

Il caresse doucement mes cheveux pour m'apaiser et ça fonctionne. Doucement, je retrouve le plaisir d'être en sa compagnie, mais surtout l'impression d'être normale.

— Et si on tentait de manger ce magnifique repas que tu nous as rapporté.

— D'accord, mais avant, dis-moi si tu vas mieux.

— Allez mieux, c'est un grand mot, mais disons que ça peut le faire.

James repend sa place et glisse ses doigts entre les miens. Un sourire étire ses lèvres et ça me donne envie de me joindre à son bonheur.

— Tu sais, je crois que nous devrions faire un pacte.

— Et qu'est-ce que ce serait ?

— Chaque fois que tu ne vas pas bien, tu dois simplement te vider le cœur comme tu l'as fait maintenant.

— Tu te doutes que ce n'est pas facile…

— Je sais, mais si tu n'essaies jamais, on ne saura pas.

James visse ses yeux noirs dans les miens et je peux presque le sentir vibrer. Il me donne envie de laisser une chance au bonheur de se réinstaller dans nos vies. Nous étions si bien avant tout ça.

— Je te promets d'essayer.

Son regard sur moi me rend mal à l'aise. J'inspire longuement avant de lui sourire. C'est légèrement forcé au début, puis ça devient rapidement sincère.

— Est-ce que tu veux boire quelque chose ? J'ai fait quelques courses et…

— As-tu de la bière ?

— Oui, mais… James… est-ce que tu ne crois pas que tu as un problème à ce niveau ?

— Je ne suis pas un alcoolo comme mon vieux, rétorque-t-il froidement.

— Ce n'est pas ce que je dis, mais…

— Lacey, je n'ai pas de problème, car je peux arrêter quand je veux.

Je secoue la tête pour faire du ménage dans mes idées. Après Phoenix, je me suis promis que je lui en parlerais et que je l'aiderais en cas d'addiction. Je ne sais pas si c'est le moment idéal pour en discuter, mais j'ai envie de l'aider comme il le fait pour moi.

—James, j'ai vu toutes ces photos de toi dans les journaux et magazines.

— Tu sais bien que ça ne reflète pas ce que je suis. J'avais besoin d'anesthésier la douleur qui émanait de moi après tout ce qui arrivait.

Mon regard s'ancre dans le sien et je peux y lire toute la détresse, tout le mal qu'il a lui aussi supporté.

—James..., commencé-je.

— D'accord, je vais prendre un soda ou du jus d'orange.

—Je préfère ça ! Je reviens, annoncé-je.

Je me lève et fonce à la cuisine. Je fouille dans le frigo, attrape deux cannettes de soda et les dépose sur le comptoir. J'appuie mes mains contre le plan de travail et prends plusieurs grandes respirations pour me donner le courage d'affronter la suite de ce repas un peu bizarre.

— Ça va, Lacey ? me demande la voix de James à quelques mètres de moi.

—Je sais plus, une seconde ça va, l'autre je deviens triste et maintenant, je m'inquiète pour toi.

— Pourquoi ? Pourquoi tu t'en fais autant pour moi ?

— Parce que si, toi, tu vas mal, qui est-ce qui me relèvera lorsque je m'écroulerai...

Rapidement, James contourne le comptoir et vient me prendre dans ses bras. Il me serre tellement fort que j'ai l'impression que je vais casser en deux, mais, en même temps, cette étreinte est la plus douce que j'ai connue dans ma vie. Elle est aussi très réconfortante.

—Je te promets que je resterai sobre pour toi. Je t'en fais le serment parce que je t'aime.

—J'ai vraiment besoin de toi, murmuré-je.

Il chuchote à mon oreille des paroles qui me font le plus grand bien, elles sont douces, mais, surtout, elle me donne l'espoir que je pourrai retrouver le bonheur.

— As-tu encore faim ? demande-t-il après un moment.

— Pas tellement, mais j'ai l'impression que toi, oui, dis-je dans un petit rire.

— Assez. À vrai dire, nous avons bien bossé avec Félicia et je n'ai pas pensé à dîner.

— Que dirais-tu si j'allais prendre une douche pendant que tu termines de manger. Je n'ai plus d'appétit et je meurs d'envie de me détendre sous les jets chauds.

— Seulement si tu promets de revenir vers moi avec un grand sourire.

— J'essaierai.

Je dépose un baiser sur sa joue. Juste avant que je m'éloigne de lui, il attrape ma main et embrasse mes doigts.

Je file en vitesse vers la salle de bains attenante à ma chambre et m'y enferme. Je touche mes lèvres et ne peux m'empêcher de rire. Une larme coule sur ma joue et je l'essuie avec mon pouce. Pour la première fois, je ne pleure pas de tristesse, mais plutôt parce que je suis bien. Bien dans la mesure du possible, mais je le suis de la meilleure façon possible et ça me met dans une sorte de transe. Je jette un coup d'œil au travers du miroir et j'ai l'air dégueulasse. Mes cheveux sont en pétard, mon teint est tellement blême que j'ai l'air d'un cadavre ou d'un vampire. Et je ne parle pas de mes vêtements qui sont horribles. Je porte un vieux t-shirt et un legging défraîchi. Une fois rentrée, je me suis mise à l'aise, j'ai enfilé le premier truc qui m'est tombé sous la main pour être confortable. Je me déshabille, saute dans la douche et mets un temps fou à me faire belle. Je ne sais pas trop pourquoi, peut-être parce que James vient d'insuffler un souffle de vie dans mon existence merdique, mais j'ai envie d'être belle et de peut-être retrouver des parcelles de celle que j'étais.

Je sors enfin de la salle de bains revêtue d'un short noir et d'un haut bleu. C'est une tenue relativement simple, mais je sais qu'elle fera son effet sur lui. J'avance à la recherche de James, mais il n'est plus à la cuisine. En même temps, j'ai mis beaucoup de temps à me préparer, tout ce que j'espère, c'est qu'il n'est pas reparti chez lui.

Je le trouve étendu sur le grand canapé en angle, il semble dormir à poings fermés. Je m'assieds sur la table basse et le regarde. Il est si beau, si paisible, j'ai envie de me coucher à ses côtés et de dormir avec lui. Cependant, je me lève et vais à la cuisine pour tout ramasser, mais il a déjà tout fait. Les couverts sont dans le lave-vaisselle et les plats sont rangés au frigo. Je retourne vers lui et le secoue légèrement. Il grogne plusieurs fois avant que ses paupières papillonnent et qu'il ouvre les yeux.

— Bien dormi, la belle au bois dormant ?

— Il me manquait quelque chose...

— Ah bon ?

— Toi !

Il attrape mon bras et me tire vers lui. Bien sûr, je ne me fais pas prier pour me blottir contre lui. Ma tête se pose contre son torse et il m'enlace. Un silence emplit la pièce et me fait le plus grand bien. Ses doigts se faufilent jusque dans mes cheveux qu'il caresse avec douceur.

— Je suis bien ainsi, Lacey. J'en ai rêvé pendant plus d'un an.

Ses mots me touchent profondément, ils me font du bien. C'est un peu comme si je les attendais depuis que je me suis réveillée à l'hôpital et que je n'en avais pas conscience. Je crois que c'est ça et je ne le comprends que maintenant.

— Est-ce que tu étais sérieux lorsque tu me disais que peu importe si mon corps était couvert de cicatrices, tu m'aimerais pareil ?

— Je le suis, Lacey. Tu vas me repousser mille fois et je serai encore là à la mille et unième. L'amour, ce n'est pas ton corps, ce n'est pas ce que tu projettes, c'est ce que tu es.

— Donc si j'avais été un boudin, tu m'aurais aimé quand même ?

— Jusqu'à quel point ? demande-t-il, amusé.

— Des dents difformes et la mauvaise haleine ?

— Ça va, je t'aurais acheté un appareil dentaire et plusieurs caisses de gommes à mâcher.

Ça me fait rire et il resserre son étreinte autour de moi.

— Et si j'étais un petit peu dodue ?

— Tu pourrais avoir la tête et le corps que tu veux, je m'en fous. Je t'aime parce que tu es toi, parce que tu es Lacey Jenkins et personne d'autre. Tu es si belle, si douce, mais en étant à la fois si têtue et brute de décoffrage. Je ne sais pas quoi te dire de plus pour que ça s'ancre dans ta tête.

Je ne réponds pas et me réjouis de ses paroles. Je sais que le bonheur est à portée de main et je n'ai qu'à me laisser aller contre lui pour être heureuse.

— Et si je mesurais 1 mètre 40, que j'avais un strabisme, de l'acné sur les fesses et velue comme un singe ?

— Outch ! Je ne sais pas ! Ai-je le droit d'y penser ?

— Tu as la nuit pour te décider !

— Je n'ai besoin que d'une seconde pour faire mon choix. Je suppose que je n'ai pas besoin de te dire ce que c'est.

— Je me doute de la réponse, mais j'aimerais l'entendre encore.

— C'est toi que je veux et que j'ai choisie, Lacey. Peu importe si tu as des cicatrices ou si parfois ça ne va pas dans ta tête. Je serai toujours là.

— Est-ce que l'on va dans ma chambre ?

— Allons-y !

Je me redresse et tends la main vers lui, il noue ses doigts aux miens et je l'entraîne vers mon refuge. Cependant, une fois devant la porte, je me fige et me mets à trembler. Je n'ai pas envie d'amener James dans cette pièce, c'est ici que j'ai pleuré pendant des semaines entières et que j'ai détesté ma vie. Je veux que l'on puisse s'entourer de positivisme.

— Et si on prenait une autre chambre ?

— Vas-tu dormir avec moi ?

J'opine du chef et l'entraîne vers une autre pièce, mais, avant d'entrer, il stoppe, m'obligeant à m'arrêter.

— Ce n'est pas la chambre d'Arabella ?

J'éclate de rire et pousse la porte. Une fois à l'intérieur, James me soulève et me dépose sur le lit. Il prend place à côté de moi et ses doigts se faufilent sous mon chandail pour taquiner ma peau.

— Tu sais que cette tenue est une tentation à elle seule.

Je souris parce que c'est l'effet que j'escomptais. Sa bouche se pose sur mon épaule dénudée et il embrasse ma peau. Cette douce caresse me fait frissonner et je crois que James prend mon frisson pour du dégoût, car il stoppe ses baisers.

— Lacey, je m'excuse. Je ne veux pas que tu te sentes mal, mais tu es trop tentante.

— Ne t'arrête pas ! soufflé-je.

Surpris, il se redresse sur le coude et me fixe à travers les faibles rayons de la lune. James se retourne pour allumer la lampe de chevet.

— Qu'est-ce que tu fais ? demandé-je.

— J'ai envie de te regarder, de voir ton sourire, ton regard et tes yeux.

— Tu es un *lover boy*, James !

Je ris en me replaçant contre les oreillers, James caresse doucement la peau de mon ventre suivant les lignes blanches sur ma peau.

— Il faut dire qu'Arabella a très bon goût en matière de décoration, lâche-t-il en regardant la pièce.

— Je trouve aussi, sa maison est fabuleuse, mais j'aime beaucoup la tienne aussi.

— Tu sais que tu pourrais vivre avec moi…

— C'est gentil, mais je ne sais pas combien de temps je vais aller bien ou encore si je ne vais pas te repousser.

— Aie confiance en toi, mais surtout en nous.

Je pose mes mains de chaque côté de son visage et me redresse pour l'embrasser.

— Je n'aurais jamais cru que ça se passerait ainsi.

— Tu parles de ce soir ?

Il hoche de la tête en guise de réponse.

— C'est assez simple, mais un peu long à expliquer.

— Prends ton temps, nous avons la nuit devant nous.

— J'étais jalouse de Félicia. Tu venais de refuser de bosser avec moi, je crois que ça m'a rongée de l'intérieur.

— Je savais que tu l'étais !

Il éclate de rire et je le tape du plat de la main avant de lui tirer la langue.

— Oui, je l'étais et je me suis rappelé comment ma mère traitait mon père. Sa jalousie était tellement excessive que c'était maladif. Elle hurlait, brisait des choses et, Christa et moi, on se réfugiait dans les couchettes et on se collait jusqu'à ce que la tempête se calme.

Parler de Christa m'amène des larmes au coin des yeux, mais je les essuie rapidement. James caresse doucement ma joue et me sourit.

— Je n'ai pas voulu devenir comme elle. Je t'aime, James, mais je ne sais pas si je pourrai un jour être digne de l'amour que tu me portes. Tout à l'heure, mes barrières sont tombées, celles que je m'impose pour te protéger.

— Je suis capable de supporter beaucoup plus que tu ne le croies.

— Tu es la personne la plus forte que je connaisse, mais j'ai l'impression que tout ce que je touche meurt. Peut-être que je suis maudite ! Je ne sais pas.

— Ne dis pas ça. Tu sais bien que ce n'est pas vrai. Ce qui est arrivé est une tragédie et personne n'y peut rien.

Je lui souris faiblement, j'ai envie de profiter de ce bonheur qui s'est installé en moi et d'être un peu égoïste pour une fois depuis un an. Je passe ma main derrière la nuque de James et l'attire vers moi. Il presse ses lèvres contre les miennes et pose la tête au creux de mon cou.

— Je suis bien avec toi, James, et tu me donnes l'impression que la vie sera magnifique.

— Elle le sera si tu nous donnes une chance.

12

James

Un souffle chaud caresse la peau de mon cou, des bras s'enroulent autour de mes épaules et des lèvres se pressent juste sous mon oreille. Cette caresse est comme un doux rêve que je n'osais plus espérer. En fait, c'est faux, je souhaitais tellement que ça se produise que je tentais de me convaincre que je n'y croyais plus.

— Tu sais que, même habillé, tu es l'être le plus sexy du monde ! susurre-t-elle contre mon oreille.

— Cela confirme mes soupçons que tu ne m'aimes que pour mon corps de dieu !

— Le dieu Bouddha, ouais, ricane-t-elle en pinçant mes côtes.

— Arrête, je ne suis pas gros, lancé-je, faussement vexé.

— Non, c'est vrai, tu es même le summum de la beauté masculine !

Elle contourne le fauteuil où je suis assis et viens s'asseoir sur mes cuisses, elle passe ses bras autour de mon cou et ancre ses magnifiques yeux verts dans les miens.

— James, je sais que nous n'avons plus beaucoup de temps avant que la réalité nous rattrape, mais j'ai vraiment besoin de te dire quelque chose.

— Qu'est-ce qu'il se passe, Lacey ?

Je suis craintif, pourtant, ce n'est pas dans ma nature, mais j'ai toujours peur qu'elle me claque la porte au nez. J'ai besoin d'elle et, malgré ces quelques jours passés ensemble, elle pourrait me repousser et me briser le cœur par la même occasion. Cependant, c'est un risque que je suis prêt à prendre. Lacey est celle que j'aime, mais surtout que je vais aimer toute ma putain de vie.

— Je...

— Je sais que ça doit être difficile pour toi de parler, mais tu n'es pas obligé de le faire tant que tu ne t'en sens pas capable, dis-je.

— J'ai besoin d'en parler, James...

Quelqu'un frappe à la porte et je grogne. Putain de merde ! Nous sommes chez Arabella et peu de gens savent où nous nous trouvons. Peu de gens, sauf ce fouille-merde de Tristan Bennet. J'attire Lacey contre moi et la serre dans mes bras.

— On ne répond pas. On reste ici et on prolonge nos moments rien que tous les deux.

— C'est une très bonne idée, s'extasie-t-elle.

Je la fixe un long moment, ses yeux verts pétillent de vie et je ne peux donc pas revenir sur ma parole. Je noue mes doigts aux siens et elle penche sa tête vers moi, nos lèvres se soudent et un long baiser passionné s'ensuit. Nos langues se taquinent et nous nous enflammons toujours un peu plus. Sa poitrine est écrasée contre la mienne, ma main libre s'accroche à ses hanches. Lacey se décolle un peu de moi et colle son front contre le mien.

— Fais-moi l'amour maintenant, exige-t-elle.

Il me serait impossible de refuser une telle demande. Je me penche donc vers elle pour la basculer sur la table basse du salon et fondre à nouveau sur ses lèvres. Ses jambes s'enroulent instantanément autour de mes hanches et mon sexe est hyper compressé dans mon jean, mais surtout contre le sien. Lacey gémit lorsque je quitte sa bouche pour aspirer la peau de son cou et mordiller son lobe d'oreille.

Des pas venant vers nous nous font relever la tête. Nous échangeons un regard mi-amusé, mi-déçu.

— Tu avais verrouillé hier ? demande-t-elle dans un murmure.

— Non, et toi ?

Elle secoue la tête avant d'éclater de rire.

— On vous dérange peut-être ?

La voix de Tristan claque et parvient jusqu'à nous telle une douche froide qui nous ramène à la putain de réalité.

— Je t'aime, murmure Lacey en me regardant droit dans les yeux.

Ces quelques mots me font sourire et elle dénoue ses jambes pour que je puisse me redresser. Je lui tends une main pour l'aider à son tour à se mettre sur pied et nous tombons sur Félicia et Tristan. Côte à côte, ils nous fixent avec un air bizarre.

— Que pouvons-nous pour vous ? demandé-je.

— On devait bosser ensemble, commence Félicia.

— Ouais chez moi, et non ici.

— Je dois te parler, James, lance Tristan d'une voix grave.

Les longs doigts fins de Lacey touchent ma main, cherchant probablement à se glisser entre les miens. Je lui facilite la tâche en les ouvrant et, tout de suite, elle les noue aux miens. J'adore qu'elle fasse ça, ça me donne l'impression que nous sommes seuls contre le reste du monde.

— On va à la cuisine ? propose-t-il.

— Pour quoi faire ? Je n'ai rien à cacher à Lacey, alors dis-moi ce que tu me veux maintenant que je puisse bosser avec Félicia ensuite.

— Allons à la cuisine, James. Ce ne sont pas des choses dont on discute debout dans le salon devant tout le monde.

— Putain que tu fais chier, Tristan !

Je tourne les talons en entraînant Lacey avec moi. S'il souhaite me parler, il le fera devant elle, point barre. Il n'a pas son mot à dire sur le sujet. C'est ma petite amie et si je veux qu'elle soit présente lors de nos discussions, elle le sera.

Il me suit jusque dans la grande salle à manger et je lui fais signe de s'installer alors que Lacey et moi prenons place. Tristan sort de son attaché une pile de feuilles avec des autocollants vert fluo. Je fronce les sourcils en le regardant. Il m'en tend une copie, puis s'en garde une qu'il commence à feuilleter. Je manque de m'étouffer en lisant le titre sur la première page : « Contrat de confidentialité ». Non, mais il se fout sérieusement de ma gueule, ce connard ! Il croit vraiment que je vais signer ce truc. Il peut bien s'essuyer le cul avec.

— J'ai préparé un contrat de confidentialité, mais aussi un qui nous lie toi et moi pendant toute la durée de l'enregistrement…

— Je t'arrête tout de suite, je ne vais pas signer ça.

— Écoute, James, je sais que tu as des a priori me concernant, et je préférerais que l'on en parle en tête-à-tête, mais si tu tiens à ce que Lacey soit là…

— T'inquiète pas, mon coco, elle sait déjà tout. Entre elle et moi, il n'y a pas de mensonges ou de cachotteries. Elle sait que je te hais et elle est consciente des raisons.

— Nous reparlerons plus tard de tout ça. Maintenant, j'aimerais que tu lises ces contrats et que tu les signes. Ça ne nous liera que le temps que dura l'enregistrement de l'album de Félicia.

— Je le fais pour elle, pas pour toi. Je n'ai pas besoin de tes contrats à la con.

— Le truc, James, c'est que Félicia travaille pour moi, donc tu n'as pas d'autre choix de passer un accord avec moi. Je veux simplement que tout se passe le mieux possible.

Félicia apparaît dans l'embrasure de la porte et vient s'asseoir à la table avec nous. Son regard est braqué sur moi et me semble incroyablement inquisiteur. J'ai l'impression qu'elle attend un truc de ma personne et je ne comprends pas ce que c'est.

— Je les ai signés moi aussi, James. J'aimerais que tu le fasses. On a dit que cet album serait un peu un hommage à Nao et c'est pour cela que tu as accepté…

À mes côtés, je sens Lacey se crisper, un bref regard suffit pour savoir qu'elle n'aime pas les paroles de mon ancienne belle-sœur. Doucement, je caresse la paume de sa main de mon pouce.

— Tout ce que je demande, James, c'est le silence absolu concernant ce projet, dit Tristan.

— Tu n'as pas étudié le marketing, mon vieux, ricané-je. Pour qu'un projet fonctionne, il ne doit pas sortir de nulle part.

— T'inquiète pas, je suis assez doué dans ce domaine. Je publierai les vidéos et photos que je souhaite, mais ça viendra de moi et ça se passera dans mon studio.

J'inspire longuement pour calmer l'envie de lui défoncer sa gueule de con. Non, mais il se fout de moi, là. Tristan souhaite avoir mainmise sur tout, désolé, mon grand, mais ça ne fonctionne pas ainsi avec moi.

— Tu vois, j'ai mon propre studio et je compte bien travailler là-bas plutôt que chez toi. Tu veux faire toi-même la publicité pour cet album, filmer et prendre des photos pour les mettre sur les réseaux sociaux, mais sache que tu n'es pas le bienvenu chez moi et que jamais tu ne le seras.

— Tu n'as pas le choix, si tu n'acceptes pas, il n'y aura pas d'album, tonne Tristan.

Ce mec m'horripile, il me donne envie de lui vomir ma haine et ma colère à la gueule. J'aimerais l'attraper par le col de son t-shirt de merde et le secouer dans tous les sens jusqu'à ce qu'un sévère trauma crânien s'ensuive. Le genre qui le laisserait légume pour le reste de ses putains de jours de merde. Jamais je n'ai rencontré quelqu'un qui me foutait en rogne aussi facilement et rapidement.

— Tu es vraiment un beau salaud, Tristan. Cependant, ça, je le savais déjà. Dis-moi ce que ça te donne de me pourrir la vie de cette façon.

— Félicia souhaite bosser avec toi et elle est mon artiste. Je ne te fais aucunement confiance, on sait tous les deux que, pour un contrat d'enregistrement, tu es prêt à sacrifier beaucoup. Je dois me protéger, moi, et surtout mon entreprise. Wyatt Records est à moi maintenant. Si mon père était prêt à te donner une chance, moi, je ne le suis pas. Je n'ai pas confiance en toi, James.

— Tristan ! Ça suffit, hurle Lacey à ma gauche. Cette histoire ne te regarde pas !

Mon poing entre en contact avec la table en merisier d'Arabella. Le bruit fait sursauter tout le monde et trois paires d'yeux se tournent vers moi. Ma chaise racle le sol et tombe par terre tandis que je fuis cette pièce. Si je restais, je commettrais une grave erreur en défonçant la tronche de ce petit arrogant qui est né avec une cuillère en argent dans la bouche. Si son père savait qu'à une époque son cher et adorable fils refilait de la drogue aux artistes, mais aussi à ceux qui bossaient sur les tournées. Je ne crois pas qu'il aimerait. Si je me souviens bien, Wyatt, le père, n'a jamais accepté la moindre drogue dans ses studios.

Je fuis cette pièce, mais aussi cette maison, je sors à l'extérieur et me dirige jusqu'à ma caisse pour attraper mon paquet de cigarettes. Je m'en allume une et respire enfin mieux. Putain de merde que ce mec arrive à me foutre en colère. J'arpente la petite allée de long en large, passant devant sa voiture et luttant contre l'envie d'enfoncer mes clés dans la jolie carrosserie rouge de sa caisse.

— James ! s'écrie une voix dans mon dos.

Félicia s'avance vers moi, ses cheveux rouge pétant volent de chaque côté de son visage. Elle stoppe devant moi et triture ses mains nerveusement.

— Ce n'est qu'un studio, James ! commence-t-elle sans savoir dans quoi elle s'embarque.

— Pourquoi dois-tu signer avec ce salopard ? C'est à cause de lui si Nao a commencé à consommer de la drogue et si elle s'est éclatée à moto. Ce mec est toxique, il te détruira, putain !

— Je sais ce qu'il est, James, mais il est le seul à croire en moi. Tu sais comme c'est difficile de percer dans ce milieu, non ? Combien de maquettes as-tu envoyées avant que quelqu'un ne daigne s'intéresser à ce que tu fais ?

— Putain, Félicia ! Tu ne dois pas accepter n'importe quel contrat de n'importe quel trou du cul. Pourquoi tu n'es pas venue me voir avant ? Putain ! J'ai envie de le démolir à chaque fois que je le regarde.

— Je n'ai pas ton courage, James, murmure-t-elle.

Je me rends compte seulement à ce moment que mes paroles ont pu la blesser. Son regard me rappelle étrangement celui de Naomi et une soudaine envie de la protéger s'empare de moi. Impossible pour moi de la taire ou de la ranger dans un coin de mon crâne.

— C'est vraiment ce que tu souhaites ? Tu veux que l'on bosse avec Tristan ?

—Je veux surtout travailler avec toi. Nao disait toujours que tu étais le meilleur et que, si elle avait eu un talent musical quelconque, elle aurait aimé que ce soit toi qui produises son album. James, je ne veux pas t'obliger à bosser avec moi, mais Tristan est le seul à avoir cru en moi.

— Travailler avec moi est vraiment ce que tu veux, Félicia ?

—Je ne veux pas autre chose. Je te fais confiance, puis tu me connais. Pour moi, ça a une grande importance, car je ne confie pas mes chansons parlant de ma sœur à n'importe qui.

— D'accord ! J'accepte, mais il ne faudra pas m'en vouloir si je cogne ce connard de Tristan.

— Tu seras automatiquement pardonné, mais ne l'abîme pas trop, il me plaît bien ! ricane-t-elle.

Je secoue vivement la tête avec l'envie de lui dire : « Non, mais tu te fous de moi là ? Dis-moi que c'est une putain de plaisanterie et que je suis dans un cauchemar. » Félicia ne comprend donc pas que ce mec est en partie responsable de la mort de sa sœur.

— Tu devrais rester loin de lui, Licia... Je ne suis pas ton père, mais...

—Justement, tu n'es qu'un ami de la famille, alors ne me dis pas qui je peux voir ou pas. Est-ce que je tente de t'empêcher de voir ta chérie ?

Elle prononce le mot « chérie » comme si elle détestait Lacey. Je ne comprends pas ce qu'il se passe et je ne sais pas si j'ai envie de m'embarquer dans un combat comme celui-ci. Pour le moment, je préfère mettre mon énergie ailleurs.

— D'accord ! D'accord ! Nous allons bosser ensemble, et je ne casserais pas la gueule de ce connard ! Je peux l'appeler connard ? demandé-je pour alléger l'atmosphère lourde qui règne entre nous.

Tout de suite, Félicia me saute au cou en couinant et gesticulant. Sa réaction me surprend tellement que je vacille et dois me retenir à ses hanches pour ne pas tomber sur les fesses. Cette réaction me fait tellement penser à sa sœur dans nos débuts, enfin, jusqu'à ce qu'elle commence à consommer de la drogue et à ne plus pouvoir se passer de sensations fortes. Cette impression est si intense que je ne sais plus si c'est Nao ou Licia dans mes bras. Je plonge tête première dans la folie et ferme les yeux de peur d'apercevoir celle que j'ai aimée.

— Je suis tellement contente, James ! s'écrie-t-elle en plantant un baiser sur ma joue.

Sans attendre une quelconque réaction de ma part, elle fonce à l'intérieur et me laisse seul avec mes sombres pensées. Une petite voix dans ma tête m'implore de ne pas me lancer dans cette histoire, mais, d'un autre côté, j'ai envie d'aider Félicia.

Un bruit de pas contre le béton de l'allée attire mon attention, je relève les yeux pour croiser le regard de la plus belle. Je suis impatient de la prendre dans mes bras et de la serrer très fort. Sa présence rassurante me fera le plus grand bien et me rassura sur ma décision.

— Tu sais que tu es magnifique ?

— Tu sais que tu n'es pas obligé de la prendre sans arrêt dans tes bras, grogne-t-elle en stoppant devant moi.

— Elle m'a sauté dessus !

— James ! James ! James ! Je n'ai pas l'intention de te faire de crise de jalousie. Tu le sais, ma maman en faisant énormément à mon père et ça me gênait toujours, mais je n'accepterai jamais qu'une arriviste dans son genre tente de mettre le grappin sur l'homme que j'aime.

— Elle n'a aucune chance contre toi, bébé. Comment pourrais-je en vouloir une autre que toi alors que j'ai la meilleure ?

— Charmeur, va ! Tristan et moi allons manger un morceau, ensuite, nous vous rejoindrons chez lui.

J'inspire longuement pour me calmer, mais ça ne fonctionne pas. La colère et la jalousie s'emparent de moi et me font trembler.

— Pourquoi tu dois aller avec ce mec ?

Je me retiens de ne pas le traiter de tous les noms possibles, car je ne crois pas que Lacey aimerait. Elle vient de me confier qu'elle détestait les crises de jalousie et je ne compte pas lui en faire subir une. Je pousse un soupir et passe une main sur mon visage pour me calmer.

— Parce qu'il souhaite me parler d'un truc, je crois que c'est de musique.

— Ouais, d'accord, grommelé-je.

— Qu'est-ce qu'il y a, James ? demande-t-elle en caressant ma joue.

— Je...

— James ! Tu viens signer cet accord ? hurle Félicia depuis l'entrée.

Lacey se mord la lèvre pour retenir des mots qui pourraient la mettre dans une situation où elle devrait m'avouer qu'elle est jalouse comme un pou. En fait, ça me plaît bien de la voir ainsi. Je lève la main pour caresser sa joue, mais Félicia me crie encore dessus. Tout de suite, celle que j'aime se retourne et lui lance un regard venimeux.

— Tu ne vois pas que l'on est en train d'avoir une conversation ? explose-t-elle.

— Je le vois, je ne suis pas aveugle, mais ce serait bien que l'on puisse bouger et bosser aujourd'hui. Je ne suis pas en vacances H24, moi !

Lacey tourne la tête vers moi et attend que je prenne sa défense. Je lui souris et prends ma main dans la sienne avant de me pencher pour capturer ses lèvres. Ses bras se nouent autour de mon cou et elle se colle contre mon torse. J'adore la sentir contre moi et j'en oublie presque tout le reste.

— Je t'aime, Lacey Jenkins !

— J'ai déjà hâte de te retrouver ce soir.

Rassurée, mais toujours en colère contre Félicia, elle m'entraîne vers la maison et nous retrouvons Tristan dans la salle à manger. Il est penché sur son téléphone et semble très concentré.

— Je vais signer ces papiers, mais je ne veux pas que tu interfères dans mon boulot.

— Seulement si tu fais la même chose de ton côté. Nous devons bosser main dans la main…

— Ça, tu rêves, mon coco ! dis-je vivement.

Ma réplique fait pouffer Lacey et grogner Félicia, mais je fais comme si je n'avais rien vu et prends le stylo et les deux contrats que me tend Tristan pour les signer après les avoir lus consciencieusement. J'inspire longuement avant d'apposer ma signature.

— Une poignée de main est de rigueur, lance Tristan.

Je le regarde pendant de longues secondes avant de me tourner vers Lacey.

— Je vais partir avec Félicia et on se voit tout à l'heure, d'accord ?

— Oui, tu me manques déjà, roucoule-t-elle.

Elle s'avance vers moi et plaque un rapide baiser sur mes lèvres, mais je la retiens et la serre contre moi. Je suis tellement bien en ce moment et, enfin, nous pouvons vivre notre amour aux yeux de tous, chose que nous n'avions pas pu vivre il y a un an.

— On y va ? lance Tristan à l'intention de Lacey.

Elle tente de se dérober à mon étreinte, mais je la retiens encore une fois et l'embrasse à nouveau en glissant ma langue dans sa bouche.

Mes mains sur ses hanches et son corps contre le mien me filent un début d'érection.

— Maintenant, tu peux t'en aller, annoncé-je avec un sourire fier.

Lacey se décolle de moi, les joues rouges, la respiration légèrement haletante. La voir ainsi me fait vraiment plaisir et me réjouit. J'arrive même à me persuader que la dernière année n'est qu'un mauvais moment et que maintenant nous serons heureux. Avec Félicia, nous regagnons ma voiture et c'est en silence que je conduis jusque chez Tristan.

***

Ça fait plus de deux heures que nous bossons et chaque fois que je propose quelque chose à Félicia, elle le refuse bêtement. Je n'avais pas imaginé que travailler avec elle serait si difficile. Elle soupire, tape du pied et grogne tellement que j'ai l'impression d'être en présence d'une enfant trop gâtée.

— Que se passe-t-il, Félicia ? demandé-je, à bout de nerfs.

— Rien ! Je n'aime pas ce que tu me proposes, c'est tout...

— Y a bien autre chose, si j'ai accepté de produire ton album, c'est parce que j'ai cru voir que tu y mettrais tout ton cœur, mais là, c'est bien tout le contraire.

Elle joue avec ses doigts, puis attrape le crayon qui traîne sur le plan de travail. Bien décidé à lui tirer les vers du nez, je pose ma main sur la sienne et fixe mon regard dans le sien.

— Pourquoi elle, James ? lâche-t-elle après un moment.

— Lacey ? Pourquoi je l'aime, c'est ça que tu veux savoir ?

Elle loge ses yeux dans les miens en quête d'une réponse, je choisis de lui dire la vérité, et ce, au risque de la blesser. Elle doit savoir.

— Impossible de choisir de qui l'on tombe amoureux. Ce n'est pas un truc que tu prévois et ça te semblera cliché, mais c'est bien souvent au moment où l'on s'en attend le moins que ça nous arrive.

— Mais elle est si différente de Naomi...

Elle laisse sa phrase en suspens et je comprends alors à quel point sa grande sœur lui manque. J'aimais Nao et peut-être aurais-je dû être plus présent pour Félicia. Une vague de culpabilité s'empare de moi et me donne envie de vomir.

— C'est vrai, mais elles se ressemblent aussi beaucoup. Tu sais, Lacey ne prend pas la place de ta sœur, nous n'étions déjà plus ensemble quand elle est morte.

— J'imagine...

— Et si l'on bossait maintenant ?

Félicia opine du chef et me tend son cahier de chansons. Je le feuillette jusqu'à tomber par hasard sur une chanson d'amour. Je lui pointe la page de l'index, mais elle secoue vivement la tête.

— Allez, les paroles sont géniales. Tu l'as écrite dernièrement ?

— Après notre premier rendez-vous.

Encore une fois, je choisis de ne pas répondre et d'ignorer l'évidence. Je recommence à tourner les pages, mais Félicia pose sa main sur la mienne et me sourit en ancrant son regard dans le mien.

— Finalement, j'aimerais que l'on travaille celle-ci.

— Ouais... bien sûr... comme tu veux...

13

Lacey

Tristan se gare devant sa maison. Il m'a emmenée dans un chic resto japonais, et bien que l'ambiance ait été parfaite, la nourriture excellente, une chose m'obsédait au point qu'il devait me ramener dans la conversation à plusieurs reprises. Je ne crois pas que ce soit parce que je n'ai pas confiance en James, mais le savoir seul avec Félicia, ça m'agace. J'appréhende de les voir ensemble. J'ai peur de constater qu'ils ont une plus belle alchimie que James et moi en mode composition. Ça m'effraie, car c'est de cette façon que nous nous sommes connectés. Je n'ai jamais eu une telle alchimie avec personne auparavant, même pas avec Liam et Dieu sait que l'on était très proche, surtout au début. Cependant, avec James, c'est autre chose, c'est psychique, chimique, physique ou plutôt c'est comme si j'avais trouvé la personne qui m'était dédiée. Celle qui allait m'aimer envers et contre tous et je n'ai pas envie qu'il partage, ne serait-ce qu'un truc, avec cette petite arriviste.

— Ça va, Lacey ? Je te trouve bien silencieuse depuis que l'on est partis du restaurant.

— Pourquoi tu fais tout cela pour moi ? demandé-je en tournant la tête vers lui.

— Personne ne devrait laisser de côté son talent...

— Tristan, je ne comprends pas pourquoi tu t'acharnes. Je t'ai pourtant déjà expliqué que si jamais je fais un nouvel album, ce sera avec James. Pour le moment, il ne souhaite pas bosser avec moi et je compte bien respecter cela.

— Tu ne peux pas nier que tu as encore envie de faire de la musique.

— C'est vrai que ça me revient doucement, mais ce sera avec lui ou rien, affirmé-je avec intensité.

J'inspire longuement, je déteste lorsque l'on tente de me forcer la main et c'est l'impression que j'ai en ce moment. Probablement que Tristan n'a pas de mauvaises intentions, mais, pour ma survie personnelle, je dois m'éloigner de lui et de ce qu'il attend de moi. Cependant, c'est vrai que je ne me vois pas bosser avec quelqu'un d'autre que James, peut-être que j'ai tort, peut-être que ce n'est pas correct, mais je le ressens si fort en moi que ça me rend folle.

— Tu sais, Tristan, je ne suis sûre de rien dans la vie, mais une des choses que je sais, c'est que James a toujours été là et qu'il sera toujours là.

—Je comprends, mais c'est dommage que tu te contentes de si peu et d'un être si torturé. Je vais être parfaitement honnête avec toi, Lacey, et c'est simplement parce que je te considère comme une amie, mais je crois que James n'est pas le meilleur pour toi.

— Pourquoi tu dis cela ? demandé-je d'une petite voix.

J'aurais aimé que ma voix claque dans l'habitacle et être capable de le gifler. J'aimerais être sûre de mes convictions comme James l'est, mais c'est un peu plus difficile pour moi en ce moment. Je tente de me raccrocher aux pensées que j'ai eues il y a quelques minutes et aux raisons indéniables de notre amour. Jamais James n'a cessé de croire en nous, je devrais faire la même chose. Oui, je ne dois pas cesser de croire. C'est ce que je dois faire. Je souris à Tristan et pose ma main sur la sienne.

— En fait, je ne veux pas savoir pourquoi tu crois cela, moi, je sais qu'il est celui qui m'est dédié.

— Tu fais ce que tu veux, Lacey, mais, lorsqu'il te brisera le cœur, tu pourras toujours venir pleurer sur mon épaule.

— Quand tu me dis des choses comme ça, j'arrive à voir la personne que James me dit que tu es et c'est désolant parce que je n'aime pas cette vision qu'il a de toi. Maintenant, j'aimerais voir mon amoureux quelques minutes.

Je ne laisse pas la chance à Tristan de répliquer quoi que ce soit et le plante là. Je suis rapidement à l'intérieur et fonce vers le studio d'enregistrement. Je me fige en voyant James et Félicia en train de jouer de la musique ensemble. Félicia est au micro tandis qu'il l'accompagne avec sa guitare. Mon cœur se serre en les voyant. Je me doutais que ce serait ainsi, mais avoir leur complicité sous les yeux, c'est autre chose et ça me dégoûte.

Une main se pose sur mon épaule et je sursaute vivement. Le regard bleu de Tristan s'ancre en moi et mes jambes me supportent à peine. J'ai l'impression que je vais m'écrouler au sol. Au même moment, James se retourne et m'aperçoit. Il fait signe à un mec étrange, très tatoué avec des piercings au nez et à la lèvre d'arrêter d'enregistrer.

Quelques secondes plus tard, il est près de moi et repousse la main de Tristan toujours sur moi. Ce geste me fait sourire, ses doigts frôlent mes joues avant qu'il ne s'empare de mon visage pour me rouler une pelle. Je me sens comme une adolescente en ce moment et je n'ai qu'une envie : prolonger ce baiser encore et encore.

— Tu sais que tu es magnifique ? murmure-t-il contre mes lèvres.

— Je ne te connaissais pas aussi sentimental, rigole le mec tatoué.

James rigole, ses joues légèrement colorées. Il m'entraîne près de son ami.

— Chris, je te présente Lacey, Lacey, voici le seul à qui je fais confiance derrière une console.

— Je pensais que tu ne faisais confiance qu'à toi, le taquiné-je.

— Ouais, tu as raison, alors imagine son talent.

Félicia se joint à nous et croise les bras sur la poitrine. Elle ne semble pas aimer ma présence, mais je m'en fous, je n'ai rien à lui prouver, et surtout, je ne lui dois rien. Si elle n'est pas contente, qu'elle aille au diable, cette pauvre fille ! Un peu dans le but de lui montrer que James est à moi, je passe mon bras autour de sa taille et il fait pareil. Ce geste me ravit et je n'ose même pas lancer un regard à celui que j'aime pour ne pas lire le mot jalousie sur son visage.

— Alors, qu'es-tu venue faire ici ? demande-t-elle avec une légère hargne dans la voix.

— Tristan voulait me montrer son studio et peut-être me donner envie de refaire un album solo.

Je lance cette phrase en sachant pertinemment que je viens de lâcher une bombe, autant pour elle que pour James. Mon but était de la faire réagir, elle, mais pas mon homme qui me dévisage l'air de se demander d'où ça sort, tout ça.

— C'est vrai ? Tu aurais envie de refaire de la musique ? me questionne James.

— Oui, enfin peut-être. Je t'en ai glissé un mot il y a quelques jours, tu te rappelles.

Une gêne que je ne comprends pas s'empare de moi. C'est vrai, ce n'est pas vraiment nouveau, mais il a refusé de travailler avec moi et je dois admettre que je m'en étais sentie soulagée. James se décolle de moi et me regarde, mais il n'est pas le seul, car j'ai tous les yeux braqués sur moi et bon sang que je déteste ça ! Tout de suite, j'ai envie de fuir leurs regards inquisiteurs, mais j'en suis incapable, mes pieds semblent visés au sol.

— Ça va ? me demande mon mec, inquiet.

Ma respiration se fait sifflante, légèrement précipitée et je me mords l'intérieur de la joue pour contrôler mon envie de hurler. Le passé me heurte le cœur de plein fouet et des images de Christa et moi parlant de notre rêve de devenir des musiciennes aussi, sinon plus, connues que notre père s'impose à moi. J'inspire, je tente de me calmer, mais rien n'y fait. J'ai peur, j'ai mal, un rire fuse, mais je ne sais pas si c'est dans ma tête ou dans la pièce. Mon regard croise celui de chacun, mais aucun ne semble avoir bougé. Peut-être que c'est mon cerveau qui se dérègle, je ne comprends plus.

Inspire... Expire... Inspire... Expire...

— Lacey, ma chérie ?

La voix inquiète de James me ramène à la réalité, mes yeux s'accrochent aux siens. Je tremble de la tête et aux pieds, et c'est lui qui me le fait remarquer.

— Tu trembles ? Qu'est-ce qu'il t'arrive ?

— J'ai besoin de m'isoler, murmuré-je. Je... je...

— James, va dans mon bureau avec elle, annonce Tristan.

Là, j'admets que je suis surprise par la proposition de mon ami, mais je ne dis rien et consens à me laisser conduire dans l'autre pièce. On ne marche que quelques secondes, mais, pour moi, ça me semble bien plus long, des heures même. Lorsque nous stoppons devant la porte, je suis épuisée et mes tremblements ont doublé d'intensité. Sa main se pose aux creux de mes reins et il m'entraîne à l'intérieur. Dès qu'il referme derrière nous, mes jambes se dérobent sous moi et je m'écroule au sol comme une masse inerte et sans vie.

Des souvenirs du passé s'emparent à nouveau de moi et de grosses larmes coulent sur mes joues. La joie que nous avons ressentie lorsque nous avons entendu notre premier single *Red lips* à la radio. Notre première chanson ! Comme on était fiers ! Nous voulions une chanson légèrement provocatrice, mais avec un air accrocheur qui resterait dans les esprits. Cam avait lancé l'idée d'un truc sexy, enjôleur et Liam avait ajouté que ce qu'il trouvait le plus aguicheur chez une femme était lorsqu'elle avait du rouge à lèvres aussi rouge que le sang. C'est aussi pour cela que la pochette de notre premier album est une femme avec la bouche peinte de cette couleur envoyant un baiser. À l'intérieur, on trouvait des photos de nous quatre nous en appliquant. Je me rappelle encore nos fous rires pendant cette séance photo. Je peux presque les entendre rigoler et s'amuser.

Nous ne pouvons le nier,
Je t'attire... tu m'attires,
Mais seulement pour un soir.
Toi, tu reviendras le lendemain,
Pour en avoir encore plus, mais je ne serai plus là.
Tu chercheras mon sourire, mes lèvres rouges...
Rouge. Rouge. Comme le sang.
Rouge. Rouge. Comme mes dents sur ta peau.

Rouge. Rouge. Comme mes lèvres.

Sur ta peau, une trace de mon passage.

Douce ? Amère ? Je ne sais plus, mais elle est bien réelle.

Je te marquerai, je le sais.

Car ne le nions pas, tu m'attires, autant que je t'attire.

Tu chercheras dans tes prochaines conquêtes le goût de mes lèvres rouges...

Rouge. Rouge. Comme le sang.

Rouge. Rouge. Comme mes dents sur ta peau.

Rouge. Rouge. Comme mes lèvres.

Tu me marqueras, peut-être plus que je ne l'avouerai.

Peut-être que je chercherai les traces de mes lèvres sur ta peau.

Peut-être que je mens en ce moment.

Peut-être que non...

Mais je ne le saurai jamais puisque je m'en vais...

La voix de James me ramène à la réalité, il est inquiet et je n'ai même pas à le regarder pour le comprendre. Je le sais tout simplement parce que je le connais bien, et parce qu'il s'en fait toujours pour moi.

— Lacey, parle-moi. Dis-moi ce qu'il se passe, exige-t-il avec douceur.

Qu'est-ce que j'ai ? Je ne le sais pas vraiment, mais j'ai peur, je suis terrifiée à l'idée de faire de la musique et de ne rien faire de bon sans Christa, Cameron et même Liam. Mais surtout, je crois que je ne pourrai jamais m'autoriser à aimer chanter une chanson ou jouer des riffs de guitare sans eux. Jamais je ne pourrai aimer à nouveau la musique et ce plongeon dans le passé en est la preuve. James est accroupi près de moi et il me caresse les cheveux et le dos. Je crois qu'il tente de me réconforter, mais ça ne fonctionne pas vraiment.

— Je n'ai pas le droit d'avoir envie de faire de la musique à nouveau, explosé-je.

— C'est faux et tu le sais ! Ils voudraient que tu sois heureuse, Lacey.

— C'est faux ! Si tu te rappelles bien, à la fin, tout ce que Liam voulait était de me pourrir la vie. Alors, cesse de me dire qu'il voudrait que je sois bien et que je fasse un truc que j'aime.

— Tu sais, c'est la culpabilité qui te fait parler en ce moment. Ce n'est pas toi !

— Quelle preuve as-tu besoin pour comprendre que c'est vraiment moi qui ne veux plus être musicienne ?

— Calme-toi, ma chérie, c'est juste qu'il y a quelques minutes tu envisageais le contraire.

— Comment pourrais-je penser à refaire de la musique après tout ceci ? Je n'y arrive pas, James ! Je n'en serai pas capable.

— Personne ne t'y oblige ! Je parlerai à Tristan pour lui faire comprendre qu'il doit cesser de te mettre de la pression. Je...

J'inspire longuement, s'il y a bien une chose que je ne souhaite pas, c'est une confrontation entre ces deux-là. Ils sont toujours à se lancer de vieux reproches aux visages, surtout James. Alors, hors de question qu'il aille trouver Tristan pour lui dire le fond de sa pensée.

— Non ! Je vais m'occuper de lui parler, mais je crois que, pour le moment, je vais rentrer chez Arabella et me reposer.

— D'accord. Rentrons !

Je lève la tête vers lui et pousse un soupir autant de soulagement que de désespoir. Il ne doit pas cesser de vivre parce que moi je n'en ai plus envie. C'est ça, mon problème, je n'ai plus envie de vivre. Je ne veux tout simplement plus me lever le matin. James pose son regard dans le mien et ça me donne l'impression qu'il comprend ce qu'il se passe dans ma tête.

— Je vais chercher mon téléphone et mes clés dans le studio d'enregistrement et nous partons, d'accord ?

J'opine du chef alors que James essuie les traînées salées sur mes joues. J'ai conscience de pleurer, mais jamais je n'aurais pu affirmer que je le faisais à chaudes larmes.

— Je suis incapable de retourner auprès d'eux, annoncé-je d'une petite voix.

— Je me doute bien et c'est pour cette raison que tu vas aller m'attendre à côté de ma caisse, d'accord ?

— Et Félicia, elle va rentrer comment ?

— Elle est très débrouillarde et imaginative. Ne t'en fais pas pour elle.

Sa réponse me satisfait, mais elle ne m'enlève pas l'envie de mourir. J'inspire plusieurs fois, avant de tenter de me relever, mais James me tire vers lui et passe ses bras autour de moi.

— Je sais que c'est difficile et que ça ne va pas, mais je suis là et jamais je ne partirai.

J'aimerais le croire, mais tout le monde part un jour. Personne n'est éternel, malheureusement. Ni lui ni moi.

— Je t'aime, Lacey, c'est difficile en ce moment, mais je suis là. Peu importe la façon dont tu as besoin de moi.

Une envie de lui faire du mal m'envahit. Elle est si violente, si difficile à contrôler que j'en perds le souffle. Je le repousse et saute sur mes pieds. James se relève en me regardant bizarrement.

— Non ! Non ! Tu n'as pas à faire ça ! Tu n'as pas le droit de m'aimer !

Pendant l'espace de quelques secondes, il ferme les yeux et, quand il ouvre à nouveau les paupières, un voile de tristesse couvre son magnifique regard noir. La culpabilité m'envahit et je secoue la tête lorsqu'il tente de s'avancer vers moi. Je lève les bras comme un bouclier et j'éclate à nouveau en sanglots. Je suis même incapable de m'arrêter de pleurer.

— Je peux m'approcher ? demande-t-il.

— Non ! Je vais te faire du mal. Bon sang ! Je gâche tout ce que je touche, James ! Reste loin de moi.

— Tu sais qu'en matière d'autodestruction, je ne suis pas si mal moi aussi ? Mais je te comprends. Pendant un long moment, j'ai, moi aussi, cru que je tuais tout ce que je touchais. Pire encore, j'ai cru que mon cœur était trop sombre, trop noir pour aimer. Tu as débarqué dans ma vie pour me démontrer le contraire. Vas-tu te rentrer ça dans le crâne ?

— On aurait dû rester amis, simplement amis, je ne t'aurais pas blessé…

— Tu sais que la seule façon que tu as de me faire du mal est de me quitter pour toujours. Est-ce que c'est ce que tu souhaites ?

Je secoue la tête sans même réfléchir, parce que même si je veux souvent le protéger de moi, même si je suis plus perdue que jamais, James Combs reste mon tout. Il me comprend mieux que personne et je dois absolument tenter de me focaliser là-dessus. Oui, c'est ce que je désire. Jamais je ne me suis sentie aussi mal, aussi déstabilisée.

— Suis-moi, ordonne-t-il.

Il tend la main vers moi, mais ce n'est pas pour que je noue mes doigts aux siens. C'est plutôt pour m'inciter à le suivre. J'obtempère et le laisse m'entraîner vers l'étage. Je ne comprends pas comment il connaît aussi bien l'endroit, mais je n'ose pas lui poser la question. Il referme la porte derrière nous et me fait signe de le suivre jusqu'au lit.

— Qu'est-ce que l'on fait ici ? demandé-je.

— Je crois que ce serait bien que tu te reposes pendant que je continue à bosser. Tu ne veux pas ma présence, je ne vais donc pas te l'imposer, mais je ne serai pas loin. Je crois que c'est le meilleur compromis que nous pouvons trouver.

James tire les couvertures et m'ordonne d'un geste de la tête de me glisser en dessous. Encore une fois, j'obtempère sans rechigner et me décale sur le côté. Il n'a pas besoin de plus d'explications et il grimpe à son tour.

— Que vont dire les autres ?

— Je m'en fous, Lacey, tu es ma priorité et, si tu me dis que tu as besoin de dormir dans mes bras, je lâche tout ce que je fais pour le permettre.

— Je ne te mérite pas, murmuré-je.

Il ne répond pas et se laisse aller contre les oreillers, puis il m'attire dans ses bras. Ma tête se pose sur son torse et il ne m'est plus possible de nier que je ne suis bien qu'avec lui. Il comprend mes déprimes, mes moments où je suis une vraie plaie avec lui et où je souhaite tout abandonner.

— Tu sais, Lacey, je crois que ça serait bien que tu voies un psychologue ; avec tout ce que tu as vécu, c'est légitime.

— Je n'ai pas envie. Que vais-je bien pouvoir faire ou lui dire ? Je vais passer mon temps à pleurer.

— Tu ne serais pas la première.

— Je ne suis pas prête à ça. Pour le moment, le psy Combs me plaît bien.

Doucement et avec amour, il caresse mes cheveux et dépose un baiser sur le dessus de mon crâne. J'adore quand il fait cela. Je dois absolument me rappeler de l'inscrire dans ma tête pour les moments où je voudrai à nouveau le quitter pour son propre bien.

— Pourquoi me pardonnes-tu à chaque fois que je pense que tu serais mieux sans moi ?

— Il n'y a rien à pardonner. Je te l'ai dit, il n'y a pas si longtemps, j'avais ce genre de pensées aussi. Ce n'est pas facile de se sortir de la tête que l'on n'est pas quelqu'un de bien. C'est beaucoup plus simple de croire que l'on attire le mal plutôt que de se rendre à l'évidence que la vie est une belle salope et qu'elle fait de nous ce que l'on veut. Nous ne sommes maîtres de rien.

— C'est faux, nous pouvons prendre nos propres décisions et agir en pleine connaissance de cause.

— Tu as peut-être raison, mais la vie, c'est aussi un coup de dé. Dis-moi quelles étaient tes options avec l'accident ?

— J'aurais pu te demander de ne pas partir. Je n'aurais pas dû te quitter.

James inspire longuement et j'ai l'impression qu'il rassemble son courage pour me dire le fond de sa pensée.

— Je vais être franc avec toi et je m'excuse si mes paroles te font du mal, mais peut-être que c'est la seule façon pour que tu comprennes. Si tu m'avais demandé de rester, nous aurions pris ce bus, non ?

— Je ne sais pas, James ! murmuré-je en comprenant très bien où il veut en venir.

— Moi, j'en suis persuadé parce que c'était tellement important pour toi de terminer cette tournée. Alors, nous aurions été, Aaren et moi, dans l'autobus avec toi et le groupe. Quand on s'est parlé au téléphone juste avant l'accident, je pouvais entendre tout le monde s'engueuler. Où crois-tu que je me serais trouvé ?

Je ne réponds pas et essuie rageusement une larme traîtresse qui coule sur ma joue. Bien sûr, James s'en rend compte.

— Tu n'as pas à t'en vouloir pour ce qui s'est passé ou non. Je crois sincèrement au destin et ça peut paraître con, venant d'un mec comme moi, mais j'ose espérer que si je n'ai pas pris ce bus et si tu n'es pas morte dans l'accident, c'est pour une simple et bonne raison.

J'inspire longuement, mais ce n'est pas par dépit ou agacement, je le fais, car cet homme trouve toujours les bons mots pour me sortir de mon angoissante torpeur. Je ne sais pas encore ce qu'il va me dire, mais je sais déjà que j'aime sa réponse.

— Je sais que nous ne sommes pas morts pour pouvoir vivre notre amour, celui que nous n'avons jamais eu la chance de vivre. Je sais que Christa et Cameron approuveraient, et j'aime penser qu'une fois la poussière retombée, Liam aussi aurait été heureux pour toi.

— Pourquoi tu trouves toujours les bons mots pour me rassurer ? demandé-je, émue.

— Réfléchis bien, je ne suis pas très doué pour parler aux gens. D'habitude, je les confronte, les traite comme un gros con arrogant, enfin, je ne suis pas vraiment sympa et tu en as déjà fait les frais.

— Je ne regrette en rien la façon dont ça s'est déroulé à nos débuts. En fait, je ne changerais rien.

— Je t'aime, Lacey Jenkins. Je t'aime plus que ma propre vie.

— Je dois te demander un truc, James. Enfin, je dois te parler de quelque chose.

Il se redresse sur un coude et m'oblige à le regarder. Bon sang qu'il est beau. Ses yeux brun foncé, presque noirs s'ancrent dans les miens et posent un baume sur mon cœur, ma tête et mon âme.

— Je vais vendre ma maison, celle que j'avais avec Liam, annoncé-je.

— Et tu vas vivre avec Arabella ?

— Oh, je crois qu'elle n'y verrait pas d'inconvénient, mais j'aimerais que tu acceptes de me faire un peu de place dans tes placards.

Je pique un fard, mon visage s'empourpre et je dois baisser les yeux de peur que ma proposition lui semble incongrue. Au contraire, un sourire éclaire son visage et ses yeux brillent, il m'attire contre lui et presse sa bouche contre la mienne.

— Putain que tu as de bonnes idées ! murmure-t-il contre mes lèvres.

Je ris, je ris vraiment et il n'y a qu'avec ce mec que j'arrive à entrevoir l'avenir.

— Tu sais que ça ne sera pas facile, hein ?

— Putain que oui, mais je m'en fous !

Il rigole de bonheur et ça me donne l'impression que je viens de lui offrir le plus beau cadeau possible.

— James, il y a autre chose. Je sais que tu me l'as déjà refusé, mais j'aimerais vraiment tenter d'écrire avec toi. Nous avions une magnifique connexion et je dois absolument voir au fond de moi si c'est encore possible pour moi d'entrevoir une carrière musicale ou si je me recycle en vendeuse de chaussures.

— Oui, maintenant que nous habitons ensemble, nous allons avoir beaucoup de temps tous les deux.

Je souris à cette perspective. Je sais que je suis une girouette avec lui, je sais aussi que je ne suis pas facile à suivre, mais j'ai tellement de sentiments contraires en moi que, parfois, je n'arrive plus à faire face.

— Tu sais ce que je ferais si nous n'étions pas dans le putain de lit de Tristan ? demande-t-il d'une voix rauque.

—Je suppose que ça implique peu de vêtements et beaucoup de plaisir.

— Tu as tout vrai.

Il dépose un baiser sur le dessus de mon crâne en me murmurant qu'il m'aime.

—Je dois retourner bosser, mais tu peux rester ici ou prendre ma voiture pour rentrer.

—Je suis fatiguée. Laisse-moi m'endormir dans tes bras, s'il te plaît.

Il ne répond pas, mais il m'attire contre lui. Ma tête repose sur son torse et, rapidement, je m'endors.

14

Lacey

Deux semaines plus tard

Parfois, je me fais la réflexion que je mérite de vivre et d'être heureuse et c'est dans ces moments que je me demande si Christa approuverait la personne que je deviens. Au contact de James, j'ai l'impression de m'épanouir et de devenir celle que je suis vraiment. Depuis ma petite déprime chez Tristan, je n'ai plus douté de ce que je voulais, mais surtout je n'ai plus eu envie de mourir. Je me sens mieux et plus saine d'esprit.

La routine s'est rapidement installée entre nous deux. Le lendemain, nous avons quitté la sublime maison d'Arabella pour vivre dans celle de mon amoureux. Je trouve une certaine quiétude à boire tous les matins mon café sur la terrasse menant à la plage. C'est calme, paisible, inspirant et c'est ce dont j'ai besoin en ce moment. J'adore voir les gens aller et venir avec leur famille ou leurs amis. À quelques reprises, mon groupe m'a manqué avec tellement d'intensité que j'ai dû retourner à l'intérieur, mais, en général, ça se passe bien. James est toujours à mon écoute et trouve les bons mots pour me calmer. Pendant la journée, j'ai deux activités : regarder James bosser avec Félicia ou faire des cartons. Après sa journée au studio, mon chéri vient m'y trouver et nous apportons mes affaires chez lui. Nous stockons le tout un peu partout, car, pour le moment, nous n'avons pas vraiment eu le temps de les déballer, mais James me promet que ça se fera bientôt.

Je me prépare pour aller retrouver mon père chez lui. Depuis l'accident, j'ai coupé tout contact avec lui et ce n'est pas plus mal. Je lui en veux énormément pour tout ce qu'il s'est passé et je ne crois pas être en mesure de lui pardonner. Au départ, je ne voulais absolument pas le voir et James m'a plus ou moins convaincue. Il m'a dit que je devais au moins savoir ce qu'il voulait me dire et qui sait, peut-être aurait-il enfin des excuses à me présenter pour tout ce qu'il a fait. Je ne sais pas comment je réagirais s'il se présentait devant moi pour faire son mea culpa pour toutes ces années. Quand j'y pense, je crois que ma confiance en lui s'est brisée à mes dix ans.

Je n'ai pas fait d'effort particulier pour ma tenue, j'ai simplement enfilé un vieux t-shirt de Nirvana appartenant à James et une jupe vaporeuse qui m'arrive à hauteur du genou. J'ai complété ma tenue avec des bracelets en cuir noir que Christa m'avait offerts le Noël avant sa mort. En tournée, je lui piquais toujours les siens et elle n'en pouvait plus. Ce n'était pas le truc le plus dispendieux, mais ça m'avait énormément touchée. Je crois que les présents les plus touchants sont ceux qui n'ont pas vraiment de valeur monétaire. Je termine ma coiffure en remontant mes cheveux en un haut chignon et mon maquillage par une touche de mascara. Au même moment, la sonnette retentit et, d'un pas rapide, je vais répondre. Je ne serais même pas étonnée que ce soit mon père qui soit là. C'est idiot, mais je peux presque le voir derrière la porte et, lorsque j'ouvrirai, il me parlera comme s'il n'avait rien fait, comme si tout était OK et que personne n'était mort. Il ajoutera aussi qu'il a changé d'idée et qu'il a décidé de passer ici plutôt que de m'attendre au restaurant comme c'était prévu.

J'ouvre donc avec la ferme intention de lui faire comprendre que je n'apprécie pas son intrusion dans ma vie privée. Après tout, si j'ai décidé que notre rencontre serait dans un endroit public, c'est simplement pour que sa présence nocive n'entache pas l'harmonie qui règne chez James. Cependant, ce n'est pas mon père que je trouve derrière, mais l'ignoble petite connasse qui tourne autour de mon mec. Elle n'attend pas que je la fasse entrer, elle fonce plutôt sur moi comme un tank et je dois me déplacer sur le côté pour qu'elle ne me rentre pas dedans.

— Que fais-tu ici ? aboyé-je. On m'attend et je n'ai pas envie de perdre mon temps avec tes enfantillages. C'est compris ?

— Calme-toi, ma cocotte ! Ce ne sera pas bien long.

— Je te demanderai de sortir de ma maison, tout de suite. Je ne veux pas savoir ce que tu veux me dire !

— Moi, j'ai envie de te raconter ! ricane-t-elle.

La seule pensée plausible qui me vient en tête en ce moment est que cette nana est une putain de détraquée mentale. Elle aurait besoin d'un long suivi psychologique avec quelqu'un de très compétent.

— Allez, crache le morceau que je puisse foutre le camp et ne plus te voir.

Pour une des rares fois en sa présence, je me laisse aller à être chiante avec elle. Quand James est là, je fais des efforts, mais, en ce moment, je n'en ai pas envie.

— Ah oui, c'est vrai, tu dois retrouver ton papounet ! lance-t-elle avec arrogance.

Putain, James ! Tu ne peux pas fermer ta gueule parfois ! Tu n'es pas obligé de tout lui raconter.

— Quand je suis arrivée au studio, je pensais que j'étais seule, mais non, ton papounet était en pleine discussion avec celui de Tristan. Comme j'adore les ragots, je me suis cachée pour écouter leur conversation. Tu as envie que je t'en fasse part ?

— Je m'en fous de ce que mon père peut dire ou faire, Félicia.

— Oh, mais ça, tu seras très heureuse de le savoir.

— Va-t'en ! Je ne veux plus de tout ce drame dans ma vie. Tout ce que je désire c'est être bien avec James.

— Ouais, c'est en partie à cause de lui que je suis ici. J'ai appris que tu étais enceinte au moment de l'accident. Enceinte, Lacey ! Waouh, félicitations. Ah non, c'est vrai, on n'offre pas nos félicitations pour une fausse couche, hein ?

— Cesse de dire des bêtises ! Je ne...

Je tente de me remémorer si j'avais eu mes menstruations ou des symptômes quelconques de grossesse, mais c'est le trou noir. Aucun souvenir ne me revient. Félicia semble jubiler de voir ma tête ahurie, mais je m'en fous, je ne vais pas la laisser me déstabiliser.

— Très bien essayé, mais je n'étais pas enceinte ! Mon père raconte toujours beaucoup de choses pour se rendre intéressant. Donc, je suis désolée, mais je ne te crois pas.

— Dis-moi avec qui tu avais fait l'amour. James ? Liam ? Peut-être les deux en même temps ? Oh, quelle coquine tu es !

— Non, mais tu arrêtes tes putains de conneries à la fin ! Je n'étais pas enceinte et…

— Je m'en fous ! Maintenant, tu vas m'écouter, cocotte, parce que si tu n'appliques pas à la lettre ce que j'exige, je file trouver James et lui balance tout.

— Ouais, mais ce n'est même pas vrai ! Tu racontes des bobards, putain de merde !

— Si tu veux que je lui invente une belle histoire, je le peux. Je pourrais lui dire que j'ai entendu ton père et celui de Tristan parler, ils parlaient d'après l'accident et ensuite Tommy a évoqué la fausse couche. Je pourrais même rajouter qu'il expliquait à Edward que tu es au courant et que tu l'as supplié de ne jamais en parler à James parce que tu savais que c'était le bébé de Liam et que tu avais baisé avec ton ex pendant que la relation entre James et toi naissait.

Elle soupire, un sourire fier et arrogant sur son visage. La seule chose à laquelle je pense, c'est de lui défoncer sa gueule de connasse et de lui faire très mal.

— Dégage de chez moi ! Dégage ! hurlé-je.

— Eh bah, je vais ajouter quelque chose, d'ici peu de temps, ce sera ma maison.

— Ne rêve pas, pauvre folle ! James et moi sommes très amoureux et ce n'est pas une petite idiote, sans talent et arriviste, qui va changer ça. James est très intelligent et il a parfaitement saisi la personne que tu es.

— Tu crois qu'il tombera dans les bras de qui lorsque tu le quitteras ce soir ? Dans les miens, ma cocotte.

— Je ne vais pas quitter James simplement parce que tu me le demandes. Tu disjonctes totalement.

— Fais ce que tu veux, mais, si tu n'as pas quitté cette maison ce soir, je vais lui raconter ma jolie histoire.

— Tu es complètement folle ! Dégage d'ici, sale connasse, avant que je te refasse le portrait.

Je fais plusieurs pas vers elle dans le but de la chasser, mais elle se dirige vers la porte tranquillement.

— Ne me touche pas, ce serait dommage que je doive porter plainte pour coups et blessures, mais surtout mon utérus à moi n'a pas été détruit par un accident bête et con.

— Comment ? demandé-je d'une petite voix.

— Tu demanderas à ton père tout à l'heure, maintenant, je dois aller bosser avec mon futur mari. Ai-je besoin de spécifier que je parle de James ?

Une vive colère boue en moi, elle quitte juste au bon moment parce que je n'aurais pas pu m'empêcher de la frapper. J'ai du mal à démêler ce qu'elle vient de me dire, mon téléphone sonne et je le porte instinctivement à mon oreille pour répondre.

— Lacey ? C'est papa, je vais être en retard. Viens plutôt me retrouver chez James.

Je n'attends pas sa réponse et raccroche. Chacun des mots de cette garce m'a ébranlée, c'est un peu comme si elle avait lancé des missiles sur la forteresse que je m'étais construite pour me protéger de ce genre de personne. Elle a tapé pile où il le fallait et elle a atteint son but en semant le doute dans ma tête. Je n'ai jamais été aussi impatiente de voir mon père, car j'ai besoin d'avoir ses explications sur tout ça. Cependant, une question m'obsède : est-ce que James va croire Félicia ou moi ? Une autre s'impose à moi et je crois que c'est la plus blessante : est-ce qu'il voudra toujours de moi si je ne peux plus avoir d'enfant ? Cette pensée me serre l'estomac et me donne envie de vomir.

La sonnette d'entrée retentit et je me lance sur la porte pour répondre. Mon père entre et me regarde avec une lueur d'inquiétude dans les yeux.

— Que se passe-t-il, Lacey ?

— Est-ce que j'ai fait une fausse couche pendant l'accident ?

— Oui, mais...

— Est-ce que je peux avoir des enfants ?

— Tes chances sont réduites de moitié et...

— Pourquoi tu ne m'as rien dit ?

— Parce que tu étais au plus mal quand tu as ouvert les paupières après ton coma. Je ne savais pas comment t'expliquer tout cela.

Une colère monstre s'empare de moi, même Hulk n'a jamais été aussi furieux que je le suis. Je m'avance vers mon père et le gifle de toutes mes forces. Ma main s'élève une deuxième fois pour le frapper, mais il m'attrape le poignet et le repousse.

— Je suis ton père, putain ! hurle-t-il.

— Tu n'es pas mon père. Tu es un putain de coup de vent, un substitut paternel. Tu n'as jamais été là ! Jamais !

— L'heure des reproches n'est pas encore venue, Lacey, brame-t-il.

— Ah non ! Ce sera quand, alors ? Comme ça, je pourrai préparer la liste de tout ce que tu n'as pas fait pour Christa et moi, ensuite celle de tout ce que tu nous as imposé et celle de tes putains de mensonges de merde !

— Tu vas te calmer, c'est grâce à moi que vous avez été lancées. Je vous ai payé les meilleurs cours de musique avec les professeurs les plus talentueux. Crois-moi, Lacey, tu en avais besoin parce que ta voix, ce n'était pas le top pour percer. Je t'ai modelée, je t'ai façonnée à mon image, c'est moi qui t'ai créée, alors avant de me cracher ta haine au visage, regarde ce que j'ai fait pour toi.

— Tu te fous de ma gueule, là ? Tu es prétentieux à ce point ?

— J'ai mis énormément d'argent en toi et ta sœur, alors cesse de faire l'enfant trop gâté et remercie-moi.

— Dégage de chez moi ! Putain, dégage de ma maison !

— Ta maison, je te signale qu'ici ce n'est pas chez toi, c'est un endroit où tu crèches le temps d'aller mieux.

— Dis-moi ce que tu venais faire ici ? Cracher ton venin ? Tu voulais vérifier ton investissement ?

— Je voulais que tu signes avec Wyatt Records. Lacey, tu dois y réfléchir. Je vais être honnête, dans le milieu, tu es finie, plus personne ne souhaite bosser avec toi, mais Tristan en a envie. Je crois que tu ne pourras pas surfer vraiment longtemps sur la curiosité qu'apporte l'accident…

Là, c'en est trop, je le déteste, je le hais viscéralement et si je pouvais, je le tuerais de mes propres mains. Je m'avance vers lui et le pousse vers la porte sous ses cris furieux. S'il pense pouvoir venir ici, me balancer de telles saloperies et croire que je suis encore l'enfant que j'étais. Il ne m'impressionne plus, il ne me fait plus peur. Je secoue la tête de tous les côtés avant de m'écrouler au sol.

Je fais quoi ? Bon sang, je fais quoi ? Je ne sais plus, je ne me comprends plus. James… j'ai besoin de le voir et de lui parler. Ma conversation avec Félicia me revient en tête et me déstabilise encore plus. Tranquillement, je me redresse et me dirige vers la salle de bains dans le but de me passer de l'eau sur le visage.

La voix de mon père se mêle à celle de Félicia. Les menaces de cette dernière, les paroles de mon père, leur méchanceté à tous les deux me prennent de court. Mes jambes sont aussi molles que du coton et, encore une fois, je tombe par terre. Ma tête heurte durement le carrelage. Une vive douleur se propage dans mon crâne, mon téléphone sonne dans la poche de ma jupe et je l'attrape pour le poser contre mon oreille.

— Coucou, mon amour, comment vas-tu ?

La voix de James ne suffit pas à me ramener à la réalité, elle m'est même encore plus douloureuse. J'inspire longuement avant d'essuyer mes yeux. Je pleure, mon visage est maculé de larmes.

— Lacey ! Lacey ! Putain ! Qu'est-ce que tu as ?

Je laisse mon téléphone tomber par terre.

« Je t'ai modelée, je t'ai façonnée à mon image, c'est moi qui t'ai créée… » Ces mots me blessent, ça me lacère de l'intérieur et me gruge le cerveau. Je ne peux me retenir de hurler ma colère, ma tristesse et ma douleur. Respirer m'est difficile, presque impossible. Je tente de me relever pour prendre un gant de toilette, mais je glisse et retombe au sol. Mon corps tout entier semble rempli de plomb et je fais tomber tout ce qui se trouve sur le comptoir dans ma chute. La voix de James me parvient étouffée, je tente de récupérer mon téléphone pour mettre fin à l'appel, mais je ne le trouve pas. Cependant, mes yeux entrent en contact avec une lame provenant du rasoir de James. Elle m'intrigue, me fascine et les pensées que j'ai eues il y a deux semaines me reviennent en tête.

Je ne veux plus vivre, en fait, je crois que personne ne voudrait vivre dans ma condition. Qui pourrait supporter de perdre trois personnes en même temps, mais surtout des personnes qui étaient des piliers. Je crois que c'est impossible de survivre à ça. Si je me suicide, est-ce que j'irai en enfer ? Pas que je sois particulièrement croyante, mais je crois que c'est une question que je peux me permettre de me poser. Puis, pourquoi ça m'intéresse puisque je vis déjà l'enfer ici ?

Réconfortée dans mon choix, rien ne peut être pire après tout. Je pose la lame contre mon poignet gauche et le contact du métal avec ma peau est comme une décharge d'adrénaline. Ça me surprend et j'appuie avec plus de force, un cri s'échappe de ma bouche. En fait, je crois que c'est plutôt un hurlement de soulagement. Je pèse encore plus fort et une vive douleur me surprend, je lâche la lame et prie pour que ce soit suffisant pour mourir.

Rapidement, tout autour de moi devient humide et je me demande si je ne baigne pas dans l'eau. Je ferme les paupières et alors que je pensais que ce serait libérateur, je me rends compte que ça fait mal, c'est douloureux autant mentalement que physiquement. Bon sang, je vais mourir… Je ne sais plus si c'est ce dont j'ai envie.

— Lacey… Lacey…

Une douce voix que je reconnais tout de suite parvient jusqu'à moi. Je relève péniblement la tête et ne comprends plus où je suis, mais surtout pourquoi je m'y trouve. Ma sœur est à mes côtés et elle me semble beaucoup plus jeune. Je dirais que c'est la Christa que je connaissais quand elle avait 18 ans. Elle a un piercing horrible, le septum au nez, j'ai toujours détesté cela.

— Qu'est-ce que tu fais avec cette chose ?

— J'avais envie de retrouver la folie de mes 18 balais, ricane-t-elle.

— Je fais quoi ici ? demandé-je en la regardant.

Elle est belle, ma frangine, même avec ce machin dégoûtant dans son nez. Nous sommes dans les escaliers de l'autobus de tournée de notre père. Notre endroit, notre sanctuaire.

— Tu oses me poser la question ?

Elle secoue la tête et ses cheveux roses et noirs, légèrement bouclés me caressent l'épaule.

— Ç'a toujours été mon endroit préféré ici, je ne sais pas pourquoi, je sentais que l'on était invincible quand on s'y trouvait.

— Pourtant, tout le monde pouvait nous voir et savait que l'on était ici.

— C'est vrai, mais on s'en fout, ce n'est qu'une question de perception après tout.

— Je suis morte ? demandé-je, incertaine.

Christa hausse les épaules et prend ma main dans la sienne. Elle me tire vers elle et nous nous trouvons dans notre chambre chez maman un peu après le divorce. Deux gamines presque identiques sont assises sur un lit et chacune tient une guitare. La plus jeune des deux se trompe, son accord n'est pas le bon, alors la plus vieille dépose la sienne et place les doigts de sa frangine sur les frettes.

— C'est nous, te rappelles-tu ce moment ? me questionne Christa.

— Non, pas vraiment.

— Ce n'est pas papa qui nous a modelées, Lacey, c'est toi ainsi que ta détermination. Papa a peut-être payé Gerry, mais ce n'est pas lui qui a écrit nos chansons, c'est nous. Nous avons créé notre succès et nous te le devons parce que si tu ne nous avais pas poussées, nous n'aurions jamais percé.

Je ferme les yeux quelques secondes et, lorsque je les ouvre à nouveau, Christa s'est placée devant moi. Je lève la main pour caresser son visage, mais je stoppe avant de toucher sa peau. Je crois que j'ai peur qu'elle disparaisse pour ne plus jamais revenir.

— Pourquoi tenter de te suicider, Lacey ? Tu as la chance de vivre et tu devrais en profiter. Quand je te vois ainsi, ça me fait tellement de mal, tu ne peux même pas t'imaginer comment.

— Les paroles de papa, la fausse couche, je n'aurais jamais d'enfant, l'accident, ta mort, celle de Cameron et Liam… C'est trop pour moi.

— Tu as James ! Pourra-t-il vivre sans toi ?

Je ne réponds pas parce que je n'ai pas envie de lui avouer que je sais que non et soudainement la culpabilité m'envahit. Je croise le regard de Christa, qui est doux et apaisant. Elle pose sa main sur mon épaule et me sourit.

— Comme je te disais dans ton rêve, je serai toujours avec toi.

J'opine du chef et lui souris à mon tour.

— Tu me manques…

— Toi aussi, mais je suis là. Maintenant, ça suffit les conneries, Lacey Jenkins.

Quelqu'un hurle mon prénom, ça crie et gueule de tous les côtés. Mon corps est secoué et je peine à ouvrir les paupières. Quand j'y arrive enfin, après plusieurs secondes de bataille, je croise le regard de James. Ses yeux sont remplis de larmes et un ambulancier tente de l'obliger à se décoller de moi, mais impossible.

— James ! murmuré-je faiblement.

15

James

Je suis arrivé presque tout de suite après l'ambulance. Je la suivais avec ma caisse comme un malade. Il n'y avait aucune distance entre ce véhicule et le mien. Jamais je n'ai été autant stressé. Jamais je ne me suis senti aussi désemparé. Voir Lacey baignant dans une mare de sang, son sang, m'a été insupportable. Je n'y croyais pas et même maintenant, je ne le crois pas. Comment a-t-elle pu passer d'amoureuse transie à suicidaire ? Impossible pour moi de comprendre ce qu'il lui est passé par la tête. J'avais l'impression que ça marchait bien nous deux, que l'on était heureux ou qu'on commençait à l'être. Encore une fois, je me suis trompé et j'ai beau tenter d'assembler les morceaux du puzzle, je n'y arrive pas. Quelque chose cloche, un élément me manque. Ce matin encore, elle me jurait qu'elle m'aimait et que je lui faisais du bien. Bien sûr, son rendez-vous avec son père la stressait énormément, mais je n'aurais pas imaginé que ce soit à ce point. Est-ce cela qui l'a poussée à ce geste horrible ? Je n'en sais rien, mais, ce que je sais, c'est que si je l'attrape, je le tue de mes propres mains, et ce, peu importe qui il est et ce qu'il a comme carrière. Être une rockstar ne permet pas tout, mais surtout n'excuse pas de se conduire comme un salaud.

Tristan apparaît au bout du couloir et s'avance vers moi avec Félicia, Edward Wyatt et Tommy Thomas. Ce connard n'a pas pensé à contacter la mère de Lacey ou quoi ? Ça ne m'étonnerait même pas.

— Que se passe-t-il, James ? demande Tommy.

J'aimerais lui répondre, lui dire d'aller se faire voir, mais je n'arrive pas à prononcer un traître mot de ce qu'il mérite d'entendre. Félicia s'avance vers moi et tente de me prendre sans ses bras, mais cette étreinte est difficile. Je la repousse et leur tourne le dos.

— James, explique-nous ce qu'il s'est passé, me demande Tristan.

À lui, je veux bien parler, lui raconter ce qu'il s'est passé. Enfin, ce que j'en sais.

— Elle m'a embrassé avant que je parte. Elle m'a dit qu'elle m'aimait plus que sa propre vie. Elle a pincé mes fesses et m'a embrassé encore. Je revenais à la maison lorsque je lui ai passé un coup de fil, et j'ai tout de suite compris qu'un truc ne tournait pas rond. Je l'ai trouvée, baignant dans son sang avec une putain de lame à ses côtés.

Les images de cette scène me font mal, ma voix craque et je dois m'appuyer contre le mur pour ne pas m'écrouler au sol. Des mains se posent sur mon épaule et je me retourne pour croiser le regard de mon frère. Je ne sais pas qui l'a appelé, mais je suis heureux qu'il soit là. Le voir est comme une délivrance et je me sens tombé au sol. Aaren me rattrape de justesse. Tristan et lui m'aident à m'asseoir sur une chaise, mais je ne veux pas. Les repoussant, je tente de me relever, mais ils sont deux contre moi, alors c'est difficile. J'inspire longuement et me laisse choir contre une chaise.

Un docteur en blouse blanche arrive et se place devant nous. Il nous interroge du regard et semble se demander à qui il doit parler. Tommy s'approche de lui et tend sa main en guise de salutation.

— Tommy Thomas, le père de Lacey.

— Bonjour, je me présente, je suis le docteur Hudson. C'est vous qui avez amené votre fille aux urgences ? demande-t-il.

— Non, c'est moi ! Vous devez me parler à moi, grondé-je.

— Je dois parler à un membre de la famille.

— C'est moi, sa famille, je suis son petit ami, m'écrié-je en me relevant.

Le docteur se tourne vers moi et m'observe. Bien sûr qu'il me croit puisque mes vêtements sont tachés de haut en bas par le sang de celle que j'aime. J'ai l'air d'un putain de fou en ce moment, mais ça ne me dérange pas. La seule chose qui m'importe est de savoir comme elle va.

— Monsieur, je suis le père de Lacey et c'est à moi que vous devez discuter. J'aimerais que l'on fasse cela en privé, s'il vous plaît.

— C'est faux ! C'est moi ! vociféré-je. Elle ne sera pas contente quand elle se réveillera.

Le docteur Hudson tourne la tête vers moi et me regarde longuement avant de reporter son attention sur Tommy. Bien sûr, ce connard a encore réussi à prendre dans ses filets un pauvre innocent. Il arrive à hypnotiser tout le monde et ça m'agace.

Ils se retirent tous les deux et, au bout d'un moment, Aaren, qui n'en peut plus, me fait signe de le suivre, chose que je fais en silence. Il m'entraîne un peu plus loin dans le couloir et se penche vers moi pour me parler.

— Je sais que tu es inquiet, James, mais tu vas devoir te calmer.

— Non, tu ne comprends pas, Aaren, je ne vais pas pouvoir. Je l'ai presque perdue une fois, je ne survivrai pas à ça ! Je l'aime, putain ! Est-ce que vous allez vous rentrer ça dans le crâne à la fin ?

— Je sais et ce n'est pas ce que j'ai dit.

— Je ne parlais pas de toi, mais d'eux, aboyé-je dans un signe de tête vers Félicia et Tristan.

Félicia est arrivée au studio avec près d'une heure de retard. Pour moi, c'est un manque de respect flagrant. Si on se déplace pour toi, fais en sorte d'être à l'heure, putain ! Peu importe qui tu es, tu dois être là. Enfin, bref, elle a débarqué avec du retard, fringuée et maquillée comme si elle allait aux Grammy's. Je n'ai pas compris tout de suite, mais, rapidement, j'ai percuté lorsqu'elle s'est mise à me foutre ses seins sous le nez. Lui faire comprendre qu'il ne se passerait rien entre nous a été difficile et j'ai fini par rendre les armes, je suis rentré chez moi.

— Laisse-les ! On s'en fout d'eux et, pour le moment, le mieux est de te concentrer sur Lacey, et non sur ces fouille-merdes.

Ses paroles me font du bien, mais surtout elles me font percuter. Lacey a besoin que je sois là pour elle, mais aussi que je sois fort et inébranlable. Si je pars dans tous les sens, ce ne sera que plus difficile lorsqu'elle sortira de ce faux pas. Après tout, ce n'est que ça ! Je tente de m'en convaincre, mais ce n'est pas facile. Je ne suis pas idiot, je sais bien que les tentatives de suicide sont un appel à l'aide et je m'en veux terriblement de ne pas avoir vu qu'elle avait besoin de plus que ce que je lui apportais. Je déteste me sentir aussi inutile, aussi nul, j'ai l'impression d'avoir échoué.

Tommy revient vers le groupe et, tout de suite, je me dirige vers lui pour savoir s'il a des nouvelles de Lacey et si elle va bien. Seulement, ce crétin ne me regarde même pas et il cesse même de parler lorsque je suis à ses côtés.

— Tu m'expliques ce qu'il se passe ? tonné-je.

— Lacey va bien, dit-il tout simplement.

— Je veux la voir, exigé-je.

— Elle a demandé que tu te rendes auprès d'elle. Elle est au premier étage dans la chambre 107.

Comme un dératé, je fonce vers les escaliers et les grimpe au pas de course. Une fois à l'étage, je trouve rapidement sa chambre. Lorsque j'entre, elle est étendue sur le dos, des bandages ornant son poignet. Mon cœur se serre, je me lance immédiatement à ses côtés.

— Hello, toi, lance-t-elle faiblement.

— Comment tu vas ?

— Au top de ma forme, marmonne-t-elle dans un petit rire. Tu dois te poser tellement de questions, hein ?

— Oui, mais ce n'est pas le plus important. Tu dois te reposer et, ensuite, nous en reparlerons d'accord ?

— Oui, peux-tu faire quelque chose pour moi ? demande-t-elle.

— Peux-tu mettre ma mère au courant ? Je suis persuadé que mon père ne le fera pas. Peux-tu aussi demander à mon père de partir ? Je ne veux pas de lui ici.

J'opine du chef et me penche pour l'embrasser sur le front.

— Je m'excuse, James, dit-elle en pleurant.

— Je reste ici, nous en reparlerons plus tard. Pour le moment, l'important est que tu te reposes.

Elle opine du chef et attrape ma main avec la sienne qui n'a pas de bandage.

— Je n'ai pas le numéro de ta maman, dis-je.

— Je vais te le donner.

Je sors mon téléphone de ma poche et accède à mes contacts pour l'ajouter.

— C'est le 555-555-8839.

— Je fais ça, je vais me changer, prendre une douche et je reviens te voir d'accord ? demandé-je, incertain.

— Oui, prends le temps de te reposer.

Je l'embrasse rapidement sur le bout des lèvres et sors en trombe de cette chambre. Je manque d'air, j'agonise, la voir ainsi est trop difficile. Je me penche vers l'avant et tente de reprendre ma respiration. Tommy s'avance vers moi et je me redresse pour l'empêcher d'entrer. Cependant, j'ai l'impression d'être faible et de manquer littéralement de force.

— Lacey ne souhaite pas que vous entriez dans sa chambre.

— Ce n'est pas toi, et encore moins elle, qui décide.

— Tant que je serai là, vous n'entrerez pas.

— Ça, c'est ce que tu crois.

Une infirmière qui passe dans le couloir s'arrête et nous regarde. Tommy et moi nous toisons comme des chiens de faïence. Elle sent probablement l'animosité entre nous et ça l'inquiète que nous puissions perturber l'atmosphère sur l'étage.

— Mlle Jenkins m'a informée qu'elle ne souhaitait pas voir M. Thomas.

Je lui en ai fait part, mais il tente tout de même d'entrer dans sa chambre.

— Je vais vérifier avec Mlle Jenkins et, si c'est le cas, monsieur Thomas, vous allez devoir sortir de l'hôpital immédiatement, sinon je devrais contacter la sécurité.

Sans attendre que l'infirmière aille demander à Lacey si elle veut voir son père ou non, il quitte l'endroit comme une furie. Il ne doit pas s'entendre dire non souvent puisqu'il semble en colère comme jamais. Je m'en fous, elle ne veut pas le voir, alors je ne vois pas pourquoi je l'autoriserais à rentrer.

***

Je suis chez moi, j'ai trouvé refuge sur la terrasse après m'être douché et changé. J'ai aussi nettoyé le sang sur le carrelage de la salle de bains. Ça a été le plus difficile. Je ne connais pas une seule personne qui vivrait bien ce moment. J'ai pleuré, j'ai littéralement braillé ma vie, ça m'a fait mal, ça m'a retourné à l'envers. Jamais je ne m'étais senti ainsi. Je sais que je dois rapidement retourner à l'hôpital pour être au chevet de Lacey, mais j'ai besoin d'un temps pour retrouver ma contenance. Quand j'ai parlé à sa maman, j'ai découvert une femme totalement effrayée de perdre sa fille. Elle était très loin de l'image que je me faisais d'elle. Peut-être que la perte de Christa a changé des choses en elle. En tout cas, je l'espère, car elle aura besoin de toute l'aide nécessaire pour aller mieux.

Depuis que je suis sorti de la douche, je me bats contre l'envie d'écrire une chanson, c'est plus fort que moi et je peine à me battre contre ce désir. Je peux déjà entendre la musique, ce serait quelque chose de lourd. Les paroles sont inscrites dans ma tête et je crois qu'elles seront toujours là. Sans réfléchir, je descends dans mon studio et m'installe, mais je n'ai besoin de rien noter, tout est en moi. Je prends ma guitare et appuie sur le bouton pour enregistrer.

Je t'ai vu t'écrouler,
Tomber, et tomber, encore et encore.
Dans mon brouillard, j'ai vu tes blessures,
Si évidentes, mais tellement enfouies au fond de toi.

Seulement je n'ai pas pu les soulager.
Je n'ai pas su t'aider.
Et tu es tombée et tombée, encore et encore.
Remonter à la surface a été trop difficile.
Je t'ai vue sombrer,
Ne plus savoir naviguer dans le brouillard.
Ensevelie de remords.
Terrasser par la culpabilité.
Ça t'oppresse et te détruit à petit feu.
Personne ne comprendra ce mal en toi.
Personne, même pas moi, mais je serai toujours là.
J'ai vu tes sourires se changer en regret et en amertume.
C'était comme si la vie te mettait au défi d'être encore plus forte.
Tu as chuté, tu es tombée sur les débris d'une tragédie.
C'était trop difficile, et je le comprends.
Tu es belle, si belle et parfaite.
Peux-tu le comprendre ?
Arriveras-tu à le comprendre ?
Je serai toujours là !
Toujours là !

Je transfère la piste sur mon téléphone, puis je remonte à l'étage, prends mes clés et file vers l'hôpital. J'espère sincèrement que cette chanson permettra à Lacey d'aller mieux et que je pourrai ainsi me confier à elle, mais surtout écouter et comprendre le pourquoi du comment. Parce que, pour le moment, je suis complètement dans le flou sur ses raisons.

Je déteste les hôpitaux, enfin, je ne connais personne qui adore être ici. Je me balade dans les couloirs et prends l'escalier pour monter à l'étage.

— Hé, mon vieux, s'écrie une voix masculine.

Je me retourne et tombe sur Tristan, qui vient certainement voir Lacey. Il tient un sac contenant probablement de la nourriture et un autre qui semble être des vêtements. Encore une fois, il sait quoi faire, tandis que, moi, je me contente de lui apporter une putain de chanson.

— C'est quoi ? demandé-je avec un signe de tête.

— Je lui ai apporté de la soupe, un sandwich et des fringues.

— Bravo ! Je n'ai pas pensé lui apporter ce genre de truc !

J'inspire et passe une main sur mon visage pendant l'espace d'un moment. Je craque, des larmes roulent sur mes joues. J'aurais aimé ne pas pleurer devant lui, mais c'est plus fort que moi. Effondré, je me laisse tomber sur une marche et prends ma tête entre mes mains. Tristan s'assied à mes côtés.

— Tu sais, James, c'est normal que tu ne comprennes pas ce qu'il s'est passé, elle ne doit pas comprendre elle non plus.

— Je devrais être celui qui pense à lui apporter ce genre de chose...

— Écoute, je sais qu'on n'est pas particulièrement amis, même qu'on se déteste souvent. Cependant, n'oublie pas que tu aimes Lacey et qu'il se peut que tu sois terriblement affecté par son geste. Tu n'as plus toute ta tête et ça se comprend.

Je ne réponds pas pour la simple et bonne raison que je ne sais pas quoi lui dire. Tristan qui me réconforte, ça me semble trop surréaliste pour être crédible.

— Une des raisons pour lesquelles je te détestais, c'est que Nao passait son temps à me parler de toi. Elle nous comparait toujours. « James est beaucoup plus attentionné. James fait l'amour comme un dieu. James rit de toutes mes blagues. » Il y avait toujours quelque chose.

Ça, c'est une chose que je ne savais pas et peut-être qu'à un autre moment, ça aurait flatté mon orgueil, mais pas aujourd'hui. Non, je suis trop triste, trop affecter pour me réjouir. Il me tend ses deux sacs que je regarde avec incrédulité.

— Donne ça à Lacey et dis-lui que ça vient de toi. Je vais revenir la voir un peu plus tard.

— Non ! Non ! C'est toi qui les as apportés !

— Ce ne sont que quelques babioles. Pas de quoi en faire tout un plat.

Il se lève, dépose ses sacs sur la marche à mes côtés et s'en va. J'inspire longuement, les attrape et continue ma montée. Heureusement qu'elle n'est qu'au premier, car je crois que j'aurais rebroussé chemin il y a longtemps.

J'entre dans sa chambre et elle est étendue sur le lit, les yeux fermés. Je suppose qu'elle dort, alors, je déballe ses affaires, dépose la soupe sur la petite table roulante et, ensuite, je me laisse tomber sur une des chaises. Je sors mon téléphone et envoie un message à Aaren pour lui dire que je suis au chevet de Lacey. Lorsque je lève les yeux vers elle, les siens sont ouverts et elle me fixe.

— Bonjour, jolie demoiselle, marmonné-je. Tu ne dormais pas ?

— Je fais comme si, car l'infirmière m'a dit que lorsque j'irai mieux, un psy viendra m'évaluer.

— Je crois que…

— Ne me dis pas de quoi j'ai besoin. Je le sais, qu'est-ce que tu crois ?

— Comment c'est possible que tu frôles la mort et que tu sois toujours aussi teigneuse ?

— Je ne sais pas ! Je crois que c'est comme ça que tu m'aimes ?

Ses yeux semblent m'implorer, un peu comme si elle avait peur que mes sentiments pour elle se soient éteints à ce moment-là.

— Nous devons parler, Lacey...

— Je sais, mais j'ai peur que tu me laisses ensuite...

J'inspire longuement avant de tirer ma chaise le plus près possible de son lit. Ensuite, je prends sa main dans la mienne et caresse sa paume.

— Ma puce, sache que rien de ce que tu diras ne changera l'amour que j'ai pour toi. C'est un truc indéniable, mais surtout incompréhensible. Même si tu me disais que tu as baisé avec ce bâtard de Tristan, je te pardonnerais, mais seulement après l'avoir déglingué.

Lacey rit doucement et une larme coule sur sa joue. Je l'essuie de ma main libre et caresse son visage.

— Félicia est venue me voir ce matin. Elle a surpris une conversation entre mon père et Edward Wyatt, ils parlaient de l'accident. Tommy a annoncé à son ami que j'ai fait une fausse couche et ta chère pote a voulu utiliser ça contre moi.

— Je ne comprends pas, Lacey. Donne-moi un peu plus d'informations.

— Elle ne veut plus que l'on soit ensemble. Elle m'a menacée d'inventer une histoire et que, si je ne te quittais pas sur-le-champ, elle te la racontait pour que tu te détournes de moi.

— Et c'est quoi ? demandé-je, incertain.

— Simplement que je te trompais avec Liam au début de notre relation et que je ne savais pas qui était le père du bébé, mais aussi que j'étais au courant depuis le départ.

Bon sang de merde ! Je n'aurais jamais pensé que Félicia soit ce genre de fille. Je m'en veux de l'avoir fait entrer dans nos vies. Putain que je suis con !

— D'accord… Lacey, est-ce la seule raison ?

— Non, j'ai vu mon père. Il m'a confirmé ce que Félicia m'a dit et il m'a dit que j'étais son produit, sa création. Ce genre de chose, tu sais comment il est. Ça m'a joué dans la tête, ça m'a fait mal à un point…

Un silence s'installe entre nous, non pas parce que je ne sais pas quoi dire, mais parce que je dois lutter contre l'envie d'exploser, de hurler ma douleur, mon ressentiment. Lacey n'a pas besoin de ma colère, elle en a bien assez de sa douleur.

Une femme en blouse blanche entre dans la chambre et s'avance vers nous. Immédiatement, celle que j'aime se raidit et j'imagine donc que c'est le psy. La dame tire la seconde chaise devant le lit et fixe son regard noisette sur Lacey.

— Alors, mademoiselle Jenkins, la sieste vous a fait du bien ?

Ma petite amie grogne en guise de réponse et il n'en faut pas moins pour que je lui serre la main en signe de désapprobation, mais aussi de soutien.

— Mon collègue m'a un peu raconté votre parcours et j'aimerais vous parler en privé, si vous le permettez.

— Je préférerais profiter du temps avec mon petit ami, annonce-t-elle en fixant son regard dans le mien à la recherche d'aide.

— Lacey, je vais aller manger un bout et revenir ensuite. Je crois que je peux attendre quelques heures avant de revenir. De toute façon, j'ai un petit quelque chose à régler.

Elle ouvre la bouche pour parler, mais je presse mes lèvres contre les siennes.

— Je t'aime, Lacey.

— Moi aussi, murmure-t-elle.

***

Je stationne ma voiture devant chez Tristan dans l'espoir d'y trouver Félicia ou d'obtenir son adresse. Tout ce que je souhaite, c'est d'éclaircir ce malentendu. Ce n'est pas que je n'ai pas confiance en ce que me dit Lacey, mais il est toutefois nécessaire d'obtenir les deux versions d'une histoire avant de s'en faire une opinion. Cependant, je ne doute pas de ce qu'il s'est passé et j'ai plutôt envie de savoir pourquoi elle a fait ça.

J'appuie plusieurs fois sur la sonnette. Tristan vient m'ouvrir et me regarde bizarrement quand je le pousse pour entrer. Je sais que j'ai l'air d'un fou furieux, mais j'ai absolument besoin de savoir.

— Où est Félicia ? demandé-je sans lui dire bonjour.

— Elle est retournée chez elle, mais elle doit revenir d'ici une heure. Tu m'expliques ce qu'il se passe ? me questionne-t-il visiblement intrigué.

— Je... Lacey m'a raconté pourquoi elle a tenté de se suicider et je dois absolument parler à Félicia.

— Est-ce si grave que cela ?

— De ce que j'ai compris, elle aurait tenté de faire chanter Lacey. À cause de l'accident, Lacey a fait une fausse couche. Elle lui aurait dit que si elle ne me quittait pas, elle me raconterait que Lacey avait conscience de sa grossesse et ajouterait qu'elle ne savait pas qui était le père du bébé entre Liam et moi puisqu'elle me trompait avec lui.

— C'est invraisemblable, mais tellement que j'ai du mal à croire cela.

— Lacey n'a pas menti, putain de merde ! Je ne vois pas pourquoi elle aurait inventé cette histoire, bordel !

— Calme-toi, James. Voici ce que l'on va faire, tu vas retourner au chevet de Lacey, tu vas prendre soin d'elle et, moi, de mon côté je vais parler avec Félicia pour avoir sa version de l'histoire.

J'ouvre la bouche pour parler, mais il lève la main et me pousse dehors de chez lui.

— C'est le mieux que tu as à faire. Tu ne peux pas mener cette bataille, reste près de Lacey et je t'appelle dès que j'en sais un peu plus.

16

Lacey

Après la visite de la psy, j'ai dormi. Bon sang que je me sentais épuisée. Déjà que je ne suis pas très forte en ce moment, là je n'arrivais même plus à garder les yeux ouverts. Contre toute attente, je dois admettre que cette séance m'a fait le plus grand bien et que je souhaite poursuivre une thérapie avec elle. Nous avons abordé tout un tas de sujets et, même si les trente premières minutes étaient surtout consacrées à des banalités du genre : quelle est ma couleur préférée, ça m'a permis de mettre un peu d'ordre dans ma tête.

Lorsque je me réveille enfin, la pièce est plongée dans le noir et vide, surtout vide. J'aurais aimé que James reste à mes côtés, mais je suppose qu'il a mieux à faire que de s'occuper d'une cinglée comme moi. En même temps, je le comprendrais, mais j'ai aussi peur qu'il soit avec cette petite salope de Félicia. Cependant, que puis-je faire ? Rien du tout.

Je tente de me redresser dans mon lit quand la voix de celui que j'aime parvient jusqu'à moi. Soulagée, mais qu'à moitié, je soupire, patientant avant qu'il ne rentre dans ma chambre. Une infirmière rigole et je ne peux m'empêcher de me dire qu'il les séduit toutes. Impossible de dire si j'aime ou non, mais je comprends aussi que c'est une partie de lui. James entre finalement, et sourit en me voyant.

— Tu ne dors plus ? lance-t-il en s'asseyant près de moi.

Il dépose un grand gobelet de café sur la table roulante ainsi que son téléphone. Il se penche légèrement vers moi et me sourit faiblement.

— Comment vas-tu ?

— Du mieux que je peux aller, je suppose.

Il ne dit rien et se contente de me fixer, mais, moi, je suis incapable de supporter son regard. Mes yeux parcourent la pièce et tombent sur trois énormes bouquets de fleurs.

— Qui me les a envoyés ? demandé-je d'une petite voix.

— Celui de droite est d'Aaren, ensuite c'est de Tristan et l'autre est de moi. Si tu veux lire les petites cartes, je peux te les apporter…

Je lève le bras pour lui signifier mon refus et mon regard bifurque vers les bandages qui recouvrent mes poignets. De la bile me remonte le long de la gorge et, tout de suite, James est près de moi, posant de chaque côté de mon visage ses mains.

— Lacey…, commence-t-il avant de se taire.

— Va-t'en, James ! Va-t'en !

Il me regarde sans trop comprendre pourquoi je lui demande cela. C'est très égoïste, mais, pour l'instant, je ne peux pas supporter la pitié dans ses yeux. Je n'arrive plus à lire l'amour qu'il éprouve pour moi et ça me fait encore plus mal que d'avoir appuyé cette putain de lame sur mes veines.

—Je t'ai toujours dit que je serais là quoi qu'il advienne alors, pourquoi je partirais ? m'interroge-t-il tristement.

— Parce que je vois dans tes yeux que tu ne m'aimes plus.

—Bon sang de merde, Lacey, explose-t-il. Tu es sérieuse, là ? Si mon regard sur toi a changé, ce n'est pas parce que je n'ai plus de sentiments pour moi, mais c'est plutôt parce que j'ai peur. Putain que je suis effrayé de te perdre et, pour la première fois de toute ma vie, je ne sais pas comment réagir. J'aimerais pleurer dans tes bras, mais ce serait égoïste de ma part. J'aimerais te botter le cul tellement fort que ça te ferait passer l'idée de recommencer, mais j'ai peur que ce soit trop intense pour toi.

Il se tait, souffle un coup et ancre son regard en moi. Ses mots me surprennent et sont très forts. Jamais je n'aurais pu imaginer que c'était la peur de me perdre que je voyais dans ses prunelles noires. Maintenant, je me sens vraiment stupide d'avoir pensé qu'il n'avait plus de sentiments pour moi. C'est tellement con et je crois que je devrais avoir plus confiance en notre amour.

—Je t'aime, Lacey, et ce n'est pas cela qui va changer mon amour pour toi. Bon sang que non ! Je t'aime plus que je n'ai jamais aimé, plus que n'importe qui d'autre sur cette planète de merde. Tu sais ce que je désirerais le plus au monde ?

Je secoue la tête, les yeux débordant de larme.

— Que tu restes pour toujours avec moi.

J'opine du chef et l'attire vers moi pour l'embrasser. Ça me fait un bien fou de le sentir près de moi.

— Pourquoi as-tu fait cela, Lacey ?

—Personne ne m'a obligée, mais leurs mots m'ont fait mal. Tellement mal que je n'avais plus envie de vivre. Je sais que c'est lâche, je sais que c'est con, mais merde, c'était tellement douloureux que je ne savais plus comment réagir.

—J'ai la ferme intention de ne plus laisser personne s'approcher de toi, murmure-t-il avec un petit sourire.

Je fais signe à James de venir s'étendre près de moi. Chose qu'il fait avec le plus grand des sourires. Sa tête se loge au creux de mon cou et nous restons ainsi jusqu'à ce que nous trouvions le sommeil.

Mourir n'était pas mon but, je ne le comprends que maintenant. Je crois que c'est la même chose pour chaque personne qui a cette option en ligne de mire. C'est un appel à l'aide, un cri du cœur à prendre au sérieux, mais que je n'ai pas écouté. Je me suis rendue au bout de ce que je pouvais endurer. Tout ce que je souhaitais, c'était de ne plus souffrir et de revoir ma sœur, avoir la chance de refaire de la musique, revoir le doux visage de Cameron, entendre le rire très bizarre de Liam, mais ce sont surtout les conversations que j'avais avec Christa qui me manquent. Son absence est comme un énorme trou dans ma poitrine et je crois que jamais je ne pourrai le remplir.

17

Lacey

Deux longs mois se sont écoulés depuis ma tentative de suicide. C'est bizarre, mais je crois que ç'a été l'élément déclencheur pour me remettre sur pied. Je ne dis pas que je suis complètement guérie et que je n'ai plus de déprime, mais je peux sans doute affirmer que je ne veux plus mourir. J'ai accepté de voir une psy, celle que j'ai rencontrée à l'hôpital, pour m'aider à gérer l'accident, la mort de mon groupe et ma tentative de suicide. Ce n'est pas facile, mais je tiens bon et c'est ce qui compte.

Ma relation avec James a encore beaucoup de hauts et de bas, mais encore une fois, nous nous accrochons parce que, malgré ces instants où le chaos s'empare de nos vies, nous filons le parfait bonheur. Je crois que l'on sait ce qu'être heureux veut réellement dire lorsque l'on a connu l'enfer et qu'on en est revenu. Personne ne revient de là en un seul morceau et je crois que c'est pour cette raison que quand l'on trouve cette béatitude, nous devons tout faire pour nous y accrocher. C'est ce que nous faisons. Souvent, j'ai des moments où je vais nettement moins bien et où je m'enferme dans ma bulle de malheur et de tristesse, mais James réussit assez facilement à m'en sortir. Il avait raison, le temps arrange les choses.

En ce moment, je suis chez moi et termine les cartons. La maison a été vendue la semaine dernière et je dois impérativement terminer de la vider. James m'aide du mieux qu'il le peut, mais il produit un album en ce moment et passe beaucoup de temps en studio.

La porte d'entrée sonne et je me dépêche d'aller ouvrir. Je suis nerveuse et impatiente que ça se termine. Un peu plus tôt dans la semaine, j'ai contacté Kye, le frère de Liam, et lui ait demandé s'il souhaitait récupérer les affaires de son frère. Nous avons pris rendez-vous pour aujourd'hui et je suis nerveuse comme jamais, car je n'ai pas revu la famille de mon ex depuis l'accident. La peur qu'il m'en veuille me tire les entrailles.

Anxieuse, j'essuie mes mains sur mon jean avant d'ouvrir la porte. Je ne sais plus combien de temps s'est écoulé depuis que je l'ai vu, je crois même que c'est un an avant l'accident, donc ça fait plus de 36 mois. Il a changé, ses cheveux châtains sont beaucoup plus longs et retenus en un *half-bun*[2], une petite barbe de quelques jours orne son visage et ses yeux bleus me frappent de plein fouet tant ils sont pareils à ceux de Liam.

— Lacey ! Comme ça fait longtemps ! s'écrie-t-il.

Il s'avance vers moi et me serre dans ses bras. Je reste raide et incapable de bouger, j'ai un million de sentiments qui m'assaillent.

2 Half-bun : mini-chignon réalisé avec un quart de la chevelure et fixé sur la partie haute du crâne.

Une boule se forme dans ma gorge, je ne pensais pas que je ressentirais tout ça, d'autant plus que la ressemblance me donne envie de vomir.

— Je… je… Kye !

— Est-ce que ça va ?

— Bon sang ! Non… oui… Tes yeux… je n'avais jamais remarqué à quel point ils sont semblables à ceux de Liam.

— Ma mère me le répète souvent, lance-t-il tristement.

— Comment elle va ?

— C'est difficile, mais elle s'en sort. Elle te passe le bonjour.

— Je… oui… salue-la pour moi.

Je presse l'arête de mon nez entre mon index et mon pouce. Kye pose sa main sur mon épaule et baisse la tête pour fixer son regard dans le mien.

— Je t'invite à déjeuner et, ainsi, nous pourrons discuter tranquillement.

— Pourquoi ? demandé-je dans un murmure.

— Parce que j'ai l'impression que tu en as besoin et moi aussi par la même occasion.

J'opine du chef et ramasse mes clés sur le bahut ainsi que mon sac à main. Kye m'entraîne à l'extérieur en silence. Nous nous avançons vers une rutilante moto noire et argent. Il se penche et ouvre une des sacoches pour prendre un casque et me le tend.

— Tu crois vraiment que je vais m'asseoir sur cet engin ? Et puis comment comptais-tu ramener les affaires de ton frère ? demandé-je en fronçant les sourcils.

— Pour répondre à ta première question, oui, je pense vraiment que tu vas faire de la moto avec moi. La deuxième maintenant, un pote à moi va venir vers 15 heures avec son camion. J'avais prévu de prendre un moment avec toi et m'assurer que tu vas bien.

— OK, mais je n'embarque pas là-dessus.

— Je te demande de me faire confiance...

Ses yeux bleus s'ancrent dans les miens et, encore une fois, j'y vois ceux de Liam, ceux qu'il avait quand nous avons commencé à nous fréquenter. Ils avaient encore une lueur d'innocence à l'intérieur. Il m'aurait fait faire n'importe quoi. Je secoue la tête et tends la main vers lui. Il me donne le casque, puis m'aide à embarquer sur sa bécane. Au départ, je m'accroche à lui comme si ma vie en dépendait, puis je me détends un peu et me laisse aller à profiter du moment. Le vent caresse mes cheveux et mon visage, ça me fait un bien fou. Lorsqu'il se gare devant un restaurant, je dois combattre l'envie de lui dire de continuer. Il descend, puis me tend la main pour m'aider.

— Alors, as-tu aimé ta première balade ? demande-t-il.

— C'était surprenant.

Un sourire étire ses minces lèvres et il me fait signe de le suivre à l'intérieur. Une fois assis à une table un peu en retrait, je prends la parole.

— Je suis désolée de ne pas vous avoir contactés avant.

— Nous sommes conscients que ça n'a pas été facile pour toi et personne ne t'en veut. Tu fais partie de la famille depuis tellement longtemps que nous avons de la difficulté à ne plus te considérer comme telle. Pour ma mère, tu es encore sa belle-fille.

— Merci, c'est gentil, marmonné-je avec un sourire forcé.

— Que se passe-t-il, Lacey ?

J'aimerais lui confier que ça n'allait pas avec Liam ou encore lui expliquer que l'on allait se séparer, mais lui raconter les raisons est difficile, voire inconcevable, car je n'ai pas envie de ternir l'image qu'il a de son frère.

— Rien du tout, je... je...

— Ça n'allait pas avec mon frangin, c'est ça ? suppose-t-il.

— En partie. Je… je… en fait, ça n'allait pas du tout. Nous étions en pleine séparation. Je… je…

Ma lèvre inférieure tressaute et mes yeux s'emplissent de larmes. Kye pose sa main sur la mienne et me sourit.

— Lacey, ma belle, ne te mets pas la pression inutilement. Beaucoup de couples se séparent et ce n'est pas la fin du monde. Liam et toi aviez commencé votre histoire très jeune, vous aviez changé, évolué et, dans des cas comme le vôtre, parfois les chemins se séparent. Ce n'est pas la fin du monde, ma belle.

— Quand est-ce que tu es devenu si sage ? le taquiné-je.

— J'ai passé la dernière année à sillonner les routes avec ma bécane. J'ai dormi ici et là, bosser quand l'occasion se présentait et j'ai beaucoup appris sur la vie pendant mon voyage.

— En tout cas, on peut dire que tu n'es plus le petit garçon que tu étais.

— Heureusement, ricane-t-il. Tu as envie de m'expliquer pourquoi ça ne fonctionnait plus avec mon frère.

— Non, j'ai simplement envie de frites et d'un cheeseburger.

Satisfait de ma réponse, il me sourit, puis il fait signe à la serveuse de venir prendre notre commande. Nous discutons de tout et de rien, mais aussi de souvenirs nous rattachant l'un à l'autre. Prendre du temps avec Kye me fait le plus grand bien et je ne regrette pas du tout de lui avoir téléphoné.

— Tu te rappelles la fois où tu avais eu l'idée de louer une maison sur la plage et que Liam m'avait obligé à conduire pour aller acheter de l'alcool ?

— Oui, tu avais quoi, 15 ans ? rigolé-je.

— J'ai presque fait dans mon froc lorsque la police est passée à côté de nous et…

Je ris à en avoir mal au ventre à l'évocation de ce souvenir, car je me rappelle très bien que moi non plus je n'avais pas demandé la permission à ma mère pour prendre la voiture. Je crois que j'étais aussi morte de peur que lui.

— Lacey ? Qu'est-ce que tu fais ici ?

Cette voix, je la connais trop bien. Je me fige tout de suite et pivote la tête pour croiser le regard noir de James. Il s'avance vers moi et tente de me prendre dans ses bras, mais je me dérobe à son étreinte. James fronce les sourcils et me toise un long moment. Je lui ai parlé de la visite de Kye, mais je ne m'attendais pas à une telle réaction de ma part. Je me sens mal d'être en couple et heureuse avec James alors que son frère est mort.

— James ! Que fais-tu ici ?

— Je suis venu manger avec Aaren.

— Je… je…

— Je suis Kye, un ami de Lacey, lance mon ex-beau-frère.

James lui lance un regard venimeux qui me glace encore plus le sang. J'ai l'impression que, quoi je fasse, rien n'est jamais correct.

— Je peux te parler à l'extérieur ? demande-t-il.

J'opine du chef avant d'annoncer à Kye que je reviens. Je suis James comme si la mort venait de gagner mon âme. Je suis consciente d'exagérer en ce moment, mais je déteste le décevoir et, là, la déception suinte par tous les pores de sa peau.

— Que se passe-t-il ?

— Je… Kye vient chercher les affaires de Liam, je te l'ai dit hier. On a eu envie de manger un bout avant. Tu as l'air en colère, James, et je n'aime pas ça.

— Pourquoi le serais-je ? Tu sors manger avec ton ex-beau-frère et tu me repousses comme si j'étais une merde.

— Je… Ce n'est pas vrai, m'objecté-je vivement.

— Tu as honte de moi peut-être ?

— Tu sais bien que c'est faux. Je me sentais mal à l'aise de te prendre dans mes bras devant lui.

— Génial ! Vraiment génial, Lacey !

Bon sang que je déteste ce genre de situation ! Je n'ai pas envie de lui faire du mal, mais je ne comprends pas pourquoi il réagit ainsi, ses paroles me figent et mon cœur tape fort dans ma poitrine.

— James… je…

— Ne t'échine pas à trouver de raison sans queue ni tête. Ne te force pas !

Fou de rage, il me tourne le dos et fonce vers sa caisse. Je m'élance à sa suite, mais il s'enferme dans sa voiture, démarre le moteur et quitte le stationnement en faisant crisser les pneus. Mon cœur est en miettes, complètement démoli et je suis impuissante en ce moment. Je crois que si j'avais ma bagnole, je l'aurais suivi, mais en ce moment, je ne peux rien faire et ça me fait mal.

— Que se passe-t-il, Lacey ?

Je me retourne vers Aaren, Kye est un peu plus loin derrière lui et la seule réponse que je puisse leur donner est un haussement d'épaules alors que je sais très bien ce qu'il se passe. J'en ai une bonne idée plutôt. James est jaloux et il m'a vue avec un autre. Je l'ai repoussé et il est en colère contre moi. Encore une fois, j'ai sous-estimé sa douleur et je m'en veux terriblement.

— Je veux rentrer, dis-je à l'intention de Kye.

— Allons-y !

— Lacey, est-ce que je dois m'inquiéter pour mon frère ?

Je m'avance vers lui et tente un bref sourire qui n'est aucunement sincère. Aaren pose ses mains sur mes épaules, puis il me serre dans ses bras.

— Ça va aller ! Il va se calmer, je vais le retrouver chez lui et tenter de lui parler, d'accord ?

Je me tais et me mords la lèvre pour empêcher mes paroles de sortir. D'un pas rapide, je me dirige vers Kye et lui fais signe que c'est le moment de partir. J'aimerais pouvoir expliquer à Aaren pourquoi j'ai eu ce besoin de repousser James, mais je n'y arrive pas et aucun mot ne sort.

Kye me tend le casque, encore une fois, il m'aide à grimper à l'arrière de sa bécane, puis il prend place devant moi. Nous roulons un long moment sans rien dire, je sais qu'il fait des détours pour prolonger notre balade et je l'en remercie, car ça me permet de réfléchir. Lorsqu'il se gare devant ma maison, un camion est déjà là et son pote nous attend assis sur la dernière marche de l'escalier.

— Hé, tu es en retard, mec, lance-t-il en venant vers nous.

Kye descend de la moto et retire son casque avant de m'aider avec le mien. Son ami est un peu plus grand que mon ex-beau-frère, il a les cheveux noirs, les yeux verts et un piercing à la lèvre. Il est très mignon dans son genre, mais pas autant que James. Penser à lui me donne un énorme serrement au cœur et une envie de pleurer.

— Lacey, je te présente Bradley, Brad, voici Lacey, une amie.

— Ouais, je la connais, j'aime bien ta musique.

— Merci, mais je ne compose plus maintenant.

— Dommage, tu as beaucoup de talent. Alors, il y a beaucoup de choses à mettre dans le camion ?

— Suivez-moi, je vais vous montrer.

Nous rentrons dans la maison et je leur montre les boîtes appartenant à Liam. Il y en a une trentaine environ. Pendant un petit moment, nous sortons les cartons et les empilons dans le camion. Cette activité me permet de me couper de mes sentiments et de me concentrer sur autre chose.

— Kye ? Tu viens au garage, je dois te montrer quelque chose ?

— Oui, je te suis.

Il lance un regard de biais à son ami qui lui fait signe qu'il va fumer un peu plus loin. Intrigué, Kye me suit sans un mot et lorsque j'allume, je vois ses yeux s'illuminer.

— J'adore cette voiture, s'extasie-t-il.

Il caresse doucement la carrosserie blanche de la Ford mustang Gt de son frangin.

— J'avais oublié qu'il l'avait.

— Il ne la sortait pas souvent, dis-je avec un sourire. Est-ce que tu la veux ?

— Non, je ne peux pas accepter…

— Je comptais la mettre en vente, mais je crois que Liam aurait aimé que tu l'aies.

— Je… non… Je tiens à te la payer…

— Non ! Impossible que j'accepte, ne serait-ce qu'un sou de toi.

Il s'avance vers moi et me serre dans ses bras. Ses pectoraux musclés et son odeur me rappellent encore une fois son frangin et ça me fait bizarre.

— Reviens me voir cette semaine et on signera les papiers pour la voiture.

— Tu es dingue ! Tellement dingue !

Un sourire incroyable illumine son visage et je me sens en paix avec ma décision. Je sais que c'est ce qu'il aurait voulu.

— On doit y aller, mais je t'appelle mercredi prochain.

Je retourne dans la maison, elle me paraît soudainement incroyablement vide. Tout me semble incongru, pas à sa place, presque bizarre. Ça fait drôle de me dire que je ne vais plus habiter ici, ce n'est pas que j'étais particulièrement attachée à cette maison, mais c'est la fin d'une époque. Liam et moi avons quand même eu des moments heureux ici, mais c'est si loin tout ça.

J'erre ici et là tout en tentant de ne pas penser à ma rencontre avec James. J'entre finalement dans la seule pièce que je n'ai pas vidée, car je sais que ce ne sont que mes affaires qui s'y trouvent et je n'avais pas le cœur de m'en occuper. Dans cet endroit se trouvent mes chansons, ma vieille guitare, tous les CD que nous avons enregistrés. C'est mon sanctuaire et je n'avais pas ouvert la porte depuis l'accident. Le tout est légèrement poussiéreux, mais je m'y sens tout de suite bien.

J'attrape ma guitare et caresse le bois. J'avais oublié à quel point elle est magnifique et que j'adorais jouer avec. Un son légèrement distordu en sort et j'en profite pour m'asseoir par terre pour l'accorder. Je relève la tête et, sous le bureau, je trouve mon vieux cahier ainsi qu'un crayon. C'est toujours là que je le laissais quand je devais quitter la pièce. Je n'aimais pas me retrouver sur une chaise et dans un truc plus conventionnel. Rapidement, je me retrouve à griffonner des paroles sur une page, la mélodie me vient tout aussi facilement. Ça me donne l'impression que je devais écrire cette chanson, et que la musicienne en moi n'a pas tout perdu.

Aujourd'hui, je t'ai fait mal,
Pour vérifier si j'étais toujours vivante.
C'était idiot et je n'ai rien compris.
Je me suis perdue dans ma forteresse, fragile et instable.

Tu pourrais refaire ta vie,
Mais tu restes accroché à moi.
Et je te blesse. Je te blesse si fort.
Je deviens ton, mon pire ennemi.
Tu tombes, tombes, tombes,
Et je ne tente rien pour te rattraper.
Tu tends la main vers moi, mais je ne la vois pas.
Tu cries mon nom, mais mes oreilles sont bouchées.
Le temps passe, mais tu es toujours là.
Et moi, j'attends encore le moment où tu me laisseras tomber…
Et je tombe… tombe… tombe…
Tu n'attrapes plus ma main.
Tu n'es plus là.
Tu ne le seras plus jamais…
J'ai retrouvé ma forteresse fragile et instable comme mon cœur.
Seule, sans toi, et je comprends seulement maintenant mon erreur…

Un bruit de raclement de gorge me fait relever la tête dans un sursaut. Je croise le regard de Tristan qui se met à applaudir ma prestation. Tout de suite, la gêne me gagne tout comme le rouge me monte aux joues. Je voulais chanter et écrire pour moi, mais surtout que ça reste secrètement dans cette pièce.

— C'est magnifique. Encore une fois, je crois que tu as un talent indéniable pour la musique, Lacey.

— Que fais-tu ici ? demandé-je en me relevant.

— Y a des mois que tu ne m'as pas donné de nouvelle, je venais voir si tu vas bien.

— Ça va ! Maintenant, tu peux partir.

— Pourquoi tu as fait ça à James ? Pourquoi l'avoir repoussé de la sorte ?

— Vous êtes meilleurs amis pour la vie alors que vous ne vous supportiez à peine ?

— Tu sais bien que c'est de la merde tout ça, mais j'ai bien vu que James et toi êtes fous l'un de l'autre alors pourquoi tu te compliques la vie ?

Je pose ma guitare sur son socle et pousse Tristan hors de la pièce. Je n'aime pas qu'il s'incruste dans ma vie et qu'il tente de tout changer. Il y a deux mois, je lui ai demandé de couper les ponts avec moi et je ne comprends pas ce qu'il fait là en ce moment.

— Calme-toi et explique-moi ce qu'il t'arrive.

— Pourquoi tu es là ? Pourquoi tu veux me parler ? Je t'ai demandé de foutre le camp de ma vie et je ne comprends pas pourquoi tu es là.

— J'ai croisé James et… il ne va pas bien… Je m'inquiète pour lui.

La culpabilité m'assaille et il m'est impossible de la faire taire. Tout ce que je veux, c'est que Tristan quitte cette maison, je n'ai plus envie de le voir, et encore moins de discuter avec lui comme si nous étions de vieux potes.

— Lacey, il a besoin de toi.

— Va-t'en, Tristan.

Il hoche de la tête et quitte la maison sans me dire au revoir. Puis, sans réfléchir, j'attrape mes clés sur le bahut et claque la porte derrière moi. Je dois absolument régler cette histoire avec James. J'ai agi très égoïstement et je me dois de régler le problème le plus rapidement possible.

18

James

Je me réveille avec la tête dans le cul, littéralement. Hier, j'ai trop bu, j'avais trop de choses à noyer dans l'alcool pour rester sobre. Ai-je besoin d'en faire la liste ? Pourquoi pas ? Après tout, je suis un masochiste, j'adore me faire du mal et m'accrocher aux gens qui n'en ont rien à foutre de moi. Lacey se fout royalement de ma gueule. Elle ne se doute pas à quel point ça a été difficile pour moi de la retrouver les poignets tranchés, baignant dans une mare de sang. Elle ne sait pas que la seule chose dont j'avais envie à ce moment-là était de la rejoindre. Je voulais mourir avec elle.

Ces pensées me donnent mal à la tête et, ce qu'il me faut, c'est une nouvelle bouteille d'alcool pour étancher ma soif, mais aussi oublier ma vie merdique et pathétique.

La nuit dernière, j'ai peut-être un peu trop abusé, et ce, même si j'avais promis à Aaren que je ne ferais pas de connerie. J'ai menti, je l'admets, tout ce que je voulais, c'était qu'il quitte ma maison et qu'il me laisse vivre ma peine seule, car c'est ce que je suis, seul.

Le couloir tangue légèrement, je crois que je suis encore ivre de la veille. J'avance doucement en appuyant ma main contre le mur, car ce fils de pute ne cesse de bouger. Des bruits en provenance de la cuisine attirent mon attention. Bien sûr, Aaren est déjà là et il doit être en train de ranger mon bazar, car un de mes derniers souvenirs est de balancer une chaise contre le mur en hurlant que la vie, c'est de la merde.

— Dégage, Aaren ! hurlé-je en pénétrant dans la pièce.

Je m'apprête à l'incendier, mais ce n'est pas lui qui se trouve dans ma maison. Une petite brunette avec une queue de cheval et mon t-shirt de *Social distortion* se retourne vers moi et son regard anxieux percute le mien. Elle est belle, mais elle me semble surtout effrayée. Est-ce moi qui lui fais peur ? Qu'ai-je fait hier pour lui créer ce sentiment ? Tout d'un coup, je me sens très mal et n'ai qu'une envie : la prendre dans mes bras. Bon sang que j'aime cette fille et j'ai bien l'impression que ça causera ma perte. Elle me rend dingue, elle me rend fou, mais je donnerais ce que j'ai de plus précieux au monde pour la voir sourire et qu'elle soit de nouveau à moi. Est-ce que je serais prêt à mourir pour ses incroyables yeux verts ? Sans aucun doute. Peut-être que c'est ça l'amour, souffrir jusqu'au point de rupture pour ensuite être prêt à aimer entièrement la personne qui nous est vouée. Aimer, c'est peut-être tout perdre, se confronter à ce qu'il y a de plus laid en ce monde, mais surtout en soi.

Lacey fait un pas vers moi, et pose ses mains à plat sur le comptoir.

— James...

Bon sang ! Sa voix me fait vibrer. C'est difficile de me concentrer pour ne pas flancher et courir vers elle.

Concentre-toi sur la façon dont elle t'a traité hier !

— Qu'est-ce que tu fais ici ? tonné-je.

— Tu m'as ouvert la porte hier, je te rappelle.

— J'étais ivre à ce que je me souvienne.

— C'est encore marrant que tu aies un quelconque souvenir de la nuit dernière, lance-t-elle, laissant supposer trop de choses.

Bien sûr, je me demande ce qu'elle veut dire. Ai-je été méchant avec elle ? Non, sinon elle ne serait plus là. Ai-je tenté de l'attirer dans mon lit ? Impossible, j'ai trop de rancœur envers elle pour cela. J'inspire longuement en me questionnant.

— Non, nous n'avons pas fait l'amour, si c'est ce qui te turlupine. Cependant, tu m'as expliqué dans une langue presque incompréhensible que tu n'avais pas aimé ce que j'ai fait hier.

Des bribes de souvenirs me reviennent en mémoire et des mots que je lui ai dits explosent dans ma tête tant ils sont méchants. Je ne comprends donc pas pourquoi elle est encore là.

— Pourquoi tu n'es pas partie ? Je te l'ai pourtant demandé hier.

En fait, je lui ai plutôt dit : « Dégage ! Je ne veux plus te voir, tu te sers de moi ! Dégage ! Je ne veux plus jamais te voir ou entendre ta voix. Tu ne m'as jamais aimé, mais, en revanche, tu t'es servi de moi pour redresser ton groupe, pour aller mieux et probablement pour tout un tas de raisons que j'ignore. »

Lacey a encaissé mes mots sans broncher, je crois quand même qu'ils l'ont blessée, car je l'ai vue retenir des larmes. Épuisé, je me laisse tomber sur un tabouret de l'îlot. Un rapide coup d'œil dans la pièce me permet de constater qu'elle a tout nettoyé et rien que ça, ça me met en colère. Je n'ai pas envie qu'elle ramasse les merdes que je fais quand je suis ivre. Putain de merde ! Je l'aime, mais je ne peux l'avoir dans ma vie, car elle me fait trop de mal. Aimer Lacey, c'est accepter d'être déchiré en pièces et piétiné. Je ne peux plus m'imposer cela. Ça m'a déjà fait trop de mal.

— Tu veux un café ? me demande-t-elle.

— Tu vas y mettre du whisky ?

— Non, mais je peux y mettre du sucre.

— Laisse tomber, marmonné-je. Tu comptes rester longtemps chez moi ?

— Simplement le temps d'avoir une conversation et ensuite je disparais.

— C'est toujours ça que tu fais, disparaître.

— Tu aimerais que je reste ?

— Pas particulièrement. J'en ai marre de ces jeux, de ces mensonges et tes états d'âme.

Lacey s'avance vers moi et triture ses doigts. La nervosité en elle est palpable et, soudainement, l'air est à couper au couteau. Depuis que je la connais, c'est la première fois que je la vois dans cet état.

— Je te comprends de m'en vouloir. Je t'ai fait vivre l'enfer.

Sa voix tremblote, mais ce n'est pas parce qu'elle va se mettre à pleurer, mais plutôt à cause du stress. En ce moment, elle me semble si fragile, si petite. Encore une fois, l'effet qu'elle a sur moi est indéniable et je dois me retenir pour ne pas contourner l'îlot et la prendre dans mes bras. Cependant, je ne bouge pas et me contente de la fixer.

— Je me trouvais devant Kye et j'ai eu la sensation de retrouver des bribes de la femme que j'étais. Ça m'a fait un bien fou. J'ai eu l'impression, l'espace d'un moment, qu'ils n'étaient pas morts.

— Ça, je peux le comprendre, mais pourquoi me repousser alors que je suis le seul à être là pour toi sans arrêt ?

— Parce que je me suis sentie horriblement coupable d'être encore en vie, mais surtout heureuse alors que son frère est mort et qu'il ne connaîtra jamais plus ce genre de bonheur.

— Tu sais qu'à force de te sentir coupable et de réagir de la sorte, tu vas perdre beaucoup.

Elle déglutit avec peine, d'une main tremblante, elle attrape son café posé un peu plus loin et en boit une gorgée. Jamais ses yeux verts comme des émeraudes ne me quittent. Ils s'ancrent en moi et me percent l'âme comme s'ils souhaitaient s'imprégner d'un truc que je ne comprends pas.

— J'ai… tu sais, pendant ces deux mois loin de toi, j'ai vu une psy. Ça m'a beaucoup aidée à avancer, mais un sujet me reste difficile à aborder et c'est toi.

— Nous ne sommes pas obligés d'avoir cette conversation, marmonné-je. En fait, je n'en ai pas vraiment envie.

— J'imagine, mais j'aimerais t'expliquer quelque chose, ensuite, je partirai si tel est ton désir.

Ces simples mots me créent une douleur insupportable dans la cage thoracique, c'est un peu comme si elle venait de m'arracher le cœur encore une fois…

— Qu'es-tu venue faire ici, Lacey ? Je ne comprends pas bien et je ne suis pas vraiment en mesure de me creuser la cervelle.

— Je tente d'être là pour toi comme tu l'as été pour moi, mais aussi de réparer ma connerie d'hier.

Je le souhaite ardemment, je prie de toutes mes forces pour cela, mais j'ai compris une chose en la voyant avec cet autre mec. Elle n'a aucun mal à vivre sans moi, je ne crois pas que je doive douter de ses sentiments, mais ils sont probablement moins forts que les miens.

—Je te remercie d'être venue, mais je crois que c'est à moi de prendre mes distances avec toi. Je t'aime, Lacey, de tout mon cœur même, mais je ne survivrai pas si jamais il te prenait l'idée de me repousser une nouvelle fois et…

—Je comprends. Ne t'en fais pas. Au fait, j'ai tout nettoyé. Je t'ai préparé le déjeuner, tu n'auras qu'à le mettre au micro-ondes et il y a du café dans le percolateur.

Elle recule de deux pas, contourne l'îlot et vient déposer un baiser sur ma joue. Son parfum me chatouille les narines et me fait chavirer. J'attrape son poignet et la tire vers moi lorsqu'elle se dirige vers l'entrée.

— Tu sais que mes sentiments sont réels, mais je dois me protéger un minimum, murmuré-je.

— Ne t'en fais pas, je comprends très bien.

Elle quitte la cuisine et avant qu'elle ne sorte je la hèle.

— Tu ne disparaîtras pas ? demandé-je.

— Non, je compte bien faire ma vie avec toi.

Un sourire en coin éclaire son visage et il n'en faut pas plus pour que mon cœur se réchauffe. Je tends la main vers elle et l'attire vers moi.

—Je t'aime, James. Je m'excuse vraiment, mais surtout sincèrement de t'avoir repoussé de la sorte devant Kye. Je trouvais cela horrible et je…

—Je sais, tu l'as déjà dit. Dis-moi ce que tu as de prévu aujourd'hui ? demandé-je.

—Je dois aller rendre visite à ma mère, ensuite, je suis libre. Puis-je revenir ici ?

—Tu es bête, bien sûr que tu le peux.

19

Lacey

C'est difficile de quitter James, surtout après cette dispute à la con. Je n'ai pas aimé qu'il boive de la sorte après que je l'ai repoussé. Nous allons devoir sérieusement parler de son problème d'alcool, car se réfugier dans cette merde pour aller mieux ou ne rien ressentir est complètement con. Cependant, je dois l'aider comme il m'a aidée par le passé, comme il le fait en ce moment même et depuis que je le connais.

La maison dans laquelle ma mère vit est la même que celle qui nous a vues devenir des adolescentes, puis des jeunes femmes, Christa et moi. Elle est remplie de souvenirs, bons comme mauvais. J'ai beaucoup de difficulté à y entrer et il me faut tout mon courage pour appuyer sur la sonnette. Mon regard parcourt les plates-bandes de fleurs roses, mauves, bleues et orange que ma mère adore tant. C'est Dominic qui m'ouvre, ses cheveux sont de plus en plus grisonnants et ses lunettes en écaille sont sur le bout de son nez, il tient un livre dans sa main droite. Je me souviens qu'il passait son temps à lire, il lisait un peu de tout, des histoires, des thrillers jusqu'à des livres de cuisine ou encore des trucs sur son métier. Il disait sans cesse que, pour parler de quelque chose, on se doit d'être un minimum renseigné.

— Bonjour, Dominic, que lis-tu cette fois ?

— Un livre pour comprendre ta mère et sa ménopause, chuchote-t-il.

Sa blague détend l'atmosphère et la boule de stress qui s'était logée au creux de mon estomac disparaît presque complètement. Déjà qu'elle n'est pas évidente, alors là, je ne peux même pas imaginer avec la ménopause.

— Tu vas bien ? demandé-je.

— Oui, merci et toi ? Tu sembles aller mieux, non ?

— Tu as raison ! Maman est là ?

— Oui, elle t'attend avec impatience. Elle est sur la terrasse, je crois. Enfin, la dernière fois que je l'ai vue, elle incendiait un écureuil parce qu'il se servait dans ses mangeoires pour oiseaux.

Sans pouvoir me retenir, je m'avance vers Dominic et le prends dans mes bras.

— Merci de détendre l'atmosphère, murmuré-je contre son oreille.

Il ne répond pas, mais il me serre très fort dans ses bras, tuant les dernières vagues d'anxiété qui s'emparaient de moi. Rapidement, je me dirige vers l'endroit où il a vu ma maman pour la dernière fois. Elle est assise et fume une cigarette, son regard est fixé sur la mangeoire en question. Tout, depuis sa posture à la façon de ronger ses ongles, me laisse croire qu'elle est aussi nerveuse que moi, il y a quelques instants. Elle a beaucoup changé depuis je l'ai vue à l'hôpital après ma tentative de suicide. Ses cheveux blonds sont coupés très court et ses vêtements sont hyper sobres comparativement à son habitude.

— Maman ?

Elle tourne la tête vers moi et fait un mouvement pour se lever, mais se ravise tout de suite. Je crois qu'elle aimerait me serrer dans ses bras, mais je ne sais pas si je suis prête à cela.

— Lacey ! Viens t'asseoir, ma chérie !

Silencieuse, je prends place devant elle et secoue la tête pour chasser les souvenirs qui tentent de revenir à la surface. Je ne suis pas ici pour régler nos vieux comptes, mais pour voir si l'on peut développer une quelconque relation. Je n'ai plus personne, à part elle et son mari.

— Je... comment vas-tu ?

— Je vais bien, mais il y a ce petit bâtard d'écureuil qui dérange mes oiseaux. Tu vas bien ? Tu veux boire quelque chose ? me questionne-t-elle.

— Ça va !

— Je suis heureuse que tu sois là.

— Merci.

Je ne sais pas quoi répondre d'autre, alors, plutôt que de dire n'importe quoi, je préfère me taire.

— Tu n'as pas envie de me parler de toi ?

— J'ai bien peur qu'il n'y ait pas grand-chose à dire. Je tente de survivre du mieux que je peux. Dis-moi, maman, pourquoi as-tu quitté papa pour Dominic ?

Je pose cette question, car il y a vraiment longtemps que ça me turlupine. Tout ce que j'espère, c'est qu'elle ne me mente pas. Maman a tendance à tourner la vérité à son avantage et ça m'agace vraiment.

— J'en avais marre de ne pas être la priorité dans sa vie. Je ne sais plus à quel échelon j'étais dans l'échelle sociale de Tommy Thomas, mais tout venait avant moi. Avant, je suis consciente de ne pas avoir fait les choses comme il se doit. J'avais peur qu'il m'empêche de partir, ajoute-t-elle.

Comme je comprends ce qu'elle me dit, surtout depuis ma dernière conversation avec lui ! J'aimerais pouvoir me confier à elle, lui expliquer comment je me sens par rapport à cette situation et à notre passé, mais je n'y arrive pas.

— Si c'était à refaire, je ferais les choses différemment.

— Que changerais-tu ?

— J'essaierais d'être moins dépassée par la situation. Je sais que tu as des tonnes de choses à me reprocher et que, bien souvent, j'ai fait passer mon bonheur avant celui de ta sœur et toi...

Elle se tait, ravale ses larmes et attrape son paquet de cigarettes pour en allumer une autre. Cette fois, je n'ai pas l'impression que ce sont des larmes manipulatrices. Peut-être que la perte de Christa lui a ouvert les yeux sur beaucoup de choses concernant notre passé.

— Ne pleure pas, maman, l'important c'est que tu t'en rendes compte, dis-je pour la rassurer.

— Tu as toutes les raisons du monde de m'en vouloir, ma chérie.

— Je vis dans la rancœur depuis trop longtemps. J'aimerais sincèrement que l'on puisse passer à autre chose et enfin avoir la relation mère et fille que l'on aurait dû avoir.

Il n'en faut pas plus pour déclencher ses pleurs, elle renifle et passe une main sur son visage. Je profite de l'occasion pour me lever et la prendre dans mes bras.

— Tu sais, depuis l'accident, je n'ai qu'une envie, c'est de faire le premier pas vers toi, m'avoue-t-elle.

— C'est fait maintenant ! Est-ce que tu as envie que l'on aille dîner ensemble ? Nous pourrions papoter tranquillement.

— J'aimerais beaucoup, souffle-t-elle.

— Dominic peut venir aussi si tu en as envie.

— Non, j'ai envie de passer un moment avec toi, puis il doit surveiller l'écureuil.

— Alors, tu es sérieuse, il y a vraiment une petite bestiole dans ta cour ? demandé-je dans un grand rire.

Maman se joint à moi et nous pouffons ensemble. Je croyais que cette rencontre avec elle serait pénible et difficile, mais c'est même tout le contraire, ça me fait un bien fou de me rendre compte que je ne lui tiens plus rancœur comme avant.

Elle va avertir Dominic de notre dîner au restaurant tandis que, moi, j'attrape mon téléphone et appelle James.

— Hello !

— Salut. Ça va ?

— Ouais, je vais mieux et toi, comment ça se passe ?

— Mieux que je ne l'aurais imaginé. Je vais dîner avec ma mère et je voulais t'avertir pour que tu ne m'attendes pas.

— Merci, c'est gentil. Je vais en profiter pour me reposer.

J'inspire longuement. Malgré notre étreinte, j'aurais espéré que ça se passe mieux entre nous, et qu'il démontre qu'il m'aime. En tout cas, un truc dans ce genre-là.

— Ça va, nous deux, James ?

— Oui, je t'en parle à ton retour, marmonne-t-il.

— Vraiment ? Que se passe-t-il ?

— Rien du tout. Profite de ta maman et reviens-moi rapidement. Tu me manques, c'est tout.

— D'accord, je rentre tout de suite après le dîner.

Il me remercie et raccroche sans me dire au revoir. Il m'a quand même avoué que je lui manquais, mais j'aurais vraiment aimé entendre les mots : « je t'aime ».

Ma mère et moi sommes attablées devant deux assiettes géantes de fruits de mer et nous papotons de tout et de rien. Le plus improbable dans tout cela, c'est que ça me fait un bien fou.

— Alors, ce James ? demande-t-elle après un moment.

— Bien, je ne sais pas ce que tu veux savoir.

— Explique-moi ce qui t'a charmée chez lui.

— Il était très difficile d'approche au départ, mais lorsqu'il a baissé sa garde, j'ai connu un mec hors du commun. Il est droit dans ses bottes, sincère, mais aussi tellement dévoué. Il me soutient dans tout. Malheureusement, je le blesse sans cesse et pour tout un tas de raisons qui n'ont pas lieu d'être.

Elle m'écoute lui raconter comment j'ai repoussé James devant Kye. Puis, après mon récit, elle se penche légèrement vers moi et secoue la tête.

— Si tu lui expliques tout cela, il comprendra, m'assure-t-elle.

— Je ne sais pas, car, tout à l'heure, je l'ai appelé pour lui dire que je dînais avec toi, mais il n'avait pas l'air très enchanté par la situation.

— Tu as blessé son orgueil de mâle, de guerrier. Donne-lui un peu de temps, faites quelques petites galipettes au lit et tout ira pour le mieux.

Sa phrase me fait pouffer et nous poursuivons le repas dans les confidences, seulement nous n'abordons pas les sujets sensibles. Nous restons en surface, car nous souhaitons profiter de ce moment de retrouvailles.

***

Je gare ma voiture devant la maison de James, toutes les lumières sont éteintes et ça me donne l'impression qu'il n'est pas là. J'ai envie de passer du temps avec lui, mais je ne veux pas m'imposer ou le déranger. Mon désir de le voir l'emporte sur mon bon sens.

La maison est plongée dans le noir, j'avance donc à tâtons vers sa chambre. Cependant, le bruit de la télévision attire mon attention et je change ma direction. Je trouve James endormi sur le canapé, la télé ouverte sur un documentaire animal. Impossible de ne pas le trouver beau en ce moment, il est si calme, si paisible et je n'ai qu'une envie, glisser mes doigts dans ses cheveux et les caresser. Cependant, je n'en fais rien et attrape un cahier ainsi qu'un crayon posé sur la table pour griffonner une note lui expliquant que je suis venue le voir, mais qu'il dormait. Mes yeux s'accrochent à son écriture parfois grossière et les mots qu'il a écrits me donnent le tournis.

Est-ce que tu le sais ?
Est-ce que tu le comprends ?
Est-ce que tu le vois ?
Est-ce que tu le sens ?
L'amour que j'ai pour toi.
Je ne peux plus te retenir.
Je ne peux pas t'en demander plus.
Peut-être qu'un jour tu comprendras que tu n'es pas seule.
Plus forte que tu ne l'imagines, plus pure que le reste du monde.
Mon monde tombe en ruine.
Il s'écroule, pierre après pierre.
Larme après larme.
Déchiré, tu restes mon univers, ma gravité.
D'un coup de pied, tu m'envoies valser dans l'espace.
Tu n'es pas seule, l'univers tout entier est pendu à tes lèvres.

Plus forte qu'une explosion, la plus courageuse.
Tu ne vois plus rien.
Ce n'est qu'un moment qui nous brise, nous déchire.
Laisse-moi te serrer dans mes bras.
Laisse-moi réinventer nos vies.
Personne ne se compare à toi.
Tu es mon univers...

Les paroles de cette chanson me font mal, mais elles m'apaisent aussi. Sans vraiment réfléchir à ce que je fais, je prends le carnet de James et descends au sous-sol. J'attrape une de ses guitares et m'enferme dans la cabine d'enregistrement. Je ne sais pas quelle mélodie il avait imaginée, mais je me laisse guider par mon instinct et bon sang, que ça me fait du bien de créer ! J'ai enfin l'impression que je sers à quelque chose. Après avoir enregistré cette chanson, je laisse aller mon inspiration pour une suivante qui est de ma propre création cette fois.

J'ai essayé de courir loin de toi.
J'ai tenté de te sauver moi.
D'oublier mes sentiments.
Mais je dois me rendre à l'évidence...
Tes yeux noirs,
Sombres comme la nuit,
Doux comme les rayons de la lune
Sont ancrés en moi.
Le monde augmente sa course.
Personne ne m'a prévenue.
Je reste là comme si je mourais.
Comme si rien ne pouvait me sauver sauf...
Tes yeux noirs,

Sombres comme la nuit,
Doux comme les rayons de la lune
Sont ancrés en moi.
J'ai éclaté, explosé.
Je me suis déchirée, lacérée
Ça m'a fait mal.
Je ne veux plus courir.
Je ne veux plus d'au revoir.
Je ne veux plus tenter de ne pas t'aimer.
Je ne peux pas ne pas t'aimer.
Je ne veux plus tenter de ne pas t'aimer
Je ne peux pas ne pas t'aimer.

Je ne sais plus depuis combien de temps je suis dans la cabine d'enregistrement. Sur la pointe des pieds, je remonte et me dirige vers la porte lorsque je tombe face à face avec James. Un hurlement strident s'échappe de ma bouche et je lève les mains pour me protéger, car je crois bien lui avoir fait peur. Il brandit son poing probablement pour frapper l'intrus.

— James ! James ! C'est moi, m'époumoné-je.

— Putain, Lacey ! Que fais-tu ici ? s'écrie-t-il.

— Après le dîner, nous sommes retournés chez elle, et avons pris un verre. Je t'ai envoyé un message.

— Et il est plus de minuit, veux-tu bien me dire ce que tu fais chez moi ?

— J'habite ici, je te rappelle.

— C'est vrai, mais il est tard…

— Excuse-moi, James, je ne voulais pas te faire peur. Si tu es encore en colère, je peux dormir dans la chambre d'ami.

— Tu es vraiment bête si tu crois que tu vas dormir dans un autre lit.

Il passe son bras autour de ma taille et m'entraîne vers sa chambre. Il allume et je peux voir la fatigue sur son visage, mais je ne peux m'empêcher de le trouver craquant dans son t-shirt à l'effigie de son groupe.

— C'est toujours d'actualité Broken Skull ?

— Je crains que non. Avec tout ce qu'il s'est passé, c'est devenu un peu trop compliqué d'écrire pour nous.

— Comment ça ? le questionné-je, curieuse.

— C'est une longue histoire, Lacey, mais disons simplement que tu n'es pas la seule à avoir tout perdu.

— Je sais, j'ai été égoïste et je m'en veux beaucoup.

— Pour ma part, je ne peux pas t'en vouloir, mais pour le moment, nous sommes tous les deux épuisés et exténués. Je crains que nous ne sommes pas en état pour cette discussion.

Une boule se forme dans ma gorge, j'aimerais m'avancer vers lui et le prendre dans mes bras, mais je n'en fais rien. Tout ce que j'arrive à faire est de tourner les talons et de foncer vers la chambre d'ami.

Une fois la porte refermée derrière moi, je m'avance d'un pas lourd vers le lit et m'y laisse tomber impuissante. Je ne prends pas la peine d'enfiler les vêtements qu'il m'a prêtée et me laisse aller contre les oreillers. Dans cette pièce, il semble régner une ambiance, un écho de mon passé avec James. C'est ici que nous avions dormi après avoir cassé le lit de sa chambre. Cette constatation me tire quelques larmes. J'aurais aimé que James vienne me trouver, qu'il se blottisse contre moi et que nous nous endormions dans les bras l'un de l'autre, mais il ne le fait pas et ça me peine.

Quelque chose touche ma joue et me réveille. Mes paupières papillonnent faiblement, j'aimerais dormir encore, en fait, je me sens comme un matin où Christa et moi devions aller à un énième cours de chant ou de musique et que nous n'en avions pas vraiment envie. Je grogne et tente de repousser la main qui me taquine.

— James ! Laisse-moi dormir, marmonné-je.

Le matelas se renfonce à côté de moi et James se glisse sous les couvertures. Ses bras s'enroulent autour de moi et il m'attire contre son corps. Je ne veux pas ouvrir les yeux de peur que ce ne soit qu'un rêve. Ma tête repose contre son torse et ses doigts caressent doucement mon dos.

— Je t'aime, Lacey…

Impossible que ce soit un rêve. Impossible que ce ne soit pas la réalité. Sa voix est empreinte de trop d'émotion pour que ce soit le fruit de mon imagination.

— Dis-moi que c'est vrai.

— C'est vrai, chuchote-t-il en embrassant mes cheveux.

J'ouvre les yeux et lève la tête vers lui. Mon cœur tape si fort dans ma poitrine que je ne sais plus ce que je dois faire. James repousse une mèche de mes cheveux bruns qui me barre les yeux. Ses doigts poursuivent leur course de chaque côté de mon visage.

— Je sais ce que tu fais chez moi. Tu as enregistré ma chanson, mais tu en as fait une autre. Je… Lacey, dis-moi que tu penses chacun de tes mots.

— Je ne les ai pas inventés… et j'aimerais tellement que l'on puisse discuter.

— Plus tard.

Il fond sur ma bouche et presse ses lèvres contre les miennes. Surprise, je me fige et James se décolle de moi, inquiet.

— Ça va ? demande-t-il.

— Oui, je ne m'attendais simplement pas à ça.

—J'attends ce moment depuis tellement longtemps, je crois que nous pouvons discuter un peu plus tard, non ?

J'opine du chef et passe mes bras autour de son cou. Les mains de James sont partout, enfin, c'est mon impression, car, un instant, il touche mes seins, ensuite mon ventre et mes hanches. Il remonte vers mes bras et mon cou. Ça me rend complètement dingue.

Il retire mon haut et le laisse tomber par terre, tout de suite, sa bouche s'empare d'un de mes tétons qu'il mordille et suçote. J'ai l'impression qu'il y a des années que personne n'a touché mon corps et c'est comme si toutes les sensations étaient décuplées. Je tente de lui enlever son t-shirt, mais il est trop occupé à m'embrasser dans le cou pour se laisser faire. Après de vaines tentatives, il attrape mes poignets et les maintient au-dessus de ma tête.

— Si tu crois que je vais te laisser mener la danse, murmure-t-il en pressant ses lèvres contre les miennes.

Sa langue glisse contre la mienne, douce, mais exigeante. Ma respiration se fait de plus en plus haletante. Lorsqu'il lâche ma bouche, je pousse un soupir qui le fait sourire.

— Bon sang ! Je veux juste te voir nu ! répliqué-je.

— Tout ce que tu veux.

Il retire tous ses vêtements, puis m'enlève ceux qu'il me reste et, pendant trente secondes, il observe mon corps dénudé comme je le fais avec le sien. Je me redresse et, du bout des doigts, je caresse son torse et remonte vers ses épaules.

— Tu es parfait, avoué-je.

— Mon corps ! Je savais que tu m'aimais que pour ça, me taquine-t-il.

— Ça et ta capacité incroyable à me faire l'amour, ricané-je.

— Maintenant, voyons voir si je n'ai rien perdu depuis la dernière fois.

Ses paroles me font rire, mais James me fait taire d'un baiser passionné alors que son sexe frotte contre le mien. Doucement, malheureusement, trop tranquillement, il s'enfonce en moi. Ma bouche forme un O de surprise, mais surtout d'extase.

— Oh, bon sang ! juré-je pendant qu'il commence de lents va-et-vient.

Je m'accroche à ses épaules, plantant mes ongles dans sa peau. Son regard est ancré en moi et ne semble pas vouloir me quitter. Je n'avais jamais fait l'amour de cette façon en regardant l'autre personne directement dans les yeux. Ça a un petit quelque chose de tellement intime que je ne peux pas décrire. C'est si intense que j'en perds le souffle.

— Je t'aime, James ! Putain que je t'aime ! Je ne veux plus jamais être séparée de toi.

Sa bouche s'écrase contre la mienne et ses coups de boutoir se font de plus en plus rapides. Son corps est en sueur, le mien aussi. Mes doigts s'enfoncent dans ses cheveux et, quand il quitte mes lèvres, je ressens un manque, un vide. Je redresse la tête pour l'embrasser à nouveau et ça le fait sourire.

Un râle sourd s'échappe de ma bouche et meurt sur la sienne. Je vais jouir, mais j'aimerais que ça se poursuive encore. J'enroule mes jambes autour de ses hanches pour le ralentir, mais ça n'a que pour effet de le faire augmenter l'intensité de ses mouvements. À nouveau, son regard est dans le mien, guettant le moment où je vais jouir. Lorsque l'orgasme m'atteint, il me suit de très près.

Il s'écroule sur moi et enfouit sa tête dans mon cou. Il a beau être lourd, je n'ai pas envie qu'il roule sur le côté. Je passe mes bras autour de ses épaules et sa tête se niche sur mes seins.

— Je ne sais pas pour toi, mais, pour ma part, c'était exceptionnel, murmuré-je en enfonçant mes doigts dans ses cheveux.

— Je confirme que c'était phénoménal.

Euphorique, je pouffe et James relève la tête vers moi.

— Tu crois vraiment que je suis le bon pour toi ? demande-t-il, les yeux brillants.

— Je le pense, oui !

— Tu es certaine que, nous deux, ça va durer toute la vie ?

— Si on survit à tout ça, oui.

Je ne comprends pas bien où il veut en venir et toutes ces questions commencent à me rendre légèrement anxieuse. Je tente de me relever et le pousse légèrement, mais il s'accroche à moi comme un koala à une branche.

— James, que se passe-t-il ? demandé-je, inquiète.

— C'est quoi, survivre à ça ?

— Mes peurs, mes angoisses et les tiennes aussi.

— Quand va-t-on savoir si on a survécu à tout ça ?

Je hausse les épaules, j'ai déjà la réponse à sa question, mais je crois que la peur de me faire repousser l'emporte sur le bon sens. Je ferme les yeux et laisse ma tête retomber contre l'oreiller. James roule sur le côté et se redresse sur un coude pour continuer à me regarder.

— Tu n'en es pas sûre, c'est pour ça que tu évites de répondre à ma question.

— Tu es blessant, James, bien sûr que je suis certaine de mes sentiments pour toi.

— Ne te fâche pas, j'essaie simplement de comprendre.

— Comprendre quoi ? Je tente de faire au mieux, mais ce n'est pas facile pour moi.

— Je sais, Lacey, et je le comprends. Je crois que mes craintes parlent pour moi en ce moment.

Je roule sur le côté pour lui faire face. Doucement, il attrape une couverture et la pose sur nos deux corps nus.

— C'est faux, je sais quand nous allons être sûrs que tout ce mauvais temps est terminé.

James me regarde, intrigué par ce que je viens de lui dire. Sa main se pose sur ma joue et un sourire éclaire son visage.

— Ce sera quand, alors ? demande-t-il.

— Je crois qu'on pourra être tranquilles lorsqu'on sera mariés, dis-je sans détourner le regard.

Il penche légèrement la tête vers moi et presse ses lèvres contre les miennes. Une chaleur me traverse le corps, et une sensation de bien-être s'empare de moi. Je le repousse vivement et pose mon front contre le sien.

— Faisons-le, murmuré-je. Faisons-le, James !

— Tu es dingue, ricane-t-il.

— Faisons-le ! répété-je.

— Lorsque je te demanderai en mariage, ce sera grandiose et nous ne serons pas nus dans un lit…

— Pourtant, ç'a été un des plus beaux moments de ma vie.

— Pareil pour moi.

James m'attire vers lui et m'embrasse sur le dessus de la tête. Mon téléphone, posé au sol, sonne et mon chéri se penche pour le ramasser. Je ne peux m'empêcher de reluquer ses belles petites fesses rondes.

— C'est quoi, ce tatouage sur ton cul ? demandé-je.

— Tout d'abord, il n'est pas sur mon cul, il est en haut de mon fessier. Ensuite, pour ma défense, j'étais ivre comme un cochon.

— C'est quoi ? pouffé-je.

— Je ne te le montrerai pas !

Il saute en bas du lit et enfile son boxer. Je m'enroule dans la couverture et m'assieds sur le rebord du matelas.

— Tu sais que je vais te voir très souvent nu à partir de maintenant.

— Je sais, mais si je peux retarder ce moment…

— Allez, James ! On se dit tout, non ?

Pendant de longues secondes, il me regarde, puis se retourne pour baisser son boxer et montrer ses fesses. Un tatouage d'un emoji caca orne sa peau avec les mots, « Fuck it, shit happens[3] ». Près d'une minute s'écoule avant que je n'éclate de rire. James remonte son boxer et secoue la tête en se tournant vers moi.

— Tu es responsable de cette merde immonde sur mon cul.

Je le regarde, les yeux arrondis par la stupéfaction, puis je pouffe de nouveau.

— Peu importe si c'est à cause de moi ou pas, ce tatouage est tout simplement trop drôle.

— Ah bon et pourquoi ?

— Parce que tu es le gros dur, le *bad boy* par excellence et tu as un mignon emoji caca sur les fesses.

Il secoue la tête de gauche à droite avec un air découragé sur le visage. Sa réaction me fait encore plus rire. Mon téléphone sonne de nouveau et James l'attrape pour me montrer l'écran.

Bordel, c'est mon père ! Qu'est-ce qu'il veut à la fin ?

— Vengeance ! annonce-t-il en appuyant sur la touche répondre.

Il me le tend, mais je le repousse dans un petit cri. Il s'ensuit une bataille entre James et moi pour savoir qui va répondre au téléphone. La voix de mon père s'élève dans la pièce, car, bien sûr, un de nous deux

---

3 Oh putain, la merde arrive.

a accroché le bouton pour enclencher le haut-parleur. Ne pouvant plus tenir, j'éclate de rire à nouveau et mets fin à la conversation.

— Tu es complètement folle, ricane James en se laissant tomber sur le lit.

— C'est toi qui me rends ainsi.

Mon amoureux se replace sur le matelas et me fait signe de venir me blottir contre lui. Je m'approche et l'enjambe pour m'asseoir sur son ventre. Ses mains se posent sur mes cuisses et remontent sous la couverture que je laisse tomber.

— J'ai encore envie de toi, mon amour…

20

James

Je me réveille dans une semi-obscurité. Je ne sais plus quel jour nous sommes ou encore si c'est le matin ou la nuit. En revanche, je sais que j'ai dormi avec Lacey, qu'elle a ri de mon putain de tatouage et que nous avons fait l'amour plusieurs fois. J'enfile mon boxer et sors du lit pour la retrouver, et me dirige tout de suite vers le sous-sol. Je ne saurais pas dire pourquoi, mais j'ai l'impression qu'elle y est. La musique lui manque, c'est évident et je suis impatient qu'elle s'en rende compte.

Comme je m'y attendais, elle est en train d'écrire une chanson, une guitare bien calée sur sa cuisse. Je crois qu'il n'y a rien de plus sexy qu'une nana avec un instrument de musique, surtout lorsqu'elle est en train de créer une chanson.

Lacey tourne la tête vers moi et me sourit. Elle a un sourire qui me donne envie d'être heureux pour le reste de mes jours. Avec elle, ma vie semble plus belle, plus sincère plus vivante. Bon sang que je l'aime et j'ai eu raison de m'accrocher parce que, maintenant, tout va bien aller entre nous, plus rien n'ira de travers.

— Tu portes mon t-shirt, commencé-je en m'asseyant à ses côtés.

— Ouais, je ne savais plus où se trouvait le mien, alors je t'ai piqué le tien.

Elle me dit cela avec une moue amusée et se penche vers moi pour m'embrasser.

— Tu es sexy quand tu te réveilles, mister Combs, susurre-t-elle d'une voix rauque.

— Tu es pas mal non plus avec ma guitare et mon t-shirt.

— Je porte aussi un de tes boxers, propre bien entendu, me dit-elle avec un clin d'œil.

— Tu peux porter ce que tu veux ou rien du tout, même, je n'y vois aucun inconvénient.

Lacey se lève, pose ma guitare sur son socle et vient vers moi. Elle passe ses bras autour de mon cou et se hisse sur la pointe des pieds pour m'embrasser.

— Tu sais, James, je crois que tu as un souci avec l'alcool.

— Pas vraiment, c'est surtout quand tu es loin de moi…

Elle vise ses grands yeux verts dans les miens et me sourit.

— Si je te demande de le faire pour moi ?

— Que veux-tu que je fasse ? Que j'arrête de boire ? Que je vois un thérapeute ? Je peux arrêter de consommer de l'alcool quand je veux.

— Je n'ai aucun doute là-dessus, mais tu ne crois pas que voir quelqu'un de spécialisé dans le domaine t'aiderait.

— Je te vois, toi, c'est amplement suffisant.

— James ! Je ne suis pas la solution à tous tes problèmes. J'aimerais que l'on en parle. Être là pour toi, comme tu l'as été pour moi, c'est important.

— Je vais bien, Lacey, surtout maintenant que tu es avec moi.

— J'aimerais te croire…

— Écoute, si jamais l'envie de boire devient incontrôlable, je consulterai à ce moment-là.

— C'est une promesse ? demande-t-elle d'une petite voix.

— La plus sincère de toutes.

Elle lève son petit doigt pour que j'y crochète le mien. Son geste quelque peu enfantin me fait rire et je ne peux m'empêcher de l'embrasser sur le bout du nez.

— Allez, James, promesse de petit doigt. Ce sont les plus sacrées et les plus sincères.

— Que se passera-t-il si je ne la respecte pas ?

— Tu risques de ne pas aimer le monstre que je vais devenir. On ne trahit pas une promesse de petit doigt.

Elle tend à nouveau son auriculaire et j'y crochète le mien.

— Avec Christa, on faisait toujours ça. C'était notre petit truc à nous, m'avoue-t-elle avec un petit sourire.

— Je te remercie de partager cela avec moi.

— J'aurais aimé que tu la connaisses autrement, m'avoue-t-elle. Elle t'aurait bien plu, je crois.

— Je n'ai aucun doute là-dessus, ma chérie.

— Alors que fait-on ? On va prendre une douche et manger un morceau ?

— Tu sais que tu devras garder mes vêtements ?

— Je m'en fous ! s'écrie-t-elle avec un sourire.

— Et si des paparazzis nous surprenaient, lancé-je, amusé.

— Eh bah, je ne suis plus assez populaire ou intéressante pour eux, donc ça va. Ils doivent traquer une autre proie en ce moment.

— Tu es la personne la plus intéressante du monde.

— Tu sais tellement parler à une femme, James, ricane-t-elle.

Elle embrasse ma joue, j'ai l'impression qu'elle a un besoin de dingue de me toucher et je ne peux nier que j'aime ça.

— Je crois que tu es bien la seule à qui ça plaît. Les autres nanas me regardent toutes comme si j'étais un gros naze. Il n'y a que toi à qui je plais, bébé.

— Ce n'est pas vrai, mais j'adore que tu le croies et c'est parfait comme ça. Ainsi, jamais je ne te ferai de crise de jalousie ou je n'aurai à me battre avec une fille en transe devant ton charme.

J'ai envie d'ajouter qu'elle était jalouse de Félicia, mais je me tais et me contente de lui sourire. Attiser les vieilles disputes n'est pas au programme. En tout cas, pas aujourd'hui, peut-être que demain je la taquinerai, mais, pour le moment, je préfère profiter de cette accalmie.

— Alors, on va prendre le petit déjeuner ? demande-t-elle.

— Quelle heure est-il ?

— Il est bientôt 6 heures, m'apprend-elle.

— Et tu dors quand ?

Elle hausse les épaules et prend ma main dans la sienne pour m'emmener à l'étage. Après un rapide détour par la douche, une séance de sexe complètement folle, nous sommes finalement assis à une table dans un petit restaurant assez tranquille. Lacey prend ma main dans la sienne et je regrette de ne pas avoir vécu ça avant. Quand nous sommes tombés amoureux l'un de l'autre, il y avait Liam et la pression exercée par son père et Gerry. Nous devions donc nous cacher. Combien de fois j'ai rêvé de ce moment ?

— Qu'est-ce que tu vas choisir ? me questionne-t-elle avec un sourire.

— Je n'en sais rien. Pour les petits déjeuners, je suis plutôt du style classique. Jamais sans mon bacon !

— Tu as pensé au petit cochon qui a servi à faire ton bacon ? s'écrie-t-elle.

— Bah ouais, j'y pense souvent et quand j'en mange, je le remercie de son sacrifice.

Ma réplique pourrait créer une petite dispute si jamais Lacey est du genre végétarienne, militante ou activiste, et je n'aimerais pas que l'on se dispute pour une tranche de bacon. Je me rends compte que je ne la connais pas tant que ça. En fait, à bien y penser, c'est idiot puisque je l'ai souvent vue manger de la viande, et même dernièrement. Sa bonne humeur et ses taquineries me font le plus grand bien. Je laisse la légèreté du moment m'envahir.

— Je crois que je vais prendre une gaufre avec du sirop d'érable et des fraises, annonce-t-elle.

Je fais signe à la serveuse de venir prendre nos commandes et nous discutons de tout et de rien, comme on l'a toujours fait.

— Ce type, le frère de Liam, tu ne le trouvais pas mignon ?

— Ouais, mignon, jeune et avec beaucoup trop de cheveux, s'amuse-t-elle. Il est comme mon petit frère. Je le connais depuis qu'il a 8 ou 9 ans. Et toi, as-tu revu Félicia ?

— C'est drôle que tu en parles, je l'ai croisée chez un ami commun. Ce qu'on m'a dit, c'est que depuis que Tristan a annulé son contrat, elle cherche désespérément quelqu'un pour la sortir de l'anonymat.

Lacey hoche de la tête et, pendant quelques secondes, son regard se fixe au mien. J'en profite pour caresser doucement la paume de sa main en espérant la ramener avec moi.

— Je crois que je ne te l'ai jamais dit, mais je tenais à t'expliquer que je ne l'aurais pas laissé m'éloigner de toi. Ma psy croit que je dois te parler de tout ça et j'ai aussi envie que tu saches. C'est la nouvelle, tu sais, ne plus être en mesure d'avoir d'enfant qui m'a été difficile à avaler, combiné aux paroles effroyables de mon père. Je… je…

Elle bégaie et cherche ses mots. Depuis sa sortie de l'hôpital, elle ne parle que très peu de sa tentative de suicide. J'ai voulu lui laisser le temps nécessaire pour s'en remettre, mais ce n'est pas évident et peut-être que, finalement, c'est ça qui l'a amenée à craquer et me repousser devant ce mec aux cheveux longs.

— Je peux te confier un truc vraiment dingue ? demande-t-elle sans baisser le regard.

Comme ma réponse n'est qu'un hochement de tête, Lacey poursuit.

— Avant que tu me trouves, j'ai vu ma sœur Christa…

Elle laisse sa phrase en suspens et se mord la lèvre de peur d'en avoir trop dit. Je l'incite à poursuivre avec un sourire, car je sais que c'est difficile de livrer ce genre de chose. Naomi m'a rendu des visites pendant très longtemps, cependant, je ne sais pas si c'était vraiment elle ou simplement le fruit de mon imagination.

— Elle me demandait de vivre pour elle et de ne jamais cesser d'y croire.

— Elle a raison, tu ne penses pas ?

— Oui, mais avant je ne le voyais pas comme ça… Je…

— Lacey ! s'écrie une voix masculine.

Tout de suite celle que j'aime se raidit et son regard s'assombrit.

— Papa ! tonne-t-elle en se retournant vers lui.

— Je ne pensais pas te trouver ici.

Comme si nous l'avions invité à se joindre à nous, il tire une chaise vers notre table et s'assied. Il fixe sa fille pendant de longues secondes jusqu'à ce que celle-ci s'énerve.

— Que fais-tu ici ?

— C'est un endroit public, non ?

Il a raison, mais, connaissant Tommy, je doute que ce ne soit la seule raison. Avec lui, il y a toujours un truc pas net derrière chaque action et ça ne m'étonnerait même pas qu'il sorte à Lacey un truc complètement chelou ou pour la manipuler. Lacey tourne la tête vers moi et me sourit, c'est forcé et elle me semble incroyablement crispée, mais elle fait cela dans le but d'ignorer son père.

— En fait, un paparazzi vous a vus entrer ici et il m'a prévenu. Je dois te parler, Lacey.

— Je n'ai plus rien à te dire. J'en ai marre de tes plans de merde, de tes embrouilles, mais surtout de tes putains de manipulation.

— Tant de haine envers ton père, c'est désolant !

— Épargne ta salive et ne me dis pas que c'est grâce à toi que j'ai réussi. Je m'en fous, de toi, de ton succès et de ce que tu veux.

Loin de se laisser démonter par les paroles de sa fille, Tommy sourit et se penche vers l'avant.

— Le truc, Lacey, c'est que tu es encore en contrat pour le label Purple Dream, et comme Gerry ne bosse plus pour toi, c'est moi qu'ils ont contacté.

— C'est quoi, cette merde ? aboie-t-elle. Tout mon groupe est mort, Hopeless Romantic n'existe plus ! N'as-tu donc aucune conscience, aucun cœur ? Ton autre fille est décédée dans cet accident et... Putain de merde !

Tommy pousse un long soupir avant de secouer la tête. Il lève la main pour la poser sur le bras de Lacey, mais cette dernière se décale sur le côté pour qu'il ne la touche pas.

— Oui, Christa est morte, mais je ne peux rien faire pour la ramener à la vie. Cependant, nous devons tous avancer et aller de l'avant. Toi et moi devons nous soutenir.

— Sache, cher père, que pour moi la musique n'est pas le seul truc qui compte dans la vie. J'ai tout un tas d'autres passions et envies, contrairement à toi, on m'aime pour autre chose que pour une poignée de chansons.

— Tu dois faire un dernier concert et Purple Dream annule ton contrat.

— C'est du chantage et c'est illégal.

— Tu dois le faire, tu n'as pas le choix et c'est ce que l'on attend de toi !

— Non ! Non ! Je ne le ferai pas !

Son père se contente de hausser les épaules et quitte le restaurant. Lacey le fixe jusqu'à ce qu'il ne soit plus dans son champ de vision. Lorsqu'elle me regarde enfin, ses yeux sont embués de larmes.

— Rentrons, annoncé-je. Nous pourrons en parler au calme à la maison.

Lacey hoche de la tête et se lève d'un bond. Elle ne semble plus savoir où aller, elle est totalement perdue et sans repère. Je me dépêche de contourner la table et la prendre dans mes bras. Son petit corps tremble contre le mien et je reste plusieurs minutes à lui caresser les cheveux au milieu d'un putain de restaurant. La serveuse s'avance avec nos assiettes et je lui fais signe de retourner en cuisine.

— Je veux rentrer à la maison, murmure-t-elle.

— Va m'attendre dans la voiture, je paie l'addition et t'y rejoins.

Lacey me répond par un sourire et se hisse sur la pointe des pieds pour m'embrasser. Je suis très heureux de la façon que tout cela vient de se passer et qu'elle n'a pas tenté de me repousser. J'inspire longuement et me dirige vers la serveuse pour régler l'addition.

Le temps qu'a duré le trajet n'a pas été de tout repos. Lacey n'a pas dit un mot et je crois que ça m'a créé encore plus d'angoisse et de stress. J'aurais largement préféré qu'elle hurle, pleure ou se lance par terre. Malheureusement, j'ai appris que se murer dans le silence n'apporte jamais rien de bon. Tout ce que je souhaite, c'est que tout se passe pour le mieux.

Lacey est assise sur le canapé depuis environ une heure et n'a pas bougé. Elle répond par des grognements ou des coups d'œil exaspérés. Je sais que je ne suis aucunement visé par sa mauvaise humeur, mais de la voir ainsi me rend complètement fou.

— Est-ce que tu souhaites m'en parler ? demandé-je après un moment.

— Que ferais-tu à ma place ?

Sa question me surprend, et je dois prendre quelques secondes pour bien peser mes mots avant de répondre.

— Je crois que je demanderais au dirigeant de Purple Dream un entretien pour avoir l'heure juste. J'exigerais que Tommy ne soit pas là. Il doit bien y avoir quelqu'un qui pourrait t'assister et en qui tu as pleinement confiance.

— Ouais, tu as raison et, en plus, je connais un type qui ferait très bien le boulot.

Persuadé qu'elle va dire Tristan, je lève les yeux au ciel et ma réaction la fait sourire.

— J'aimerais que tu viennes avec moi, James.

— C'est vrai ? Je... je ne suis peut-être pas le mieux placé pour te soutenir pendant cette réunion.

— Je me fous de ce que les autres vont penser, c'est toi que je veux auprès de moi.

Je passe mon bras autour de ses épaules et je l'attire contre moi. Sa tête se niche au creux de mon cou et nous ne bougeons plus.

— Je crois que j'aimerais faire une sieste. Tu m'accompagnes ? me questionne-t-elle dans un murmure.

— Avec plaisir.

Lacey s'est blottie contre mon corps. Sa respiration est régulière, mais je sais qu'elle ne dort pas. Je peux la sentir réfléchir tant ses pensées sont flagrantes.

— Tu penserais quoi si je te disais que j'ai envie de faire ce concert finalement ?

— Je ne sais pas, si c'est ce que tu désires, fais-le. Je vais te soutenir dans ce projet.

— Et si je te dis que je ne veux plus faire de musique ?

— Il y a toujours moyen de se recycler, de retourner à l'école ou d'innover. Le monde t'ouvre ses portes, Lacey Jenkins, il est prêt à accueillir la personne fabuleuse que tu es, et ce, sans toutes ces barrières qu'on t'a imposées jusqu'à maintenant.

— Mon petit ami est le plus merveilleux du monde, murmure-t-elle.

— Tu sais, je crois que je vais continuer à faire des concerts, mais j'ai vraiment envie d'ouvrir mon propre label.

— C'est une magnifique idée. Si jamais je décide d'enregistrer un nouvel album, je t'en parlerai.

— Et ce serait avec plaisir. Tu n'as pas peur que Tristan soit triste si tu décidais de bosser avec moi. Il te voulait tellement.

Elle hausse les épaules et lève la tête vers moi.

— Je lui ai déjà dit que si jamais j'enregistrais un album, il serait produit par toi et que je ne travaillerais qu'avec le grand et génial James Combs.

— Tu es parfaite pour moi.

— Je suis sincèrement désolée de t'avoir fait vivre l'enfer, s'excuse-t-elle.

Je presse mes lèvres contre son front et lui souris. Ses doigts s'enfoncent dans mes cheveux et caressent mon cuir chevelu.

— L'important, c'est qu'on se soit retrouvés. Oublions le passé et ce qui nous a fait du mal. Le mieux à faire est de nous concentrer sur l'avenir.

— Tu es tellement l'homme le plus intelligent en ce moment, ricane-t-elle.

J'aime retrouver ma Lacey douce, tranquille, mais surtout sereine. Elle dépose sa tête sur l'oreiller et prend mon bras pour que je la serre contre moi. Rapidement, elle s'endort, mais, moi, je ne trouve pas le sommeil. Je descends donc au sous-sol et allume mon ordinateur.

« T'es chez toi, tête de bite ? »

« Tiens donc, le fornicateur ! Viens, je suis au sous-sol, crétin. »

Avant-hier, j'ai débarqué chez Aaren et j'ai trouvé monsieur en plein ébat sexuel avec l'ennemie, Arabelle Vélasquez. Alors, j'espère qu'il pourrait m'expliquer ce qu'il s'est passé dans sa tête de con. Ils se supportent à peine et j'admets être encore un peu traumatisé d'avoir vu le pénis de mon frangin. On a beau tout partager, putain, je ne voulais pas voir sa queue !

Il souhaite me voir, je crois que passer un moment avec lui me fera le plus grand bien. Des pas à l'étage me font relever la tête. Cependant, je n'ai pas à me demander qui sait, car je reconnais ceux de mon frangin.

— Tu as fait vite ? dis-je lorsqu'il apparaît dans la porte.

— J'étais stationné devant ta maison quand je t'ai envoyé un message.

— Tu voulais me parler d'un truc ?

— Non, j'avais juste envie de t'emmerder.

— Comme c'est sympa ! Tu n'as pas envie de jouer avec Arabella à la place ?

— Je ne vais pas y échapper ?

— Oh que non ! Que s'est-il passé ? Tu la supportais à peine ! Je ne comprends pas.

— C'est compliqué...

— À ce que j'ai cru comprendre, c'est elle qui t'a filmé avec Pénélope ?

Aaren soupire et secoue la tête. Nerveux, il passe une main dans ses cheveux. Je le connais, il y a un truc qu'il me cache et dont il n'est pas très fier. Je tente de me convaincre que je ne dois pas me foutre de sa gueule, mais je me garde un joker au cas où ce serait un truc vraiment croustillant.

— Je n'ai jamais été vraiment gentil avec Arabella. Je crois qu'elle est raide dingue de moi depuis un moment, enfin depuis plusieurs années et, moi, je l'utilisais pour m'amuser. Oui, elle m'a filmé pendant que je m'envoyais en l'air et je la comprends d'avoir voulu se venger.

— Bordel, Aaren, pourquoi tu ne m'en as jamais parlé ?

— Parce que je ne suis pas fier de moi, mec. Et puis, dernièrement, on s'est recroisés dans un bar, et une chose en amenant une autre, nous avons baisé ensemble.

Même si je sais que ce n'est pas drôle, j'éclate de rire, car Aaren a toujours le don de se mettre dans des situations vraiment débiles comme celle-là. Un jour, nous l'avons retrouvé sur le toit d'un immeuble avec une nana qu'il avait croisée après le concert et ces deux idiots s'étaient retrouvés coincés à moitié nus tout en haut de l'immeuble.

— C'est con parce que nous avons passé un peu de temps ensemble et je trouve qu'elle a changé...

— Tu l'aimes ?

— Tu es con, je n'irais pas jusqu'à dire cela...

— Coucou, Aaren ! lance ma petite amie.

Il se retourne vivement vers elle et lui sourit.

— Ne me dites pas que vous avez enfin décidé d'arrêter de jouer aux enfants.

— Oh, et c'est toi qui dis ça, mister je ne peux pas prendre de décision. Arabella ou pas Arabella ?

Mon frangin ouvre la bouche et fronce les sourcils.

— C'est un coup bas, miss Jenkins.

— Je te taquine, cher beau-frère.

— Alors, c'est officiel ! Je suis heureux pour vous deux. Comment sais-tu pour elle et moi ? James, t'as tout dit ?

— Non, mais, comme mon chéri vous a attrapés, Arabella m'a téléphoné pour tout me raconter. N'est-elle pas une bonne amie, cependant, mon amour, tu dois toujours me raconter ce genre d'histoire, me taquine-t-elle avec un sourire.

— Où vas-tu ? demandé-je.

— Je vais voir mon amie Bella, mais je ne rentrerai pas tard. J'aimerais avoir son avis sur un truc.

— Pas de problème, ma chérie.

Je me lève et vais vers elle pour passer mes bras autour de sa taille. Fermement, je l'attire vers moi et presse mes lèvres contre les siennes.

— Je t'aime, murmure-t-elle contre ma bouche.

J'appuie mon front contre le sien et lui chuchote que moi aussi. Je me fous que mon frangin entende, mais j'aime le sentiment d'intimité que ça crée.

— Tu veux que je passe le bonjour pour toi à Bella ? demande Lacey en taquinant mon frangin.

— Tu es une peste, Jenkins !

— Parle-lui de ton projet, je suis persuadée que ça pourrait l'intéresser.

Et l'amour de ma vie repart comme elle est arrivée, Aaren me fixe et son regard inquisiteur me pose un millier de questions.

— Cesse de me regarder comme ça !

— C'est quoi, ce fameux projet ?

— Je veux ouvrir ma propre maison de disque. Créer de la musique. Donner naissance aux rêves de musicien.

— C'est énorme et pourquoi tu ne m'en as pas parlé ?

— Je ne sais pas, j'ai cru que tu trouverais ça complètement con.

— C'est toi qui es con !

Pendant les heures suivantes, Aaren et moi discutons de ce projet avec tellement d'intensité que nous ne voyons pas défiler le temps. Je me demande pourquoi je n'ai pas pensé à lui avant. La complicité que nous avions pendant Broken Skull me manquait.

21

Lacey

J'ai décidé de quitter la maison quelques heures pour plusieurs raisons. La première est que j'avais envie de laisser James et son frère ensemble, ils ont besoin de se retrouver seuls et de discuter des vraies choses. La seconde est que j'avais envie d'avoir l'avis de mon amie concernant le concert que mon père semble vouloir m'obliger à faire. Cependant, j'ai l'impression qu'elle n'est pas avec moi en ce moment.

— Ça va, Bella ? J'ai la sensation que tu es très loin. Ne me dis pas que c'est Aaren Combs qui t'occupe l'esprit.

— Tu es bête ! Ce connard n'est pas dans mes priorités, rétorque-t-elle avec hargne.

— Eh oh ! Je suis en droit de me poser des questions, car on vous a trouvés en train de vous rhabiller.

— Rectification, James nous a trouvés, toi tu es arrivé sur le tard.

— Peu importe, je te connais et tu essaies de changer de sujet.

— Je vais être honnête avec toi, Aaren n'est pas envisageable. Il baise bien, comme un dieu même, mais jamais ça ne sera sérieux entre nous.

— Pourquoi as-tu la tête ailleurs, alors ?

Arabella se lève et remplit son mug de café, elle prend le mien et fait la même chose. Elle s'assied devant moi et un message entre sur son téléphone. Elle consulte l'écran et le retourne pour ne pas voir qui tente de la contacter.

— Qui est-ce ? demandé-je.

— Plus ou moins personne ! En fait, c'est le type avec qui j'ai partagé quelques nuits pendant la tournée.

— Qui est-ce ? répété-je.

— Lars ! Je ne crois pas que tu le connaisses.

— Ce n'est pas le leader de Refugees ?

— Yep, c'est ça ! Tu l'as déjà rencontré ?

— Une fois à une soirée, mais nous n'avons pas vraiment conversé. Ce mec est hyper intimidant et il me donne froid dans le dos.

Arabella éclate de rire et, moi, je me contente de secouer la tête, Lars est un mec plutôt imposant. D'abord, il est très grand et, ensuite, il a la carrure d'un joueur de football. Seulement, il n'y a pas que ça, il est aussi tatoué d'absolument partout, il en a même un sur le visage et je ne parle pas de ses piercings. Je crois que c'est surtout son regard bleu pâle qui pénètre jusqu'à l'âme quand il regarde quelqu'un.

— Tu as des sentiments pour lui ?

— Non, mais il est quelque peu intrusif dans ma vie privée.

— En as-tu parlé à Aaren ?

— Est-ce que tu es cinglée, putain ? Je ne veux pas qu'il traîne dans mes pattes ! Je sais me débrouiller avec Lars. Raconte-moi plutôt ce que le grand Tommy Thomas t'a fait.

J'inspire longuement, je crois que j'aurais préféré que l'on continue à parler d'elle et de ses nombreux amants plutôt que de se concentrer sur mon cas. L'envie de parler de la nouvelle exigence de mon père n'est plus très forte, je préférerais passer un moment avec mon ami plutôt que de livrer mes états d'âme.

— Et si on poursuivait notre conversation immédiate !

— Oh que non, tu ne t'en sortiras pas comme ça. Explique-moi tout !

Je lui raconte tout, comment mon père nous a trouvés, James et moi, dans un petit restaurant, comment il exige que je fasse un dernier concert, comment il tente encore de me garder sous sa coupe. J'en profite pour glisser la réaction de James. Une fois mon récit terminé, Arabella laisse tomber sa tête entre ses mains et la secoue dans tous les sens.

— Je préfère ma situation à la tienne, annonce-t-elle.

— Ouf, je ne suis pas d'accord, j'en ai déjà assez de James ! En même temps, il est parfait, donc je n'ai pas à me plaindre.

Arabella lève les yeux au ciel et attrape son mug pour boire une gorgée de café. Son attitude m'agace, je n'aime pas quand elle laisse sous-entendre de quelque façon que James n'est pas quelqu'un de bien. Je fronce les sourcils et crispe ma mâchoire.

— Pourquoi tu ne l'aimes pas ?

— Ce n'est pas ça et tu le sais bien…

— Ce n'est pas parce que tu as des a priori avec son frangin que James est comme lui.

— Aucun putain de rapport avec Aaren ! Ce Combs ne régit pas ma vie et ne le fera jamais.

Je hausse un sourcil interrogateur et espère l'amener à me livrer le fond de sa pensée, mais j'ai la sensation que c'est perdu et qu'elle ne le fera pas.

— Je ne comprends pas, Bella.

— Il t'a menti, il n'a pas été là pour toi quand tu en avais besoin. Il a fui et s'est réfugié dans l'alcool plutôt que de prendre ses putains de responsabilité. Voilà ce que je lui reproche.

J'inspire longuement pour me calmer, mais il n'y a rien à faire. La colère ne fait que s'amplifier. James ne mérite pas que l'on soit ainsi avec lui.

— Ne te fâche pas, Lacey, mais il n'a pas été parfait avec toi...

— Tu ne le connais pas comme moi. Il a été là quand personne ne l'a été. Même toi, tu n'étais pas là pour m'aider à me relever quand Hopeless Romantic a chuté. Lui, il a eu confiance en moi, il m'a supportée. Oui, il m'a menti, mais qui est à 100 % honnête dans la vie ? Des erreurs, nous en faisons tous et, s'il peut me pardonner les miennes, je ne vois pas pourquoi je me focaliserais sur les siennes.

— Ce n'est pas ce que je voulais dire...

— Non, bien sûr, mais ça ne regarde que lui et moi. Je l'aime, et jamais je ne jugerais celui que tu aimes. Jamais je ne me le permettrais.

Arabella me fixe un long moment, puis son regard s'adoucit.

— Je suis désolée, je ne suis pas sympa avec lui. J'ai peut-être tendance à mettre les deux frères Combs dans le même panier.

— Aaren n'est pas quelqu'un de mauvais, James encore moins. Je ne te demande pas de les aimer, mais, pour moi et pour notre amitié, de taire les mauvaises pensées que tu as envers eux.

— Je m'excuse, Lacey.

Mon téléphone sonne dans la poche de mon jean, sans quitter Arabella du regard, je le prends et réponds.

— Bonjour la plus belle femme !

— Hello, James ! Comment vas-tu ?

— Aaren et moi sommes au supermarché et nous achetons tout le nécessaire pour faire un barbecue.

— Ah oui, c'est une très bonne idée ! Est-ce que je peux inviter Arabella ?

— Moi, je n'ai aucun problème avec ça, mais je demande à Aaren s'il est d'accord.

J'entends James demander à son frère si ça le dérange que son amante soit présente au barbecue. Il taquine et ça me fait bien rire.

— Il n'y a pas de souci, je vais lui acheter une boîte de préservatifs extra petits au cas où ils voudraient s'envoyer en l'air.

— Verrouille la porte de notre chambre !

— J'aime quand tu me dis ça !

— Tu veux qu'on arrive à quelle heure ?

— Vers 18 heures.

— Super, nous allons y être !

— À bientôt, ma chérie.

Je lui dis que je l'aime et mets fin à la conversation. Arabella me fixe, un sourire aux lèvres. Elle sait que je vais lui imposer un truc et ça l'amuse beaucoup. Je suis contente qu'elle ait compris ce que je lui expliquais concernant mon petit ami. Ça aurait vraiment pu dégénérer et j'aurais été triste que notre amitié soit mise à mal. James est mon tout, celui que j'aime et que j'aimerai toute ma vie.

— Que veux-tu me demander ?

— Rien, mais tu viens dîner chez James ce soir. Il n'y aura que lui, moi et Aaren.

— Oh, Lacey ! Je n'ai pas tellement envie de le voir.

— Parce que tu ne peux pas lui résister ? supposé-je.

— J'admets que les frères Combs ont un certain charme. Cependant, entre nous, c'est voué à l'échec.

Découragée par son entêtement, je secoue la tête.

— D'accord, je vais venir, mais tu ne me laisses pas seule avec lui.

Sa réaction me fait pouffer, mais l'air grave de mon amie me fait tout de suite stopper.

— Je l'aimais tellement, Lacey, c'est dingue, mais il m'a trompée, il m'a fait de fausses promesses.

— Je suis désolée, Bella, je ne savais pas que ça s'était aussi mal passé.

— C'est vrai, mais ça date d'il y a quelques années. J'ai survécu, mais je reste irrémédiablement attiré par lui. Je ne l'aime plus, mais mon corps, lui, l'apprécie énormément.

— Donc, Aaren est un ami avec privilège, c'est ça ?

— Non, nous ne sommes même pas amis, mais j'aime bien lorsqu'il s'occupe de moi avec sa langue.

Je prends une moue dégoûtée et ça la fait pouffer.

— Ne prends pas cet air écœuré. Je suis persuadé que James est très performant au lit.

— Tu ne peux même pas imaginer comment, il fait des choses que je ne pensais même pas connaître un jour. Changement de sujet, tu viens ou pas ? Je te laisse le choix, tu viens dîner ou pas ?

— Je viens, mais tu ne me laisses pas seule avec Aaren, d'accord ?

— Promis ! James a dit qu'il va lui acheter des préservatifs extra petits.

— Pour faire quoi ? Mettre sur ses orteils, car je crois que James n'a pas vu le pénis d'Aaren depuis un long moment.

— Non, mais non ! Je ne veux pas savoir ça !

Elle éclate de rire et il m'est impossible de ne pas me joindre à elle.

— As-tu une solution pour le problème du concert ? demande-t-elle après un moment.

Ma réponse n'est qu'un haussement d'épaules. Impossible de trouver une solution à tout cela. D'un côté, j'aimerais faire le faire pour moi, mais aussi pour les fans d'Hopeless Romantic, d'un autre, j'ai peur de ne plus être capable de chanter, et tout cela se mélange à l'envie d'envoyer valser mon père et de lui dire d'aller se faire voir.

— Je peux te dire ce que j'en pense ?

— Bien entendu, nous sommes amies et ton opinion compte énormément pour moi.

— Je crois que tu devrais faire ce concert, mais que tu devrais le faire pour une cause qui te tient à cœur. Tu pourrais inviter plusieurs groupes à venir faire une prestation.

— Ouais, c'est une idée.

— Tu pourrais donner les bénéfices pour le MADD (*Mother against drunk driving*).

— Et tu viendrais te produire à ce concert ? demandé-je.

— Avec plaisir, et ce, même si nos styles ne se ressemblent pas du tout.

— On s'en fout de ça. En tout cas, j'en parle avec James.

— Il régit ta vie, le petit James, me taquine-t-elle.

— Non, pas du tout, il me soutient dans chaque épreuve et son opinion compte beaucoup pour moi. Il connaît bien le milieu et tout.

Elle me regarde avec un sourire en coin qui m'amène à me demander si elle a compris ce que je lui dis tout à l'heure.

— C'est vrai, tu as raison. Je dois admettre que James me semble assez doué.

— Beaucoup plus que tu ne l'imagines, répliqué-je avec force pour défendre mon homme.

— Rentre les griffes, petite lionne. Nous devons aller retrouver ton chéri et son frangin.

— Vers 18 heures.

— Je vais me préparer et tu peux aller choisir quelques bouteilles de vin dans mon cellier.

— Ah ouais, et pour qui tu veux te faire jolie ?

— Je peux faire belle pour moi, et seulement moi. Je n'ai pas besoin d'un homme, et encore moins d'Aaren Combs.

— Je te signale que je n'ai rien dit, c'est toi qui as imaginé que je parlais de lui.

Arabella se lève et pousse un rire légèrement forcé qui ne manque pas de me faire sourire tant c'est flagrant, elle en pince pour Aaren et beaucoup plus qu'elle tente de le laisser paraître.

— La preuve, je vais y aller ainsi vêtue, et sans maquillage. Tu veux que j'apporte du vin ou pas ?

— À ta guise, chère amie.

Arabella ne s'est pas changée, elle est venue avec une queue de cheval, un legging mauve et un t-shirt noir. Elle est magnifique, mais je sais qu'elle aurait aimé porter un truc plus tape-à-l'œil. Je crois qu'elle appréhendait beaucoup de voir Aaren, car elle n'a pas dit un mot dans la voiture. Nous avons pris la mienne, elle préférait arriver avec moi et prendre un taxi pour rentrer chez elle.

Nous avons trouvé refuge sur la terrasse, James et Aaren se chargent de faire cuire notre repas. La table a rapidement été montée et mon amie et moi discutons autour d'un verre de vin. Contre toute attente, James n'a pas touché à une goutte d'alcool et ça me fait plaisir de voir les efforts qu'il met pour me rassurer à ce propos.

— Hé, James, est-ce que Lacey t'a parlé de l'idée fabuleuse que l'on a eue concernant le concert que Tommy souhaite lui imposer ?

— Non ? Tu m'expliques ?

J'aurais aimé lui donner un coup de pied pour la faire taire, mais il est déjà trop tard. James me fixe en se posant mille questions. Bon sang que j'aurais préféré lui parler seule à seule de cette idée, car si je panique, si j'ai envie de pleurer ou de faire une crise, je n'aurai pas peur de vivre mes émotions. Avec Arabella et Aaren, je ne me sens pas à l'aise de parler de cela. J'ai peur que ma voix tremble, de m'écrouler, et surtout, je n'ai pas envie d'exposer mes inquiétudes au grand jour. Ce serait comme leur donner une importance que je ne veux pas.

— Euh, je ne sais plus, marmonné-je.

— Mais voyons, Lacey, tu le sais très bien, réplique Arabella.

Je sais qu'elle ne fait pas cela pour être méchante et peut-être que le vin fait son effet, mais j'aurais aimé qu'elle tienne sa langue.

— Ce n'est qu'une idée comme ça. Je ne sais pas si je vais en être capable, mais Arabella a pensé à un concert de charité avec plusieurs artistes et les bénéfices iraient à une association comme MADD.

— C'est une très bonne idée, s'écrie Aaren.

Malgré la réaction des plus positive d'Aaren, je reste là à fixer James dans l'espoir d'un sourire. J'inspire longuement, nerveuse, anxieuse, je joue avec mes doigts alors qu'une boule se forme dans mon estomac.

— Je... je me disais que vous pourriez faire quelques chansons et que tu pourrais m'aider à organiser le tout, dis-je faiblement.

— C'est vraiment ce que tu souhaites ? demande-t-il après un moment.

— Je ne sais pas, mais ça mérite réflexion.

— Nous pourrions en parler un peu plus tard, annonce James d'un ton neutre.

— Ouais, bien sûr…

D'un bond, je me lève et fonce à la cuisine. J'espère sincèrement que personne ne me suivra, car je suis envahie d'une angoisse que je ne peux plus contrôler. De la bile me monte à la gorge, je me penche vers l'évier pour vomir, mais une main se pose sur mon épaule. Je ne sais pas, mais surtout ne comprends pas ce qu'il m'arrive en ce moment.

— Ça va, Lacey ? me demande James.

Je secoue la tête et me retourne vers lui. Son regard s'ancre dans le mien et je me rends bien compte que je tremble comme une feuille, mon corps s'est recouvert d'une fine couche de sueur. James passe son bras autour de ma taille et m'entraîne doucement vers la chambre. Dès qu'il referme la porte derrière lui, je le repousse comme si le toucher me brûlait.

— Qu'est-ce que tu as ?

— Pourquoi tu ne dis rien ? Pourquoi tu ne me soutiens pas dans ce projet ?

— Attends, Lacey ! Tu as mal interprété ma réaction. J'avais l'impression qu'Arabella te forçait la main, et je souhaitais que l'on en parle lorsqu'on serait seuls. Je ne veux pas que tu fasses quelque chose parce que quelqu'un t'oblige. C'est vraiment ce que tu souhaites ?

— Je ne sais pas, mais j'ai besoin que tu m'aides.

— Je suis et serai là, peu importe ce que tu choisis de faire.

James passe ses bras autour de mon corps et me tient serrée contre lui. Maintenant, je me sens horriblement mal d'avoir paniqué ainsi, mais surtout d'avoir cru qu'il ne voulait rien savoir de mon projet.

— Excuse-moi ! murmuré-je contre son torse.

— Tu n'as pas à me demander pardon. Je comprends tout à fait ta réaction. Je sais que c'est difficile pour toi d'envisager de continuer la musique, mais encore plus d'arrêter. Pour l'avoir vécu, ça peut rendre complètement fou.

— Je suis déjà à moitié folle…

— Oh, chérie, tu peux dire que tu l'es complètement sans l'ombre d'un doute.

Du plat de la main, je tape son torse et il pouffe légèrement.

— Tu peux te reposer un peu, je vais retrouver nos invités avant qu'ils ne baisent sur la table.

— Je t'aime, James, et je ne saurai assez te remercier d'être la personne que tu es.

Il me sourit et m'embrasse sur le front. J'attrape sa main dans la mienne et le suis à l'extérieur. Cette petite conversation a suffi à me faire sentir plus légère. Le dîner se passe sans encombre, sans problème. Les conversations coulent bien et il n'y a aucun malaise. Je pousse un soupir de soulagement lorsqu'ils disent qu'ils vont partir. Aaren propose à mon amie de la ramener puisqu'elle a bu. Je ne serais même pas étonnée que ça se termine au lit encore une fois.

Je ramasse les verres et les derniers vestiges de notre dîner lorsque James revient. Il encercle ma taille de ses bras et m'embrasse sous l'oreille.

— Je t'ai fait couler un bain. Va te détendre et ensuite on discutera.

— C'est gentil, mais, pour le moment, j'ai envie de dormir collée contre toi.

James attrape ce que je tiens dans mes mains et le dépose sur la table pour m'attirer vers l'intérieur de la maison, puis vers la chambre. Il fouille dans son bureau et me tend un t-shirt.

Nous nous glissons sous les couvertures et je me blottis contre lui. Du bout des doigts, il caresse mon bras et je ferme les yeux dans l'espoir de m'endormir rapidement. Cette journée m'a épuisée comme jamais, mais James semble avoir besoin de parler. Je le sens.

— Qu'est-ce qu'il y a ? demandé-je.

— Je crois que je vais suivre ton conseil et prendre rendez-vous avec un thérapeute pour les gens qui ont des problèmes d'alcool.

— Ah oui, pourquoi ?

— Ce soir, ç'a été difficile. Plusieurs fois j'ai eu envie d'attraper la bouteille et de la vider. Je ne sais pas si j'ai un problème d'alcoolisme, mais j'aimerais vraiment parler à quelqu'un de ça. Mon père en était un après tout. Peut-être que j'ai ses gênes.

— Tu es une bonne personne, James, et ce, même si tu as le même problème que ton père. Ne l'oublie pas, je te prie.

— Heureusement que tu crois en moi.

— Comme toi, tu le fais avec moi. Dis-moi ce que tu penses de cette idée de concert caritatif ?

— C'est une très bonne idée. Puis en ayant plein d'autres groupes, si tu ne t'en sens pas capable, tu peux simplement faire un coucou et remercier tout le monde d'être venu.

— Tu as raison. Demain, je vais prendre rendez-vous avec les gens de Purple Dream Records et en parler avec eux. J'aimerais que tu m'accompagnes.

— Je vais être là à chaque étape. Je connais plusieurs groupes qui seraient sans doute intéressés.

Pendant une partie de la nuit, nous discutons de ce projet, mais aussi de celui qu'il partage maintenant avec Aaren. Je lui propose aussi de produire un album avec les meilleures chansons du concert et qu'on pourrait le vendre pour un organisme de notre choix.

Pour une des rares fois depuis l'accident, je me sens enfin sereine et c'est grâce à lui. James accepte même d'être le guitariste pour Hopeless romantic et me promet de trouver un bassiste et un batteur qui sont vraiment géniaux.

22

Lacey

Deux mois plus tard

La foule scande encore mon prénom. Le mien, pas celui de mon père, pas celui de ma sœur ou de mon groupe. C'est moi qu'ils veulent, simplement moi et je me demande si c'est vraiment cela que je désire. Mon père nous a conditionnées, ma sœur Christa et moi, à aimer la musique, à la dévorer et la chérir comme si notre vie en dépendait. Ça ne m'a jamais vraiment posé de problème jusqu'à il y a quelque temps.

Je suis à deux minutes d'entrer sur scène, mais le cœur n'y est pas. La foule en délire ne me transporte plus et ne m'anime plus. Je ne ressens plus la poussée d'adrénaline ou même ce besoin déchirant de hurler les paroles que j'ai écrites. Je n'y arrive plus.

Les paroles de mon père me reviennent en mémoire : tu dois le faire, tu n'as pas le choix et c'est ce que l'on attend de toi. Il a raison, je dois le faire, ensuite, je serais débarrassée de lui, de la musique et de tous ces mensonges qui m'empoisonnent le cerveau et l'existence. Ensuite, je pourrai recommencer ma vie et faire ce dont j'ai envie et quand bon me semblera. Il ne régira plus ma vie, plus personne ne me mentira ou ne me fera faire quelque chose que je ne désire pas.

Mon regard parcourt les coulisses, les techniciens, les *roadies* et même quelques journalistes sont agglutinés dans un coin. J'ai l'impression que leurs yeux sont rivés sur moi, seulement, les miens cherchent quelqu'un, mon cœur espère qu'il soit là comme il me l'a promis. Il m'en a fait le serment. Cependant, je sais fort bien que c'est facile de revenir sur sa parole, surtout dans ce milieu. J'aurais aimé qu'il soit là pour mon premier pas dans ma nouvelle vie.

LACEY ! LACEY ! LACEY ! LACEY !

Je ferme les yeux pour tenter de me galvaniser à leur énergie et à leur amour. Les concerts, ç'a toujours été ce qui me plaît le plus dans mon métier. L'affection, l'enthousiasme et le dynamisme des milliers de personnes qui se trouvent dans la salle sont quelque chose d'intense et d'indescriptible. Mon corps se réchauffe, mon cerveau entre en ébullition, je me prépare mentalement à faire le premier pas, le plus difficile.

LACEY ! LACEY ! LACEY ! LACEY !

Mon père a tort, je ne dois pas le faire pour moi, mais pour eux qui m'ont accompagnée dans les dix dernières années. Je ne dois pas le faire parce que c'est ce que l'on attend de moi, mais plutôt parce que j'ai envie de leur rendre hommage, et aussi pour me prouver que j'en suis capable. Oui, c'est ça que je dois faire.

Je lance un dernier regard dans les coulisses, il n'est pas là. Tant pis ! J'y vais, car je ne peux pas attendre plus longtemps. J'aurais aimé qu'il ne rompe pas sa promesse, mais je comprends qu'on s'est déchirés tellement intensément qu'il n'en est pas capable. De toute façon, je le fais pour moi, pour eux, pas pour lui ou encore mon père. Ce sera moi face à des milliers de fans venus entendre une dernière fois les chansons de Hopeless Romantic…

LACEY ! LACEY ! LACEY ! LACEY !

J'inspire, mes jambes se transforment en coton, mais j'avance quand même vers la scène. Dès que nos fans m'aperçoivent, les hurlements et les cris d'acclamations montent en intensité.

Voilà ce pour quoi je vis : ce moment électrisant, cette décharge de sentiments incomparable, ce besoin fulgurant d'être acclamée. Vous savez ce que l'on dit sur les musiciens ? Nous sommes les êtres les plus torturés, nous seuls arrivons à ressentir, puis à canaliser les émotions d'une façon brute, impétueuse, parfois même violente et déchirante. Nous sommes des artisans, mais aussi des éponges à énergie, quelquefois elles sont positives, d'autres fois non, mais ça nous importe peu, car nous sommes là pour alléger le poids que nos fans portent sur leurs épaules. Nous sommes souvent des êtres mal aimés, torturés et blessés par la vie. Tout ce que nous souhaitons, c'est de l'amour.

Faire un concert, c'est une dose pure d'amour directement dans les veines et le cœur. C'est la meilleure des drogues, la plus grisante des sensations et je ne peux me résoudre à m'en passer. J'avance donc vers mon micro, le cœur un peu plus léger, j'ai laissé mes peurs, mes craintes, mes larmes au vestiaire. Je pose les mains de chaque côté de mon micro et un sourire se dessine sur mes lèvres. Un sourire que je n'avais pas eu depuis un long moment. Il ne manque plus que lui pour que l'instant soit parfait, mais je ferai sans.

— Hello, Los Angeles ! Je suis Lacey Jenkins…

La foule crie tellement fort que je n'entends plus ma voix dans mes oreillettes. Je les laisse exprimer leur joie et les regarde. La sensation d'être à ma place me foudroie sur place. Pourquoi ai-je douté de moi à ce point ? Je ne suis plus la fille de Tommy Thomas, je suis moi, Lacey Jenkins et ils sont venus pour moi.

James avait raison, une fois sur la scène tout le plaisir que je ressentais auparavant revient. Avoir cette pensée pour lui me retourne l'estomac. Organiser ce concert n'a pas été une tâche facile pour lui, je changeais sans cesse d'idée et, bien souvent, je m'emportais contre lui, mais il est toujours resté calme et rassurant. Il m'avait promis qu'il serait là et qu'il m'accompagnerait à la guitare, mais, hier, nous nous sommes disputés et je n'ai pas été sympa avec lui. J'ai encore cette tendance de mettre notre amour à mal et, comme toujours, c'est lui qui écope. J'aimerais être en mesure de m'arrêter avant de péter un câble et de dire des choses méchantes, mais je n'y arrive que très peu. J'ai conscience que plusieurs femmes se plaignent que leur chéri est inattentif, mais, avec James, c'est tout le contraire. Il est patient et passionné, doux, mais aussi intransigeant. Il est la meilleure chose qu'il ne me soit jamais arrivé.

— Aujourd'hui est une journée spéciale pour moi et j'espère que vous avez bien profité des autres groupes. Arabella était géniale, non ?

La foule hurle son enthousiasme tellement fort que ça se répercute jusque dans mon âme. Cette décharge d'énergie qu'ils m'envoient me transporte tellement loin que je ne sais plus où je me trouve. Une main se pose sur mon épaule, au moment où je me retourne, je croise le regard de James armé de sa guitare, un sourire en coin.

— Et que dire de Broken Skull et de ce magnifique spécimen ? m'écrié-je au micro.

Plusieurs nanas dans la salle sifflent et ça me fait rire. James s'avance vers moi et m'embrasse rapidement. Je le retiens et fixe mon regard au sien.

— J'ai cru que tu t'étais sauvé, murmuré-je.

— Tu es bête parfois !

Un sourire étire son visage et il tend la main vers le micro pour le prendre. Amusée, je me recule de deux pas et le regarde faire. J'aime sa façon de tout prendre en main, mais surtout comment il le fait, car jamais il ne me laisse sentir qu'il me domine.

— Hé, L. A. je ne vais pas accaparer la scène bien longtemps, en fait, je vais jouer quelques morceaux avec Lacey. Certains seront nouveaux, mais la plupart seront de Hopeless Romantic, j'espère me montrer à la hauteur. Cependant, j'avais envie de faire quelque chose d'un peu fou.

James pose son genou par terre, et j'ai la sensation que je vais m'évanouir. La terre tout entière s'ouvre sous mes pieds, mais ce n'est pas quelque chose de désagréable, c'est même plutôt grisant. Mon cœur bat la chamade, mon souffle se coupe, mais je ne peux détacher mon regard de James.

— Vous savez, ça n'a pas été facile entre Lacey et moi. Au départ, elle m'exaspérait autant que je l'irritais. La seule présence de l'autre nous était insupportable.

Je ris à ce souvenir, car il est tellement vrai. Je me rappelle cette fameuse journée où il m'a mise en rogne. Si j'avais pu, je l'aurais frappé.

— Enfin, ça n'a pas duré longtemps puisque Lacey est incapable de me résister.

La foule rigole et moi aussi, car, encore une fois, il a raison.

— Mais tout ça pour dire que j'ai rencontré une personne fabuleuse, une femme remarquable avec un courage extraordinaire, mais surtout quelqu'un de fort et sincère. Il m'était impossible de ne pas être séduit par elle. Ensuite, elle pouvait faire ce qu'elle voulait de moi.

James sort un écrin rouge de la poche de son jean et l'ouvre avant de me le tendre.

— Lacey, nous avons traversé toutes sortes d'épreuves et elles ont été vraiment difficiles, on ne peut pas le nier. Cependant, je crois que, malgré tout, ça nous a simplement rendus plus forts. Tu sais, sur cette planète, je ne veux personne d'autre que toi. Tu m'as dit que lorsqu'on serait mariés, ce serait signe que tout cela est derrière nous.

Il se tait et, malgré la lumière pas très bonne, je peux voir ses yeux embrumés de larmes. L'émotion est bel et bien présente, mais elle est aussi très intense pour moi, pour lui et probablement pour tous ceux qui sont présents ce soir.

— Est-ce que tu veux devenir ma femme ?

Mon oui est noyé dans les hurlements et les sifflements de la foule. James se relève et m'embrasse avec tellement de passion et d'amour que je dois me retenir pour ne pas lui arracher ses vêtements. Après ce baiser, il me passe la bague de fiançailles à l'annulaire gauche.

Sur mon petit nuage, James se décolle de moi et me fait signe que l'on commence le premier morceau. Bon sang, c'est trop d'émotion, trop d'intensité, mon cœur va flancher. Il entame les premières notes d'une chanson que nous avons coécrite, mais que je ne pensais pas utiliser ce soir tant elle est personnelle. Cependant, je suis tellement euphorique en ce moment que je pourrais chanter n'importe quoi.

Je t'ai dit que je serais là.
Même si toi tu me fuis,
Même si toi tu me hais.
Je t'ai dit que je serais là.
Je n'ai jamais cru que je vivrais ceci.
C'est un peu comme rêver éveillé.
Quand je pose ma tête sur l'oreiller.

Ce sont tes yeux que je veux voir à mes côtés.
Je t'ai dit que j'y croirais pour nous deux.
Même si tu as peur.
Même si le monde est contre nous.
Je t'ai dit que j'y croirais pour nous deux.
À tes côtés, c'est comme si je m'envolais,
Mais j'ai les pieds bien plantés dans le béton.
Tu es mon ancre, et je suis ton phare.
Tu es la douce mélodie que je n'ai jamais comprise.
Je t'ai dit que ça fonctionnerait.
Même si la vie a tenté de nous faire croire le contraire.
Même si tu n'y croyais plus.
Je t'ai dit que ça fonctionnerait.

Après avoir chanté cette chanson, il m'est tout simplement impossible de ne pas aller vers lui pour l'embrasser. James passe son bras autour de ma taille et me serre contre lui.

— Je t'aime, murmure-t-il contre mon oreille.

Le concert se poursuit, nous enchaînons les chansons à un rythme incroyable. Me retrouver sur scène me fait un bien fou et c'est tout simplement fantastique. Je n'aurais jamais pensé que ça se passerait ainsi. Je me dirige vers les coulisses, un *roadie* me tend une serviette pour que je puisse éponger mon visage et mon corps en sueur. Au loin, j'aperçois mon père en pleine discussion avec Tristan et ça semble assez agité. D'un pas rapide, je m'avance vers eux et me place devant mon père en plaquant mes poings sur mes hanches. J'inspire longuement pour me calmer, mais c'est difficile, voire impossible.

— Que fais-tu ici ? aboyé-je.

— Je suis venue voir ma fille en concert.

— Qu'en as-tu pensé ? demandé-je sans me radoucir.

— C'était fabuleux, tu as la musique dans le sang...

— Ouais, tu as raison, mais ce n'est pas grâce à toi, le coupé-je.

— Peut-être, mais tu ne devrais pas cesser d'en faire. Si je t'ai forcé la main légèrement pour ce concert, c'est parce que tu devais te retrouver au-devant de la scène pour comprendre que ça te manquait.

— C'est vrai, mais, un jour, tu devras comprendre que tu ne peux pas obliger les gens à faire tes quatre volontés. Je ne suis pas ton pantin ou ta marionnette. Maintenant, tu m'excuseras, mais j'ai des gens à voir. Je suppose que tu sais où est la sortie.

Je tourne les talons et fais quelques pas avant qu'il me hèle.

— J'ai vu ta mère traîner dans les parages avec l'homme qui l'entretient. Tu sembles incapable de me pardonner, tandis qu'elle, tu n'as aucun problème.

En entendant ces mots, je vire au rouge et ma colère me submerge. J'aimerais que James soit là pour me calmer et m'apaiser, mais il est resté sur la scène et joue en ce moment même avec quelques amis à lui.

— Maman et moi avons eu une longue conversation. Nous avons chacune admis nos torts et nous faisons tout en notre pouvoir pour oublier le passé. Seulement, toi, tu n'as pas cette bonne volonté, malheureusement, et tu sais quoi ? C'est ce qui te fera finir ta vie seul !

Je tremble de tout mon corps et m'avance sans trop savoir où je vais. Des bras m'encerclent et je reconnais le parfum de l'homme que j'aime.

— Tristan est venu me chercher. Il me remplace en ce moment. Viens, allons dans la loge quelques minutes.

Ma mère arrive à mes côtés et pose sa main sur mon épaule.

— Dominic a escorté Tommy jusqu'à l'extérieur.

— Merci, maman, murmuré-je avec un petit sourire.

— Alors, tu as dit oui ! s'écrie-t-elle.

Le mariage. Putain ! J'ai peine à croire que James m'a demandé de l'épouser devant tout le monde. Je me tourne vers mon futur mari et passe mes bras autour de son cou pour l'embrasser. Bon sang ! C'est trop d'émotion pour moi et mon petit cœur va déborder.

Épilogue

James

Huit mois plus tard

Mon réveille-matin sonne et je grogne en tentant de l'atteindre pour le lancer à l'autre bout de la pièce. Hier, j'ai bossé très tard sur le nouvel album de Mme Lacey Combs. Il nous était impossible d'attendre pour se marier, alors, quelques semaines après le concert bénéfice pour MADD, nous avons célébré notre mariage devant un petit groupe de nos parents et amis. C'était chez la mère de Lacey, elle a une énorme cour et j'ai été étonné qu'elle nous aide autant pour les préparatifs. La mère et la fille se sont beaucoup rapprochées et je crois que ça fait du bien à ma femme d'avoir enfin un parent qui se soucie d'elle.

Ma main cherche le réveil, mais ne le trouve pas. J'ouvre un œil et, malheureusement, il n'est pas sur la table de chevet. Je me rappelle seulement qu'avant de dormir hier, je l'ai déplacé parce que je savais que si je le gardais là, je me rendormirais tout de suite. Avec difficulté, je sors du lit et me dirige vers la salle de bains dans le but de prendre une douche qui, je l'espère, me réveillera. Aaren et moi travaillons comme des dingues pour l'ouverture très prochaine de notre label. Nous avons plusieurs artistes en qui nous avons énormément confiance dans notre équipe, dont Lacey. Elle travaille comme une forcenée à son nouvel album, et je la trouve de plus en plus épanouie. Je ne la cherche même plus dans notre lit le matin, elle n'y est jamais. Elle est au studio en train de bosser ses chansons ou d'en écrire de nouvelles. Le concert a été salvateur pour elle et je suis heureux de retrouver celle que j'ai connue dans nos débuts.

J'attrape un drap de bain dans l'armoire et le pose sur le lavabo. Un petit truc blanc attire mon attention. Je ne suis pas idiot, je sais parfaitement ce que c'est. D'une main tremblante, je le prends et le retourne. Deux petites lignes ont apparu dans la fenêtre, ce qui veut dire que quelqu'un est enceinte. Tout de suite, je descends, me dirige vers le sous-sol et dévale l'escalier, manquant de tomber plusieurs fois.

Arrivé en bas, Lacey est assise et écrit une chanson. Elle ne lève même pas la tête vers moi, mais je vois un sourire éclairer son visage. Depuis trois mois, nous voyons un spécialiste dans le but d'avoir un enfant, cependant, je ne pensais pas que ça arriverait aussi rapidement. Il nous a expliqué qu'avec l'accident, ils ont dû retirer un ovaire et une trompe de Fallope à Lacey et qu'elle sécrétait moins d'hormones permettant l'ovulation, mais que ce n'était pas impossible.

— C'est vrai ? C'est un vrai positif ? m'écrié-je.

Elle se lève et vient vers moi, instinctivement, mes mains se posent sur son ventre. Cependant, mes yeux sont accrochés aux siens et ils ne peuvent se quitter. Lacey hoche de la tête avec un magnifique sourire.

— Tu souhaites toujours être papa ? demande-t-elle.

— Plus que tout, surtout si c'est avec toi.

Mes bras s'enroulent autour de sa taille et je l'attire contre moi.

— Tu sais que tu as donné un sens à ma vie.

Elle hoche de la tête et presse ses lèvres contre les miennes. Lacey avait raison, une fois que nous avons été mariés, tout le négatif qui nous collait à la peau et à l'âme s'est évaporé pour ne garder que le positif.

À Suivre...

Remerciements

Je ne sais plus qui a dit que rien n'est éternel, pas même la reconnaissance, mais je peux vous assurer que je vous suis éternellement reconnaissante pour toutes ces choses dingues que vous me faites vivre. Que vous soyez lectrices, auteures, amies, famille, beta ou ma maison d'édition, ce que nous partageons est incroyable et ne sera que difficilement égalé.

Vous savez, la musique a toujours eu une place importante dans ma vie. La musique est le baume a toutes mes blessures. Comme l'a dit une de mes idoles, Jacoby Shaddix de Papa Roach : *I like to think music can save the world because you know its fucking saved me*[4]. Écrire est devenu une extension de moi-même, au même titre que la musique.

Merci de me lire, de me donner cette chance de faire vivre toutes ces histoires dans ma tête.

---

4 Je pense que la musique peut sauver le monde parce que tu sais, ça m'a sauvé.

Merci, Elo Doudou pour ton amitié incroyable.

Merci à Emmanuelle Galais pour ta présence et tes conseils.

Merci à Loëtitia Correa pour sa gentillesse.

Merci à tous ceux que j'oublie inlassablement, mais qui sont toujours là. La vieillesse me guette, tout comme la démence… déjà…

Je vous embrasse,

Sissie

Biographie

Sissie Roy a fait ses études à l'école Cité Étudiante Polyno. Elle est l'intervenante en santé mentale à l'organisation *Le trait d'union*.

Sissie Roy vit dans la région administrative d'Abitibi, dans l'ouest de la province du Québec, au Canada. Elle est l'aînée d'une fratrie de trois enfants. C'est sa grand-mère qui lui a donné le goût de la lecture. Elle a commencé à écrire à l'adolescence, pour s'évader des maux causés par cette phase de la vie parfois horrible, mais ce n'est que depuis cinq ans qu'elle s'est mise à écrire des histoires.

Auparavant, elle n'écrivait que des chansons et des poèmes.

Écrire s'est imposé peu à peu dans sa vie, pour devenir aujourd'hui une véritable nécessité.

Bibliographie

From the window, Evidence Editions, 2019
King of fools, tome 1 : Logan, Evidence Editions
King of fools, tome 2 : Madden, Evidence Editions
King of fools, tome 3 : Griffin, Evidence Editions, 2020
King of fools, tome 4 : Benjamin, Evidence Editions, 2020
Hopeless romantic tome 1 : *Lies* Evidence Editions, 2020

Mentions légales

ISBN : 979-10-348-1343-8
ISSN : 2553-2421

Evidence Editions
2 rue Abbé Grégoire
17000 La Rochelle

Site Internet : www.evidence-editions.com
Boutique : www.evidence-boutique.com

Dépôt légal mai 2020

Achevé d'imprimer chez SoBook le 29-06-2021

Linselles - France

N° impression : 706 597